측백나무집 등불을 켜고

측백나무집
등불을
켜고

김정오 산문집

한터재

완성자 인간, 붓다는 어떻게 생겼는가.

정천각지(頂天脚地) 안횡비직(眼橫鼻直)

머리는 하늘을 향해 있고 두 발은 땅을 밟고 있으며 두 눈은 옆으로, 곧은 코는 아래로 놓여 있다.

완성자 인간, 붓다는 어떻게 사는가.

반래개구(飯來開口) 수래합안(睡來合眼)

밥이 오면 감사한 마음으로 입을 열고 졸음이 오면 편안하게 눈을 감는다.

쉽게 풀면 평범한 사람 그대로 완성자 붓다요, 평범한 일상의 삶 그대로 신비한 붓다의 삶이라는 뜻이다. 정말 그럴까.

『측백나무집 등불을 켜고』의 원고를 찬찬히 읽었다. 읽는 내내 잔잔한 미소가 입가에 감돌았다. 흐뭇한 기분 따라 고개가 끄덕끄덕했다.

　마지막 장을 넘겼다. 잠시 눈을 감고 의자 등받이에 몸을 기댔다. 그 순간 또렷하게 뇌리에 떠오른 내용이 내 방 앞 기둥의 주련에 쓰여 있는 어느 고승의 말씀이다.

　많은 고승들은 단호하게 말한다. "조금만 주의를 기울여 관찰 사유하면 누구나 어렵지 않게 고승들의 말씀에 담긴 뜻을 이해할 수 있다"라고.

　지금 대부분의 우리들 머릿속에 자리 잡고 있는 붓다의 모습은 결코 보통 사람을 닮아 있지 않다. 고승들의 말씀과는 정반대로, 무조건 무릎 꿇고 우러러보며 빌고 또 빌 수밖에 없는 신비한 존재, 전지전능한 신의 존재로 각인되어 있다.

　현실이 그러한데도 고승들은 결코 그렇지 않다고 힘주어 말한다. 붓다야말로 인간적인 너무나 인간적인 참사람, 평범한 인간 붓다라고.

거듭거듭 보통 사람 그 누구라도 본인이 마음만 먹으면 완성자 인간 붓다의 삶을 바로 살 수 있다고 강조하고 있다.

다시 사유해 본다.

우리에게 완성자 인간 붓다는 어떤 존재인가.

경전 내용을 열거해 보면 '깨달은 자, 완성된 자, 거룩한 자, 해탈한 자, 열반에 든 자, 신비한 자' 등 그 밖에도 어마어마하게 많다. 하지만 그 내용을 주의 기울여 관찰 사유해 보면, 보통 사람 그 자체가 그대로 완성자 붓다요, 평범한 일상의 삶 그 자체가 그대로 불가사의한 인간 붓다의 삶이라는 이야기가 어렵지 않게 이해되고 공감된다.

정리해 보면, '존재 자체에 깃든 비범함, 평범 자체에 깃든 비범함'을 있는 그대로 잘 알고, 살고, 누리는 그 사람이 바로 인간적인 너무나 인간적인 참사람 인간 붓다라는 말이다. 동시에 멋지고 아름다운 삶을 희망하는 우리 모두가 살아야 할 삶이기도 하다.

여기 『측백나무집 등불을 켜고』라고 하는 보통 사람의 보통 삶의 이야기가 있다. 어린 시절, 어른 시절, 시골살이, 도시살이 이야기, 가난한 시절, 먹고살 만한 시절, 그리운 시절, 잊고 싶은 시절 이야기 등 보통 사람이 살아온 온갖 희로애락의 이야기를 매우 진솔하게, 담백하게, 잔잔하게, 아담하게, 향기롭게, 예쁘게 차근차근 풀어 그림처럼 보여 주고 있다.

입가에 미소를 짓게 하는 평범한 이 사람의 아름다운 삶, 인간적인 너무나 인간적인 이 사람의 격조 있는 삶을 나는 인간 붓다, 시민 붓다의 삶이라고 명명하고 싶다.

참 풍요롭다. 소박하다. 예쁘다. 향기롭다. 참 좋고 고맙다.

실상사 도법 손 모음

차례

1부   지구의 작은 점

2부 나를 키운 그물

3부 친구가 되어 가는 중

4부 아이들의 손끝이 향하는 곳

지구의
작은
점

여리고 희미한 깜박임으로

산골에 사는 이야기를 종종 했던 터라 나를 '자연인'이라 부르는 아이들이 더러 있다. 이십 대 후반부터 오랫동안 품어 온 꿈은, 내 손으로 집을 짓고 내 손으로 내 입에 들어갈 곡식과 채소를 가꾸고 내 손으로 옷을 만들어 입는 것이었다. 대도시에서 사는 것은 누군가의 땀과 노동이 밴 물건을 끊임없이 소비하고 쓰레기를 양산하는 일이라 생각되었다. "이웃 그리고 뭇 생명과 더불어 비폭력적으로 살아가는 방식을 모색하며, 사람살이의 근본을 생각해 보고자" 하는 잡지 『녹색평론』을 정기 구독하며 이런 생각은 깊어졌다. 김용택 시인의 「아름다운 집, 그 집」을 읽으며 이 집 저 집 떠돌이로 살고 있는 대도시의 삶을 접고 나도 이웃과 뭇 생명과 더불어 질박하고 낮게 살고 싶었다.

사십 대가 되어서야 그 꿈은 이루어졌다. 지리산 뱀사골로 들어가는 첩첩 능선이 한눈에 내려다보이는 해발 500미터 산 중턱에다 터를 잡고, 동네에 귀농한 이들과 함께 남편은 흙집을 지었다. 집을 설계하고 필요한 자재와 물건들을 사서 날랐다. 마당을 고르고 잔디와 나무를 심었다. 집 위와 아래, 옆에 있는 텃밭에다 심을 수 있는 거의 모든 종류의 곡식과 채소를 들여놓았다. 남편은 동네 분에게 논을 빌려 쌀농사도 지었다. 자급자족할 수 있는 최소한의 바탕을 만들어 갔다. 새벽이슬을 밟으며 텃밭에서 푸성귀를 뜯어 밥상을 차리고 퇴근 후엔 밭에 나가 일을 하며 어둠이 서서히 짙어 가는 드넓은 하늘을 맘껏 안아 보는 날들이 일상이 되었다.

　밭에는 굵은 지렁이와 지네와 온갖 벌레들이 함께 살고 마당과 집 주변으로 고양이들과 꿩, 고라니, 멧돼지, 두더지, 오소리, 뱀, 두꺼비가 넘나든다. 딱 한 번 마당에 담비가 나타나 훌쩍 내달린 적도 있었다. 새와 거미와 대벌레와 사마귀와 풀벌레들도 집 주변을 터 삼아 산다. 골바람도 막고 울타리도 할 겸 심어 놓은 측백나무는 전봇대에 이를 만큼 키가 부쩍 자랐다. 산밭이나 논에서 일하던 동네 분들은 측백나무 사이로 쑥 들어와 마당 수돗가에서 한숨 돌리며 물도 마시고 소소한 동네 근황도 전한다.

봄과 여름에는 부지런히 씨를 뿌리고 가꾼다. 밭의 풀을 매고 마당의 잡초를 뽑는 일이 지상 과제가 되는 시기이기도 하다. 호미로 캐고 긁어 대도 사나흘이면 무성해지는 풀을 당해 낼 재간은 없다. 그저 묵묵히 호미를 들고 헤쳐 갈 뿐이다. 마당을 시멘트로 확 덮어 버리고 싶은 마음이 들 때가 한두 번이 아니지만 여름이 지나고 기세가 꺾이는 가을로 접어들면 그 마음이 사그라든다. 밤과 호두가 여무는 때가 되면 채집 경제 시대의 유전자가 슬슬 기지개를 켠다. 집 아래 숲에는 밤나무가 지천이라 밤을 쓸어 담을 수 있을 정도다. 워낙 사람의 발길이 없어 칡넝쿨과 가시나무가 뒤엉켜 있지만 장화를 신고 포대를 들고 들어가면 그리 오랜 시간이 지나지 않아 제법 많은 밤을 주울 수 있다.

햇살이 잘 드는 동네라 호두나무가 산밭에 널려 있는데 동네 분들이 호두를 다 털고 난 다음에 나무 아래 가서 살펴보면 쏠쏠하게 호두를 주울 수 있다. 바람이 많이 불고 난 아침에는 일찍 은행나무 아래로 간다. 두어 포대 주워 와 한동안 과육을 푹 썩힌 후 흐르는 계곡물에 가서 씻으면 일 년간 먹을 수 있는 넉넉한 양이 된다.

산속에 아무도 돌보지 않는 감나무는 칡넝쿨로 몸살을 앓는 중에도 많은 감을 매달고 있다. 찔레와 칡을 낫으로 쳐내고 길을 만들고 들어가 긴 장대로 감을 딴다. 두세 포대를 집까지 옮기는 건 힘이 많이 든다. 차가 다닐 수 있는 길까지 머리에 이 거나 등짐을 지고 내려와야 한다. 감을 깎아 처마 끝에 매달아 놓으면 주황빛 맑은 빛깔이 참 곱다. 매운 바람과 햇살을 맞으며 감은 점점 투명해지다가 말라 곶감이 된다. 매달려 있을 때 오가며 하나씩 빼 먹는 맛은 더할 나위 없이 달다. 도토리도 주울 수 있지만 묵을 만들기까지 손이 너무 많이 간다. 한 해 하다가 그만두었다. 산에 깃들어 살며 산이 베푸는 품을 한껏 누리는 이때는 나도 한 마리 작은 짐승이 되는 것 같다.

눈이 푹푹 쌓이는 겨울엔 별이 시리게 초롱거리는 새벽에 집을 나서야 출근 시간에 대어 갈 수 있다. 털모자에 두툼한 장갑을 끼고 등산화를 신고 배낭을 멘 채 길을 나선다. 간혹 아이젠을 착용하기도 한다. 찬바람 몰아치는 어두운 내리막 산길은 아랫마을에 켜진 등불과 새벽별들이 지켜 준다. 볼은 빨갛게 얼고 코끝은 얼얼하지만 버스가 다니는 큰길에 다다를 즈음에는 몸의 열기가 더해져 추위도 거뜬해진다. 버스 안의 온기로 나른해진 온몸에 피로와 졸음이 몰려오는 출근길은 달콤하다. 기사 아저씨와 손님들이 안부를 주고받고 두런두런 나누는 소소한 일상사를 어깨너머로 듣는 것도 정겹다.

이른 봄, 얼음이 풀리기도 전에 밭엔 냉이가 깔린다. 햇살이 퍼질 때 삽으로 밭 흙을 떠서 흙을 털어 내고 냉이를 고르면 금방 한 소쿠리가 채워진다. 데쳐 초고추장에 찍어도 먹고 들기름에 무쳐도 먹고 된장을 풀어 국을 끓이기도 하고 전을 부치기도 한다. 어린 쑥은 국을 끓여 먹고 좀 더 자란 쑥은 전을 부쳐 먹는다. 더 무성해진 쑥은 낫으로 쓱쓱 베어 삶은 다음 굵은 줄기는 훑어 내고 쑥절편을 만든다. 냉동실에 넣어 두면 겨울까지 먹을 수 있다.

진달래꽃이 피면 면장갑을 끼고 꽃을 따러 간다. 꽃잎이 워낙 얇아서 체온에 금방 색깔이 죽기 때문이다. 꽃술을 제거하고 꽃잎만을 꿀에 재웠다가 차로 마시면 목감기에 좋다. 목련꽃과 생강꽃도 채취한다. 둘 다 마악 피기 시작할 무렵에 따서 목련 꽃잎은 말리고 생강꽃은 통째로 냉동시켰다가 차로 마신다. 목련차는 목과 비염에 좋고 생강꽃차는 향기가 좋다.

마당에서 밤하늘을 우러르면 북두칠성이 계절에 따라 자리를 바꾸는 걸 알 수 있다. 송홧가루가 한동안 노랗게 흩날리고 나면 아까시 향기가 마당을 가득 채우고 무논에 개구리 우는 소리가 뒤를 잇는다. 밤꽃 향기가 진동하는 시기가 지나면 장마가 이어진다. 잠깐 푸른 하늘이 보이면 장화를 신고 계곡으로 간다. 불어난 물이 층층 폭포로 쏟아지는 세찬 물줄기의 시원스런 기세를 만나기 위해서다.

도시의 삶과 달리 이곳은 사계절의 빛깔과 기세를 온몸으로 맞이하고 몸과 마음도 그에 맞게 맞추어 나가야 한다. 계절의 변화에 민감해지고 다가올 계절에 해야 할 일을 미리 가늠해 보게 된다. 밭이 휑해지고 산과 들이 눈과 얼음에 묻혔을 때도 땅속 깊이 꼬물거리는 생명이 있음을 안다. 풍성한 수확과 갈무리로 종종거릴 때도 곧 깊은 침묵의 시간이 다가옴을 안다. 만물이 순환하고 생명과 죽음이 자리를 바꿔 가며 둥근 원을 그리고 있음을 몸으로 알게 된다. '자연인'은 만물이 연결되어 순환하고 있음을 몸과 마음으로 받아들이고 그 흐름에 따라 움직이는 사람을 뜻하리라.

어떻게든 쓰레기를 만들지 않으려 하지만 쓰레기는 금방 쌓인다. 분리배출한 종이와 플라스틱, 캔, 유리병 등을 한 달에 한 번쯤 도시로 나가 버린다. 내가 만든 쓰레기가 이곳에서 온전히 순환되는 것은 불가능한 일이다. 장을 보면 쓰레기도 함께 사 오는 꼴이 된다. 재래시장에서만 장을 보면 쓰레기를 좀 더 줄일 수 있지만 두부, 식용유, 과일 등 뭘 사도 비닐과 플라스틱과 병이 따라온다. '문명인'으로 사는 건 '자연인'으로 사는 것보다 비교할 수 없이 손쉽고 간편하다. 문명인은 순환의 고리가 끊어진 단절의 세계를 산다. 내가 먹는 음식이 어디서 와서 어디로 가는지, 내가 입는 옷은 어디서 와서 어디로 가는지, 내가 쓰는 물건은 어디서 와서 어디로 가는지 알지 못하고 알려 하지 않는다. 까꿍 놀이를 하는 어린아이처럼 내 눈앞에 보이지 않으면 없다고 믿거나 믿고 싶어 한다. 끝없이 소비하고 끝없이 버린다. 그것이 어떻게 순환되는지 눈감고 있다.

자동차를 버리지 못하고 가끔의 해외여행도 포기하지 못하며 문명의 이기가 주는 푹신한 안락을 받아들이면서 그저 산속에 사는 것만으로 '자연인'이라 말하기는 낯간지럽다. 자연이 주는 충만한 기운을 한없이 누리면서 문명이 주는 혜택도 마다하지 않는 지금의 삶은 결국 빚을 내서 사는 셈인데, 내가 마음을 기울여 애쓰는 것은 빚을 조금이라도 덜 내려는 행위일 뿐이다. 언젠가 산행을 함께 하던 한 선배는 산행은 어떻게 해야 하는지 묻는 내게 "흔적을 남기지 않는 것"이라 답했다. 우리는 너무 많이 남기고 있다. 자연을 거스르는 순환되지 않는 흔적을.

늦은 밤, 간혹 마당에 서서 바라보는 하늘의 별과 아랫마을의 가물거리는 불빛은 아직 서로를 보듬고 위로할 수 있다고 말하는 것 같다. 우리는 연결되어 있고 하나의 순환 속에 있다고 속삭이는 것 같다. 그 여리고 희미한 깜박임으로 깊고 아득한 어둠을 헤쳐 나갈 수 있을까. 별과 불빛이 마주 쉬는 여린 숨에 촉수를 세우고 두 손을 모은다.

온전한 집

　새로 짓기보다 집을 고쳐서 살아 보려 했다. 남원 산내와 인월면, 함양 마천과 유림, 휴천면을 비롯해서 산청 덕산면까지 빈집이라면 주말마다 찾아다녔다. 집 보러 다닌다고 동네에 들어서면 너나없이 반겨 주었다. 다들 도시로 나가기 바쁜데 퇴락해 가는 농촌 마을에 들어와 살겠다니 뭐든 도와주려 했다. 때아닌 밥상을 받기도 하고 창고로 쓰던 아래채를 내주겠다는 분도 만났다. 재실을 관리해 주면 집과 논을 쓰게 하겠다는 분도 있었다. 길가에 있거나, 마당이 없거나, 무너지기 직전이거나, 굴속에 들어가는 것 같거나, 느닷없는 변수가 튀어나오면서 집을 구하지 못하는 날이 길어졌다.

　아파트와 슬래브집을 옮겨 다니며 이 년을 찾아다니다 뱀사골을 멀리 바라보는 산 중턱에 집 지을 터를 만났다. 땅을 고르고 축대를 쌓았다. 남편은 동네 귀농한 분들과 흙집을 지었다. 함양읍에 살면서 남원 산내면에 집을 짓고 있었으니 남편은 매일 출퇴근을 해야 했다. 인건비가 차지하는 비중이 제법 높은지라 남편은 모든 자재와 공구를 가지런히 준비해 두어 일을 바로 시작할 수 있게 했고 일꾼들 곁에서 필요한 잡일을 도맡았으며 모두가 돌아간 뒤에 뒷정리를 말끔히 해 두느라 귀가가 늦었다. 주말에도 쉴 수가 없었다. 인근 도시로 나가 필요한 자재를 둘러보고 주문하거나 실어 와야 했다.

봄에 기초공사를 시작하여 골조 공사가 끝난 초여름에 상량식을 했다. 햇살이 폭포처럼 쏟아지는 너른 마당에 이장님을 비롯한 동네 사람들과 아이들이 많이 모여 예를 올리고 음식을 나누었다. 천지신명께 고하는 글은 내가 썼고 멀리서 와 준 형부가 낭독을 했다. 삶은 돼지머리의 코와 귀에 만 원권이 돌돌 말려 빼곡하게 꽂히고 격려금을 넣은 봉투들이 상 위에 놓였다. 상량 묵서는 오래 서예를 해 온 지인이 정성 들여 써 주었다. 들보 양쪽에 길게 무명천을 늘어뜨리고 널빤지를 가운데 끼우니 그네가 되었다. 그 위에 남편과 내가 올라앉아 노래를 부르라 했다. 많은 이들의 축원 속에 흥겹고 풍성한 날이었다.

집의 얼개가 갖추어지자 벽을 만들기 위해 졸대를 두 겹으로 세웠다. 20센티미터 간격의 졸대와 졸대 사이에 짚을 다져 넣은 후 양옆에서 진흙을 던져 바르니 30센티미터 두께의 벽이 만들어졌다. 기와로 지붕을 얹고 천장 마무리와 내부 공사로 집이 형체를 갖춰 가는 동안 여름 장마와 폭염이 지나가고 가을바람이 불어왔다. 남편은 더 새까맣고 꺼칠하고 홀쭉해졌다. 가게를 돌아다니며 문고리 하나, 전등 하나까지 일일이 선택해야 하는 것에 지쳐 갔다. 집 지으면 삼 년은 늙는다는데 틀린 말이 아니었다.

이 시기에 우리는 늘 해 오던 새벽 108배 기도 외에 잠들기 전 108배를 100일 동안 하자고 약속했다. 집을 짓는 인연에 대한 감사 기도였다. 나야 학교 다녀오고 저녁 지으면 끝이었지만 남편은 종일 몸이 고된 건 둘째 치더라도 현장에서 일어나는 모든 일을 차질 없이 해 나갈 수 있도록 긴장을 놓지 않았던 터라 집에 오면 녹초가 되었을 텐데 기도를 빼먹지 않았다.

그 덕분인지 끝날 것 같지 않던 일이 마침내 마무리되고 일꾼들은 돌아갔다. 비닐하우스 농사를 짓던 땅이라 밭에는 폐비닐이 산더미였고 해진 차광막과 비료 포대들이 곳곳에 박혀 있었다. 버려야 할 것이 트럭 두 대 분이 넘었다. 흙집을 짓고 유기농으로 자급할 수 있는 터전을 마련하려던 것이었는데 만만찮은 쓰레기에 뒷덜미가 뻐근했다. 자연에 부담을 덜 주면서 인간의 생활양식과 자연이 조화롭게 순환되는 길은 산골 마을에 산다고 저절로 찾아지는 건 아니었다. 끊임없이 소비하고 버리는 시스템이 일상을 촘촘하게 점거하고 있어 그것을 벗어나는 건 스스로를 일깨우는 노력과 불편을 기꺼이 감내할 용기가 매 순간 필요하다.

집을 지은 다음 해, 산비탈로 내려가는 마당 귀퉁이에 뒷간을 앉혔다. 직사각형으로 벽돌을 쌓아 올리고 그 위에 집 짓고 남은 판자를 활용해 뒷간 벽을 치고 지붕을 덮었다. 판자 지붕 위에는 죽데기를 이어 붙였다. 나무 계단을 올라 뒷간 문을 열고 앉으면 앞 벽은 절반이 트여 있어 하늘과 숲과 계곡이 훤히 보이고 시원한 바람이 가득 들어온다. 바닥에 난 판자 구멍 앞에는 깔때기를 박아 오줌을 바깥에 놓인 말통에 모을 수 있게 호스로 연결해 두었다. 떨어진 똥 위에는 왕겨를 뿌린다. 코를 틀어막을 일이 전혀 없다. 머리카락을 흩트리는 삽상한 바람에 흥흥 콧노래가 나온다.

똥오줌이 아무 데나 있으면 오물이 된다. 수세식 화장실에 있는 똥오줌도 오물이긴 마찬가지다. 눈에 띄지 않는 곳에 내다 버려야 할 천덕꾸러기다. 변기에 앉아 똥의 상태가 어떤지 확인하기도 전에 재빨리 물부터 내린다. 똥은 어디로 갔을까. 똥과 오줌이 많은 양의 물과 뒤섞여 정화조에서 둥둥 풀어진 채 떠다닐 걸 상상하면 내 몸에서 빠져나온 똥오줌의 말로가 석연치 않다. 실내에 수세식 변기가 있지만 밤에 오줌을 눌 때만 쓴다. 플라스틱과 만나는 감촉도 좋지는 않다.

뒷간에 앉아 있으면 뿌듯하다. 오물을 만들어 버리는 행위가 아니라 밭에 뿌릴 거름을 만드는 일이기 때문이다. 뒷간 바깥에 오줌을 받는 들통 서너 개가 놓여 있다. 가득 찬 순서대로 늘어놓고 오래된 것부터 물과 희석하여 웃거름으로 쓴다. 주전자나 조루에 담아 채소 주변에 뿌린다. 왕겨와 버무려진 똥은 일 년에 두 번 정도 끄집어내 발효를 시킨다. 똥의 자취는 없어지고 푸슬푸슬 거름으로 변한 것을 밭에 뿌리고 땅을 갈아 주면 된다. 거름을 먹은 작물들은 햇빛과 바람과 비를 머금고 때맞춰 뿌리와 줄기와 잎과 열매를 키워 낸다.

언젠가 놀러 온 동료는 마당 귀퉁이의 뒷간을 가리키며 차방인지 물었다. 허무는 낡은 한옥에서 얻어 온 문짝을 뒷간 문으로 달아 놓은 데다 주변에 키 큰 참나무와 소나무가 우람하여 운치가 있어 보였나 보다. 하긴 뒷간은 차방 못지않게 호젓하고 정감이 가는 공간이다. 문고리를 잡고 들어가 주변 풍광을 한꺼번에 들인 넓은 창(그야말로 허공)과 마주하면 산뜻하고 후련해지지 않는가.

절에 가면 '해우소(解憂所)'라 써 놓은 것을 흔히 볼 수 있다.

근심을 푸는 곳. 뱃속에 들어 있는 쓸데없는 것을 말끔히 덜어 내고 비우라는 뜻이다. 똥오줌을 버리듯 마음속 탐욕과 집착도 훌훌 떨쳐 내고 살라는 뜻이겠다. 뱃속에 움켜쥐고 있으면 병이 되지만, 움켜쥔 것을 잘 발효시켜 땅으로 되돌리고 나누면 순환의 고리를 타고 다시 내 입에 들어오는 곡물과 채소로 돌아오지 않는가. 뒷간은 오물을 쏟아 내는 곳이 아니라 만물이 연결되어 돌고 도는 운행을 떠받드는 곳이다. 함부로 쓰고 버리는 데 무감하며 덧없는 욕망에 눈먼 일상을 흔들며 뒷간은 내게 순리의 말간 얼굴을 들이민다. 뒷간을 짓고 나서야 비로소 집이 온전해졌다.

여름 한철

날이 길어지고 볕이 기세를 더해 가면서 마당의 여러 풀들도 영역을 점차 넓혀 가며 부지런히 키를 돋우고 열매를 맺어 갔다. 매일 풀을 매야지, 마당이 훤해지도록 해야지, 방학만 되면 마음먹었다. 메리골드와 풀이 무성한 꽃밭엔 다른 꽃들이 치여 어렵사리 숨만 쉬고 있는 게 보여도 손을 댈 엄두가 안 났다. 아침 시간에 잠시만 방심해도 해가 산 위로 불쑥 솟아올라 뜨거운 열기를 내뿜는지라 마당에 오래 머물기가 힘들었다. 해 뜨기 전에 풀을 매는 게 가장 좋지만 아침밥을 먹고 나면 그늘은 빠른 속도로 볕에 밀려난다.

농사일도 해 뜨기 전후가 가장 좋아 마냥 풀매기만 할 수도 없다. 유월에 마늘과 양파를 수확하고 남편은 들깨 모종을 텃밭 한쪽에 넉넉히 키웠다. 깻잎도 들깨도 워낙 좋아하는지라 윗밭에 많이 심을 작정이었다. 하지쯤 감자를 캐고 나면 들깨 모종을 옮겨 심기 전까지 밭은 짧은 휴식에 들어간다.

옮겨 심기에 딱 좋을 만큼 자랐을 무렵 장마가 시작되었다. 매일 쏟아지는 비로 밭은 질퍽해졌다. 갈아엎을 수가 없을 만큼 진흙이 많이 섞인 밭은 발을 디딜 수 없는 형편이었다. 비가 멎기를 기다리는 동안 비를 흠뻑 맞은 모종은 쑥쑥 자라나 가느다란 줄기가 종아리를 넘어 무릎까지 오기에 이르렀다. 한 달 동안 끈질기게 내리던 비가 멎자 폭염이 이어졌다. 흙이 마르기를 며칠 기다렸다 남편은 로타리를 치고 모종을 한 수레 뽑아 윗밭에 혼자 옮겨 심었다. 나는 친구와 여행 중이었으므로 어쩔 수 없었다. 밭의 3분의 2 정도가 찼지만 뜨거운 볕에 타 죽은 모종이 줄을 이었다.

여행에서 돌아온 며칠 후, 일어나자마자 모종을 옮겨 심기로 했다. 35도 이상을 오르내리는 불볕더위가 기승을 부리고 있어 새벽부터 일에 착수했다. 모종을 한 수레 뽑아 윗밭의 나머지 빈 곳에 옮겨 심었다. 남편이 괭이로 거인의 발자국 모양으로 흙을 파 놓으면 발뒤꿈치 부분에 뿌리를 두고 서너 포기 모종을 내려놓는 것은 내가 할 일이다. 물기 없는 흙은 돌덩이로 딱딱하게 굳어져 자갈밭처럼 보였다. 뿌리부터 흙을 덮고 잎 부분은 뒤쪽에 흙을 두둑하게 올려 고개를 세워 준다.

이글거리는 해는 일찌감치 산 위로 성큼성큼 올라와 밭을 맹렬하게 달구기 시작한다. 금방 윗도리가 후줄근히 땀에 절고 머리카락을 타고 흐르는 땀이 목덜미를 적신다. 남편은 며칠째 나가고 있는 품팔이 노동이 약속되어 있어 일찍 자리를 뜨고 모종에 물을 주는 일은 내가 맡기로 한다.

조루 가득 물을 담아 길이 50~60미터쯤 되는 이랑을 오가며 모종 뿌리 부분에 흠씬 뿌려 준다. 횟수를 거듭할수록 오른손과 왼손을 자주 바꾸고 숨소리가 가빠진다. 스무 번쯤 오가니 새로 심은 모종에 물주기가 끝났지만 먼저 심어 놓은 모종들이 고개를 푹 꺾고 말라 가는 걸 보니 그냥 내려올 수가 없어서 위급해 보이는 것들만 골라서 물을 준다. 열댓 번을 오가도 물을 줘야 할 모종은 너무 많다. 중도에 포기하고 기진맥진해서 내려오니 얼굴은 화끈거리고 어깨는 뻑적지근하다. 며칠간 어깨와 팔뚝, 가슴께가 저릿하게 아팠다. 말라 죽어 가는 모종이 많을 테지만 윗밭에 올라가 보지 않았다. 태풍이 곧 닥친다니 그전에 어찌해 볼 생각을 하는 것이다.

고추도 붉게 익기 시작한다. 주스 한 잔을 마시고 새벽에 밭에 나가 고추를 딴다. 첫 수확인데 벌써 병든 고추가 많다. 예년엔 두 번째 딸 때부터 주로 발견되다가 서너 번 따고 나면 고추 농사를 끝내야 했는데 올해는 수확량이 더 줄 것 같다. 컨테

이너 박스 세 개가 가득 찼다. 깨끗이 씻어 물기를 뺀 다음 건조기에 돌린다.

6호 태풍 '카눈'이 한반도를 정면으로 관통한다는 예보가 우려와 긴장을 더한다. 남편은 배수로를 점검하고 창고 앞과 데크 위에 늘어놓은 탁자와 의자, 화분 등을 단속한다. 집 뒤 축대는 안전한지 날아갈 만한 물건은 없는지 살핀다. 태풍 직전에 윗밭에 올라가 들깨 모종을 보식했다. 웃자란 모종을 수백 개 뽑아 말라 죽은 모종 자리에 다시 심었다.

비가 이틀 내내 줄기차게 내리꽂혔지만 다행히 피해는 없었다. 해바라기와 상사화 몇 그루가 고개를 처박은 정도였다. 지지대를 세워 주고, 기울어진 줄기를 잡고 흙을 다져 주었다. 들깨는 뿌리에 힘을 주며 뻗쳐 나갈 것이고 짱짱하게 잎을 키워 나갈 것이다. 건조기에서 서른 시간쯤 살균 건조시켜 마당에 넌 고추는 따가운 볕 속에서 해의 기운을 빨갛게 품을 것이다.

여러 날 마당에 난 풀을 시간 나는 대로 매었건만 마당은 훤해지지가 않는다. 눈에 띄는 키 큰 풀들은 많이 정리되었지만 마당 주변은 풀이 무성하고 군데군데 다시 풀들이 자라고 있다. 매번 겪는 일이다. 풀이 슬슬 고개를 내밀고 빠르게 세력을 넓혀 가는 것, 틈날 때마다 두어 시간씩 쪼그려 앉아 풀을 매는 것, 조금 멀끔해졌다 싶다가도 금방 도로아미타불처럼 느껴지는 것, 그래도 달리 어쩔 방도가 없으므로 조금씩 풀을 매며 나아가는 것. 그러다 보면 찬바람이 슬그머니 다가와 어깨를 훑으며 쉬어 가라 권한다. 그때쯤이면 풀들의 기세도 누그러진다. 그러니 풀 없는 말끔한 마당을 바라는 건 본래 무망한 짓이다. 그걸 알면서도 그저 매번 쪼그려 풀을 매는 게 살아가는 일의 숙명처럼 느껴지기도 한다.

한 달여 방학 동안 질릴 만한 불볕더위와 태풍을 지나오며 밭작물과 마당의 풀들 사이에서, 여행과 책과 사람들과의 교류 사이에서, 여름 한철이 조금씩 익고 있다. 따가운 매미 소리가 잦아들고 잠자리가 한가로이 떠다니고 풀벌레 소리와 새소리가 섞여 들고 있다. 맞은편 넘실대는 능선 위로 파란 하늘에 흰 구름이 가을의 낯빛을 설핏 보여 준다.

온갖 생명을 끝없이 팽창시킬 듯 뜨거운 가슴으로 내달렸던 여름에게 악수를 건넨다. 마당과 밭에서 부지런히 커 간 감자, 옥수수, 가지, 오이, 토마토, 수박, 호박, 토란, 케일, 상추, 고추, 호두, 감, 밤, 아로니아, 블루베리, 대추, 복숭아, 배, 자두, 포도, 들깨 등. 이 많은 것을 키워 낸 해와 달, 별과 바람, 흙과 비, 땀과 숨에게도.

깨와 보낸 한 시절

귀농하고도 한참이 지나서야 깨는 해 뜨기 전에 털어야 한다는 것을 알았다. 어느 핸가 산밭을 일찍 오르는 이장님을 만났다. 고사리 철도 아닌데 일찍 산밭에 갈 일이 있을까 의아하여 뭐 하러 가시냐고 물었더니

"이잉, 깨 털러 가. 깨는 햇살에 깨나기 전에 털어야 하거든. 안 그라마 다 튀어 떨어져 나가."

하는 것이 아닌가.

그 말을 들은 후로 우리도 잠자리에서 일어나자마자 밭으로 가서 깨 터는 작업을 시작한다. 며칠 전에 이장님 내외가 깨를 터는 것을 보았다. 트로트를 신나게 틀어 놓고 두 분이 흥얼거리며 일을 하고 있었다. 워낙 깨를 많이 심어서 해가 나고 나서도 한참이나 도리깨질을 했다. 구름 한 점 없는 파란 하늘에 따

가운 햇살을 받으며 한적한 산밭에서 들리는 탁탁 도리깨 내리치는 소리와 멀리까지 따라오는 깨 향을 가득 마시며 걷는 산길은 황감하고 황홀하다.

지난 토요일, 아침 일찍 깨밭에 올라갔다. 맞은편 산허리에 안개가 가볍게 걸쳐 있었다. 일교차가 심해 이른 아침엔 제법 찬 기운이 느껴진다. 뜨거운 물과 단팥빵 하나를 챙겨 윗밭에 갔다. 그곳엔 스무 그루 정도의 사과나무를 베어 낸 비탈진 밭과 안쪽의 평평하고 너른 밭이 있다. 비탈밭은 성큼성큼 걸어 열 걸음 정도면 끝나는 그리 넓지 않은 밭인데 여섯 이랑을 만들어 깨를 심었다. 안쪽 밭은 400여 평에 이르는 제법 너른 밭이다. 무척 길어서 한참을 걸어야 계곡이 내려다보이는 벼랑에 이른다. 김장에 쓸 배추와 무가 한창 잘 자라고 있다. 밭 가장자리에 서너 이랑 심은 깨를 햇살 좋은 날 베어 그 자리에 뉘어 말린 지 여러 날이 지났다.

올해는 깻모를 집에서 냈다. 동네 사람들이 사는 곳에서 뚝 떨어진 산 중턱에 집을 짓고 보니 작물 심는 것도 조금씩 늦어지는 통에, 깻모를 다 심은 동네 분들이 남은 것을 갖다주기 일쑤였다. 매년 그렇게 얻어서 심었는데 올해는 씨를 뿌려 모종을 키운 것이다. 싹이 나기 무섭게 잎을 매달더니 쑥쑥 키를 키워 갔다. 솎아 먹어도 무성하게 자라는 모종들의 기세를 감당하기 어려웠다. 비탈밭과 너른 밭에 깨를 다 심고도 모종은 반의 반도 줄어들지 않았다. 촘촘하게 자란 모종들은 지나친 경쟁으로 키만 멀대처럼 커져서 윗밭에 옮겨 심을 때는 줄기의 절반 이상을 땅에 묻어야 했다. 내가 호미로 살짝 흙을 떠낸 자리에 모종을 놓으면 남편은 괭이로 슬슬 흙을 덮고 발로 그 위를 밟았다. 그렇게 대충 모종을 비스듬히 땅속에 집어 넣고 흙을 덮어 주었을 뿐인데 비가 한두 번 내리고 나자 모두 짱짱하게 살아났다.

여름내 깨밭은 손바닥만 한 잎을 끝없이 밥상에 내주었다. 윗밭에 뛰어가 몇 잎 후루룩 훑어 쌈으로도 먹고, 고추랑 같이 잘게 썰어 기름을 두른 팬에 다진 마늘과 함께 볶아도 먹고, 고추와 부추를 넣어 부침개로도 먹고, 김에 고르게 편 밥 위로 깻잎을 깔고 다른 속을 얹어 김밥을 싸 먹기도 했다. 깻잎은 끼니마다 올라도 질리지 않는다. 입안 가득 퍼지는 향기는 어떤 음식과도 잘 어울린다.

여름이 끝날 무렵, 깻잎을 커다란 광주리에 욕심껏 딴다. 깻잎지도 담그고 김치도 담근다. 다음 해 새로 난 깻잎을 만나기 전까지 먹을 저장용 깻잎 반찬이다. 까나리액젓과 매실 효소만으로 깔끔하게 담그기도 하고 마늘과 고춧가루 등 각종 양념을 버무려 깻잎 켜켜이 발라 김치를 담그기도 한다. 따끈한 밥 위에 얹어 젓가락으로 싸 먹으면 다른 반찬이 크게 눈에 들어오지 않는다.

밭에 누워 살포시 잠들어 있던 깨들은 햇살이 퍼져 오르기 시작하면 하나둘 눈을 뜨기 시작한다. 햇살이 충분히 따끈따끈해서 몸을 간질이기 시작하면 꼭 다물고 있던 입도 풀린다. 그때 깻단을 들어 올리면 마른 꽃대 안에 숨죽이고 있던 깨들이 터져 나와 밭에 떨어지게 된다. 그러니 햇살에 깨들이 깨나기 전에 깻단을 조심조심 옮겨야 하는 것이다.

우선 장정 대여섯이 큰 대 자로 드러누워도 될 만한 널찍한 비닐을 밭 입구에 펼쳐 놓는다. 모서리는 돌로 눌러 둔다. 그 위로 깻단을 옮겨 두 줄로 가지런히 펼쳐 놓는다. 깨를 베어 낸 밑동은 비닐의 가장자리에 오도록 하고 열매가 달린 쪽은 서로 가운데서 겹치게 한다.

밭에 뉘어 놓은 깨들은 대여섯에서 일고여덟 그루 정도를 베어 한 무더기씩 쌓아 놓았다. 나는 서너 무더기를 다시 겹쳐 한 아름 가득 들고 밭을 빠져나와 비닐 위에 부려놓는 일을 하고 남편은 도리깨로 치는 일을 했다. 깨 무더기를 양껏 안으면 긴 깻대들이 시야를 다 가려 뒤뚱거리며 걸어야 한다. 도리깨로 한참을 내리치고 나면 깻단을 뒤집어 다시 내리친다. 깨가 탁탁 튀기도 하고 좌르륵 흘러내리기도 한다. 마른 깻잎들도 부서진다. 다 털어낸 깻대는 빈 밭 모퉁이에 쌓는다.

십수 차례 긴 밭을 오가며 깻단을 나르니 목도 마르고 다리도 아프다. 해가 살짝 올라오고 있다. 남편도 계속되는 도리깨질에 어깨가 아파 팔을 크게 돌리고 있다. 따뜻한 물을 마시고 단팥빵 하나를 나눠 먹으며 잠시 쉰다.

드디어 비탈밭에 있는 깻단은 다 털었다. 햇살은 비탈밭에 먼저 비치고 안쪽 너른 밭으로 번져 간다. 내가 나르는 깻단도 햇살의 발걸음 따라 같이 간다. 가장 늦게 해가 비치는 곳은 가장 늦게 옮긴다. 해가 올라왔지만 너른 밭을 단번에 다 내리쬐지는 않는다. 조금씩 영역을 넓혀 나간다. 나도 잰걸음으로 오가며 깻단을 부지런히 나른다. 이마와 등에 땀이 흥건해질 무렵 햇살도 따끈따끈 달아오르고 깨 타작도 거의 끝나 간다.

추수한 깨들을 체에 거른다. 마른 잎과 줄기들을 빈 밭에 버리고 먼지와 자잘한 흙, 자그마한 깨벌레들이 뒤섞인 깨를 모아 마당으로 나른다. 햇살에 펴 놓으면 벌레들은 꼬물꼬물 사방으로 흩어진다. 늦은 아침을 먹고 나니 하루의 절반이 다 지나가고 있다. 한숨 돌리고 나서 수돗가에 가져가 깨를 씻을 차례다. 먼지와 이물질을 걷어 내고 깨와 자잘한 흙을 분리해 낸다. 깨는 뜨고 흙은 가라앉는다. 깨끗해진 깨를 볕에 말리면 이제 깨를 먹을 수 있게 된다. 들기름도 짜고 들깻가루도 낸다.

씨를 뿌리고 싹이 나기를 기다리며 텃밭을 기웃거리던 시간.

모종을 윗밭으로 옮겨 심고 쑥쑥 자라 무성해진 들깨밭을 여름 아침 이슬을 헤치며 쓰다듬던 시간. 깻잎을 딸 때마다 퍼지던 짙은 향기에 몸서리치던 시간. 몇 차례 태풍에 쓰러진 줄기를 일으켜 다시 세워 주던 시간. 햇살에 익어 가는 열매와 말라 가는 잎들을 지켜보던 시간. 수확이 끝난 밭에 빈 몸으로 삭아 가는 깻단들과 헤어지는 시간. 깨와 보낸 한 시절이 내 안에 쌓이며 가을이 깊어 가고 있다.

겨울 초입

　서울 귀농학교와 실상사 귀농학교 과정을 이수한 후 삶을 전환한 남편은 유기농에 대한 자기 나름의 신념이 스무 해가 훌쩍 지난 지금까지도 야무지다. 직접 키운 쌀과 밭작물로 밥상을 차리고 땀 흘린 만큼 되돌려주는 농사가 천직이라 자부한다. 도시에서 나고 자란 그가 뒤늦게 귀농을 하여 땅에 쏟는 노역과 애정은 미욱하리만큼 거짓 없고 변함이 없다. 가을 태풍에도 큰 피해 없이 추수가 끝나면 한시름 놓게 된다. 나락 포대가 창고에 차곡차곡 쌓이면 더없이 든든하다.

　아침저녁으로 기온이 떨어지기 시작할 무렵 들깨와 콩을 타작하고 맵싸한 바람을 맞으며 마늘, 양파를 심고 나면 나무들은 부지런히 잎을 털어 내고 겨울을 나기 위해 몸을 단단하게 벼린다. 신록의 싱그러움을 떠올리게 하는 무 윗동아리를 살짝 베어 내면 실팍하고 무성한 잎이 한 손에 쥘 수 없을 만큼 듬직하다. 무의 몸은 순결하고 미끈하다. 흙을 털어 내고 큰 자루에 담아 저온 창고에 보관한다. 동료와 지인들에게 푸근하게 인심을 쓰고도 무는 다음 해 여름 초입까지 너끈하다.

가을무는 시원하고 달다. 조림할 때 두툼하게 밑에 깔아 푹 익히기도 하고 채 썰어 절임 반찬도 하고 살짝 쪄서 전으로 부치기도 한다. 황탯국, 어묵탕에도 넘치게 넣는다. 간식으로 그냥 먹어도 배 못지않은 게 이 계절의 무다. 꼬들꼬들 말라 가는 무말랭이는 마당을 환하게 빛는다. 무 잎은 마당에 내건 큰 솥에 삶아 시래기를 만든다. 들큼하면서도 구수한 냄새가 집 안팎을 채운다. 비닐하우스 안에 긴 장대를 여럿 매달아 시래기를 말린다.

분주하게 겨울 채비를 하는 틈에 문득 감나무가 눈에 들어온다. 얼마 전 돌배나무에 열린 배를 썰어 말린 지도 여러 날이 지났다. 우리 집 감나무는 덩치는 어지간한데 뭐가 부족한지 감이 많이 달리지도 않고 그나마 떨어지기 일쑤다. 수확한 감은 겨우내 홍시로 먹는다. 곶감은 집 맞은편 빈 들에 서 있는 오래된 감나무를 빌린다. 고사리 밭과 논 사이 빈터의 비탈에 우뚝 선 나무는 뱀사골로 들어가는 첩첩 능선을 바라보고 있다. 나무 주인은 먼 곳에 살고 있어 우리에게 감을 따도 좋다고 했다.

갈색과 옅은 고동색이 주조를 이루는 늦가을 풍경 속에 노을빛을 머금은 감은 높고 차가운 하늘과 빛나는 대비를 이루며 눈길을 붙잡는다. 점점 길어지는 밤을 끼고 한 사흘쯤 사각사각 감을 깎아 말린다. 거름을 준 적도 풀을 부지런히 쳐 준 적도 없어선지 감은 잘다. 한두 달만 지나면 오가다 하나씩 빼 먹을 수 있다. 말랑하고 촉촉한 곶감은 한입에 쏙 들어간다. 강하지 않은 단맛이 담백함을 더한다.

볕과 서리를 번갈아 맞으며 가장 늦게까지 자리를 지키는 것은 배추다. 얼마 전만 해도 잎마름병이 든 것도 몇 보이고 속이 부실해서 김장을 담글 수 있을까 싶었는데 어느새 속이 꽉 들어찼다. 주말마다 일이 생겨 푹한 날을 다 보내고 한파가 시작되고서야 짬이 났다. 김장이 끝나야 겨울을 마음 놓고 맞을 수 있지 않은가.

최근 몇 년은 남편과 둘이 김장을 한다. 여러 사람과 할 때보다 여유 있고 편안하다. 예년에는 시누이와 시어머니가 와서 같이 했다. 김장을 주도하는 사람은 나이 많은 시누이다. 일도 잘하고 경험도 많으니 그렇게 된다. 김장을 매년 하는데도 나는 김장의 전체 과정을 알 수 없었다. 장을 미리 봐 오고 각종 재료를 다듬고 배추를 씻고 속을 넣는 일은 했지만 배추를 절이고 양념을 만들고 간을 보는 건 매번 시누이였다.

밥과 간식을 차려 내는 일까지 하다 보면 번잡하고 정신없이 백 포기쯤 되는 김장 일이 지나갔다. 시댁 식구들이 김장 박스와 각종 채소를 싣고 돌아가고 나면 피로와 허전함이 몰려왔다. 고맙다고 말했지만 찜찜한 마음이 컸다. 몇 번은 동네 지인이 와서 도와주기도 하고 친정 엄마와 언니들이 와서 같이 하기도 했지만 흔쾌하지가 않았다.

자라면서 엄마가 김장다운 김장을 하는 걸 보지 못했다. 그 시절엔 지금처럼 김장하는 집이 많지 않았다. 가난한 사람들은 수확 끝난 밭에서 시퍼런 배춧잎을 주워 오거나 시장에서 허드레로 남는 잎들을 가져와 소금에 절여 고춧가루와 젓갈에 대충 버무렸을 뿐이었다. 어린 시절 먹은 김치는 시퍼런 잎이 많아서 질기고 짰다. 오래도록 김치란 으레 그런 거려니 생각했다.

국민학교 때 엄마가 남의 집에 김장 일을 해 주고 김치 한 포기를 가져온 적이 있었다. 노오란 속살과 뽀얀 배추 줄기가 든 김치를 처음 먹어 봤다. 놀라웠다. 중학교 때 친구네 놀러 갔더니 김장을 하고 있었다. 하숙을 치는 집이라 꽤 많은 양을 담갔다. 친구 엄마는 돌아가는 내 손에 큰 스텐 그릇 가득 김치를 들려 주었다. 엄마가 얼마나 감격스러워 했는지 지금도 눈에 선하다.

고등학교부터 도시로 나와 살면서 엄마와 셋방살이를 전전했다. 김장은 하지 않고 그때그때 김치를 조금씩 담가 먹었다. 보관할 곳도 없고 살림도 넉넉지 않았기 때문일 것이다. 결혼 후, 매번 김장 김치를 엄마에게 갖다 드린다. 연세가 들면서 드시는 양이 급격히 줄었는데도 엄마는 반색을 한다. 김장 김치에 대한 묵은 갈망이 엄마는 나보다 더 있지 않을까 짐작해 본다.

　올해는 스무 포기만 하기로 했다. 시어머니도 엄마도 먹는 양이 확 줄었다. 김장의 전 과정을 꿰고 있는 이는 남편이지만 함께 하면서 나도 일머리를 잡아 간다. 그는 밭에서 배추를 수확해 다듬고 잘라 능숙하게 소금에 절인다. 유튜브를 보며 양념을 어찌할지도 새로이 궁리한다. 준비물을 같이 메모하고 장을 보고 씻고 다듬고 썰고 다지고 간다. 어떤 것을 미리 갖춰두어야 하는지, 김장 전날에 무엇을 하고 당일은 무엇부터 시작해야 하는지 이제는 안다. 시작부터 끝까지 일의 리듬이 머리에 그려지고 그와 손발을 맞춰 일을 해 나가니 수월하다.
　이번엔 절인 배추를 씻어 물기를 빼는 동안 아랫밭과 윗밭을 오가며 당근 수확까지 마쳤다. 이랑이 꽤 길어 시간이 제법 걸렸다. 당근을 뽑고 윗동아리를 잘라 낸 후, 팔 것과 먹을 것을 선별하여 저온 창고에 넣었다. 찬바람에 코가 새빨개지고 뺨은 얼었지만 막바지 수확을 끝내 흔감했다.

너른 밭에는 배추만 두 이랑 길게 남아 있다. 웬만한 추위쯤 거뜬한 배추니 그리 조급할 건 없다. 빈 들녘이 더없이 충만하게 느껴진다. 눈이 하얗게 논밭을 덮고 칼바람이 할퀴는 겨울의 한가운데 놓일지라도 반짝 햇살에 냉이는 눈이 트고 흙은 몸을 뒤채며 만물을 품는 날을 꿈꿀 것이다. 동지를 보름 남짓 앞둔 밤은 적막하고 짙다. 남편은 겨울잠에 들 것이고 그 옆에서 나도 곤한 몸을 누일 것이다. 해와 달이 번갈아 시간을 밀어낼 때도 우리는 태평하게 게을러지고 곰삭은 김치를 꺼내고 시래깃국을 끓이고 무와 배추전을 부치고 곶감을 맛볼 것이다.

눈 오는 날

눈 예보에 긴장한다. 몇 시부터 얼마나 내리는지 기온은 어떤지 살펴본다. 밤새 눈이 내리면 십중팔구 발이 묶이게 된다. 산 중턱에 살며 출퇴근하는 나로서는 걸어 내려갈 수밖에 없다. 버스가 다니는 큰길까지 가자면 30분 남짓 걸린다. 일 년 중 며칠은 새벽 눈길을 걸어갈 일이 생긴다.

산청에 있는 학교로 출퇴근할 때는 버스로 가자면 중간에 한번 갈아타야 했다. 간밤에 내린 눈으로 사방은 적막에 싸여 있었다. 파르스름한 하늘과 싸아한 바람을 마주하고 차가운 별이 이마를 적시는 새벽길을 나섰다. 등산화를 신고 털모자에 배낭을 멨다. 목도리를 한껏 올려 뺨을 덮으니 입김은 금세 식어 뻣뻣한 냉기를 전했다. 큰길에 닿으면 날이 밝아 왔고 곧이어 눈을 미처 쓸어 내지 못한 버스가 자다 깬 몽롱한 표정으로 슬금 슬금 다가왔다. 얼얼한 턱과 뺨은 버스 안의 온기에 노글노글 해지고 졸음이 달게 몰려왔다. 얼었던 몸이 풀리기 시작할 즈음, 느려 터진 버스가 야속하게도 내가 내릴 곳에 당도한다.

20분은 기다려야 갈아탈 버스가 온다. 눈이 푹푹 빠지는 산골에 큰길이라곤 해도 지나다니는 사람은 고사하고 개 한 마리도 보이지 않는다. 찬바람은 버스 안에서 잠깐 누렸던 따뜻함을 매몰차게 걷어 간다. 서서 기다리다간 온몸이 돌덩어리가 될지도 모른다. 산 아래 마른 풀들도 눈을 뒤집어쓴 채 숨죽이고 있고 하천도 멈춰 있다. 바람이 쌓였던 눈을 흩뿌리며 춤을 춘다. 걷기 시작한다. 오래지 않아 버스가 올 테니 그때까지 몸이 덥히기를 바라며. 왼쪽은 산, 오른쪽은 하천. 그 너머는 계단식 논밭과 산으로 연결되어 있다. 버스는 오지 않았다. 터미널에 전화해 보니 폭설로 백무동 쪽에서 나오는 첫 버스를 운행하지 않는다 했다. 달리 길이 없다. 두 번째 버스가 올 때까지 걷는 수밖에.

고개를 두 개쯤 넘었을 때 차 소리가 들렸다. 승합차 한 대가 천천히 서더니 타고 가겠냐고 물었다. 스님이었다. 얼어붙은 입보다 고개가 먼저 끄덕여졌다. 스님은 지리산에서 겨울을 난 적이 별로 없는지 연신 감탄을 해 대며 차를 세우고 사진을 찍곤 했다. 대전 가는 길이라며 생초 IC에서 내가 근무하는 학교가 가까우니 데려다주겠노라 했다. 지리산에 내려오기 전에 스님이 해외에서 공부한 거며 관심을 두고 있는 소외계층 지원 등에 대한 이야기를 나누며 마지막 가파른 고갯길을 오르고 있었다.

별문제 없이 오르던 차가 어느 지점에서 헛돌더니 더 이상 나아가지 못했다. 스님은 바꿀 때가 한참 지난 차라며 그럴 줄 알았다는 듯 혀를 찼다. 후진으로 오르막이 시작되는 곳에 내려와서 약간의 가속을 붙여 올랐다. 중턱쯤 가면 여지없이 차는 못 견디겠다는 듯 부르르 떨며 멈춰 섰다. 그러기를 여러 차례.

다시 오르막을 시도하고 있을 때 맞은편에서 버스가 내려오고 있었다. 스님 차는 멈춰서기 직전에 이쪽저쪽으로 비비적대며 비틀댔으므로 버스 기사는 혼비백산하여 경적을 울려 댔다. 간신히 차를 피해 내려가며 버스 기사는 창밖으로 한껏 고개를 내밀고 있는 대로 욕설을 퍼부어 댔다. 스님은 별일 아니라는 듯, "허어, 참!"만 내뱉었다. 조수석에 앉아 있는 나는 벌벌 떨며, 차에서 내려 차라리 걸어갔으면 싶었다.

산기슭의 돌을 파내서 바퀴 뒤에 괴어 놓기도 여러 번. 얼어붙은 흙에 박힌 돌을 떼어 내는 건 쉽지 않았다. 스님은 대여섯 번의 시도 끝에 두 손을 들었다. 해가 뜨면 길이 금방 녹을 것이니 기다리자고 했다. 두 번째 버스가 오는 게 보였지만 나 혼자 버스를 타고 가는 건 의리가 아닌 것 같아 짐짓 못 본 체했다. 스님도 말이 없었다.

산 위로 마침내 햇살이 퍼져 오르는 게 그렇게 반가울 수가 없었다. 해는 힘이 셌다. 요지부동일 것 같은 매끈매끈한 얼음 눈길을 힘없이 스러지게 했다. 스님의 차는 눈이 두툼하게 쌓인 운동장을 개선장군처럼 가로질렀다. 급하다던 대전행은 잊어버린 듯 거의 오전 내내 교사 휴게실에서 쉬다 떠났다. 전교생 서른 명 남짓의 시골 학교에 아이들은 3교시가 지나도록 반의 반도 오지 않았던 터라 교사들도 스님과 한담을 나누었다.

어느 날은 새벽 눈길을 헤치고 하얀 김을 내뿜으며 큰길에서 버스를 기다리고 있는데 학교서 전화가 왔다. 폭설로 임시 휴교가 결정되었다는 것이다. 산길을 올라가며 하루 놀 생각에 몸도 마음도 훗훗해졌다. 오후부터 눈이 퍼붓기 시작하면 서둘러 조퇴를 내야 했다. 산청에서 뱀사골 쪽으로 넘어오는 길은 구불구불 산을 끼고 달려야 해서 하늘이 무겁게 가라앉기만 해도 걱정이 앞섰다. 아이들은 눈이 많이 오기를 고대했다. 학교를 안 가거나 점심때쯤 느지막이 나타나도 되기 때문이다. 눈이 오면 한 학년에 한 반뿐인 아이들은 전교생이 운동장에 쏟아져 나와 발자국을 남기고 눈사람을 만들고 눈싸움을 했다.

함양으로 학교를 옮기고 나니 눈 오는 날 생기는 크고 작은 이야기들을 만날 수 없어 아쉽다. 아이젠까지 차고 눈길을 내려가 버스를 타고 함양에 닿으면 눈 하나 없는 쨍한 햇볕이 시간여행 온 듯 낯설다. 함양은 눈이 많이 오지 않고 뱀사골 쪽과 기온 차도 제법 난다. 몇 년 전부터는 함양으로 출근하는 아랫마을 사람을 알게 되어 그의 튼튼한 사륜구동을 얻어 타면서 버스를 타는 일도 없어졌다. 그와 나누는 동네 사람들 이야기는 구수하고 정다워 눈 오는 날을 기다리게 되기도 하지만 산청으로 오갈 때의 겨울 눈이 안겨 주던 푸근한 정감이 이맘때면 그리워진다.

최근 몇 년간은 눈 오는 일수도 강설량도 줄었다. 세찬 바람과 미끄러운 눈길을 버티며 산길을 내려가노라면 미끈한 일상에 요철이 생기고 그 사이로 이야기가 고인다. 몸은 얼어붙어도 정신은 맑고 깨끗한 얼음물에 헹군 듯 서늘해진다. 나태와 관성을 일순간에 깨 버리며 단단하게 걸어갈 기운을 얻게 된다. 눈 오는 날을 우려하면서도 은근히 기다리게 되는 이유다.

대보름날

엄마는 대보름을 큰 명절로 여긴다. 평생을 그랬다. 대보름 전날엔 양말을 머리맡에 두고 자게 했다. 눈 뜨자마자 양말을 신어야 했다. 그러지 않으면 그해 발이 언다고 믿었다. 엄마는 양말을 신기고 설날에 남긴 강정 몇 개를 입속에 디밀었다. 잠 속을 겨우 빠져나온 우리는 실눈을 뜨고 엄마의 말을 따라 했다. "부럼 깨물자" 말하고 강정 깨물기를 세 번 반복했다. 그래 야 부스럼이 나지 않는다 했다.

콩과 팥, 조와 수수를 넣어 지은 찰밥에 동태국을 끓이고 조기를 구웠다. 무와 콩나물은 잠길 듯 말 듯 물을 잡아 심심하고 담담하게 삶아 냈다. 냉이는 데쳐 콩가루에 묻혀 내고 고사리와 호박 고지, 말린 가지, 피마자 잎은 물에 잘 불려 들기름에 볶았다. 김은 들기름을 발라 굽고 두부는 고운 소금을 솔솔 뿌려 부쳤다. 새콤하게 잘 익은 동치미 국물의 얼얼한 한기도 상쾌했다. 엄마는 소금만으로 간을 한, 국물이 자박한 무와 콩나물 반찬을 좋아했다. 식은 찰밥에 시원한 무와 콩나물 국물을 즐겼다. 피마자 잎 볶음도 좋아했다. 대보름 밥상에 막걸리는 빠지지 않았다. 어린 우리에게도 조금씩 술을 맛보게 했다. 귀가 밝아져 남의 말을 허투루 듣지 말라고 했다.

어린 시절엔 큰집에 가서 설을 쇠었다. 읍내에서 오 리 남짓 걸리는 큰집 가는 길은 언제나 겨울 휑한 바람이 신작로의 먼지를 쓸어 귀싸대기를 치고 온몸을 오그라들게 하는 추위가 몸을 뻣뻣하게 했다. 아들 일곱만 낳은 큰아버지는 딸만 다섯 둔 우리 엄마에게 대놓고 설움을 줬다. 사촌들은 장난을 험하게 치고 말도 거칠게 해서 우리 자매들은 큰집 가기를 다들 싫어했다. 한창 자랄 때의 산골 사내아이들은 가끔 만나는 우리를 살갑게 대하는 적이 거의 없었다. 툭하면 때리고 놀리고 고자질을 했다. 큰아버지는 퉁명스럽고 큰엄마는 새초롬해서 우리 식구는 정붙이기가 어려웠다.

읍내에서 날품팔이를 하며 겨우 살아가는 가난한 집의 아이들이 우루루 몰려오니 큰집에선 반가울 리 없었을 것이다. 차례 음식을 준비하는 마당에서 얼쩡거려 봤자 부침개 한 조각 맛보지 못하고 손가락만 빨아야 했다. 춥고 불편했던 기억만 많다. 큰아버지는 "아무짝에도 쓸모없는 가시나들"이라는 말을 무시로 내뱉으며 엄마의 속을 긁어 놓았지만 엄마는 귀머거리인 양 묵묵히 속으로만 삭여야 했다.

대보름날은 큰집에 가지 않고 우리끼리 지내는 명절이니 엄마는 서러웠던 설 풍경을 깡그리 지워 내려는 듯 없는 살림이지만 풍성하고 정성스럽게 상을 차렸다. 설날은 시리고 서글팠지만 대보름날은 옹기종기 둘러앉은 밥상이 환하게 밝아 마음이 푸근했다. 댓바람부터 이름을 부르는 소리가 들리면 엄마는 무심결에 대답이라도 할까 눈을 홉뜨고 입술에 손을 갖다 댔다. 방심하다 더위를 사기도 했지만 나도 더위를 다시 팔면 되니까 밥을 먹기 무섭게 친구 집을 돌며 더위를 팔았다.

언니들이 만들어 준 가오리연을 날리고 쥐불놀이를 했다. 불이 담긴 깡통을 아주 빨리 돌려야 해서 내겐 힘에 부쳤던 기억이 난다. 달이 뜨면 곧장 소원을 빌 수 있게 뭘 말할지 미리 생각해 두라고 했지만 나는 번번이 잊어버리고 달을 맞을 때가 많았다. 엄마와 언니들과 달을 바라보는 것만으로도 가슴에 두둥실 달이 내려앉았다. 엄마는 머리를 수없이 조아리며 두 손을 비볐다.

결혼하고 나도 대보름 밥상을 차린다. 엄마보다 부실하지만 구색을 갖추려 한다. 상차림에 필요한 장을 보고 전날 저녁에 말린 나물을 물에 불려 둔다. 올해는 보름 전날 날이 푹해 밭에 올라가 냉이를 넉넉히 캘 수 있었다. 붉은 갈색 잎은 데치니 초록빛으로 바뀌었다. 소금과 참기름으로 간을 해서 올리니 상에 산뜻한 봄기운이 돈다. 봄에 채취해서 삶아 말려 둔 고사리와 뽕잎도 꺼내 들기름과 국간장을 넣어 볶는다. 아침 일찍 일어나 부럼부터 깨물고 여러 나물 반찬과 구이와 전 등을 차리는데 제법 시간을 들인다. 맑은 술을 유리잔에 따르고 새로 맞을 봄과 사람들 속에서 순조롭게 한 해를 잘 건너갈 수 있도록 서로 덕담을 나눈다.

대보름은 입춘을 즈음하여 맞게 된다. 아직 추위가 물러가진 않았지만 땅도 조금씩 부풀어 오르고 농사일도 기지개를 슬슬 켜야 할 때다. 하늘에 한껏 띄워 올렸던 머나먼 꿈도 연과 함께 날려 보내고 어둠 속에서 찬연하게 맴돌았던 불놀이도 끝낼 때다. 달집에 액운도 말끔히 불태워 정결한 태세로 새봄의 흙을 일궈야 할 때다. 오곡밥과 갖은 나물과 맛깔스런 반찬으로 속을 든든히 채웠으니 겨우내 움츠렸던 몸을 일깨워 다시 만물의 꿈틀거림과 조응해야 하는 것이다. 대보름을 보내야 비로소 한 해가 시작되는 것 같다.

논

지난가을, 남편은 콤바인 기사와 벼 수확을 끝낸 후 나락을 동네 건조기에 넣었다. 늦은 저녁밥을 먹으며 무심한 듯 말을 꺼냈다.

"논농사 그만 짓기로 했어."

자급자족과 유기농에 대한 꼿꼿한 자부심으로 이십여 년 이상 흙과 작물에 진심이었던 남편을 지켜본 터라 놀랍고 의아했지만 전혀 뜻밖의 말은 아니었다. 내 입에서 튀어나온 말은 남편 못지않게 짧고 담담했다.

"그래, 그만큼 했으면 오래 했어. 그동안 정말 애썼어."

그는 귀농운동본부에서 실시하는 짧은 교육을 받고 2000년에 '실상사 귀농학교'에 입학하여 본격적으로 일 년 농사를 제대로 배울 수 있었다. 졸업 후, 몇 년간 실상사 농장 일을 하면서 인근 동네에 빈집을 얻어 텃밭 농사를 병행했다. 농장을 그만두면서 논을 빌려 논농사와 밭농사를 두루 지었다. 밭은 있었지만 우리 소유의 논은 없었다. 저농약과 무농약을 거쳐 유기농 인증을 받기까지 꽤 오랜 시간이 걸렸다. 유기농으로 완전히 전환했는데 주인이 논을 돌려 달라고 해서 다른 논을 빌려 다시 시작한 적도 있었다.

수확이 끝난 논에 볏짚을 썰어 깊이 갈아엎고 나면 논은 긴 휴식에 들어간다. 봄이 오면 보관해 둔 볍씨를 선별하고 소독해야 한다. 소금물은 계란을 띄워 500원짜리 동전 크기로 뜨게 농도를 맞춘다. 이때 뜨는 볍씨는 버리고 가라앉은 볍씨는 60도 정도의 물에 10분 정도 담가 온탕 소독한 후, 찬물에 담근다. 낮에는 담그고 밤에는 꺼내 두는 과정을 열흘쯤 반복하여 싹이 트면, 모판에 상토를 깔고 파종하여 키우기 시작한다.

논에 물을 대고 키운 적도 있지만 비닐하우스 안에서 키운 적이 많았다. 논에서 키우면 물 조절이 어렵다. 물을 많이 대면 모가 잠기게 되고 물을 너무 빼면 뿌리가 말라 버린다. 수시로 논을 오가며 모의 발육 상태에 맞게 물을 계속 맞춰 줘야 한다. 비닐하우스 안에서 키우면 통풍과 온도에 신경을 써야 한다. 낮에 너무 뜨겁지 않은지 밤에 너무 춥지 않은지 살피며 문의 개폐를 결정해야 한다. 물은 호스로 분사한다. 모를 키울 때는 갓난아이 돌보듯 눈을 뗄 수 없다. 하루라도 먼 곳으로 출타할 수 없다.

모를 옮겨 심기 전에 트랙터로 논의 수평을 고르게 해야 한다. 기계가 하지만 어느 부분인가는 다른 곳보다 바닥이 올라오는 곳이 꼭 있다. 논에 들어가 써레질을 해 가며 수평을 손본다. 완벽하게 수평을 맞출 수는 없다 해도 어느 정도는 맞춰 놓아야 한다. 바닥이 고르면 논농사가 한결 수월하지만 어느 한쪽이라도 맞지 않으면 내내 일거리가 된다. 논에 물을 대고 나면 논가를 둘러보며 두더지가 파 놓은 구멍은 없는지 세심하게 봐야 한다. 물이 새기 때문이다. 논을 둘러 가며 손으로 흙을 떠 올리며 여러 날 두둑을 정비한다. 일명 논바르기다. 물장화를 신고 허리를 굽혀 하는 일이라 무척 고되다. 옷은 물론 얼굴에도 흙이 튀어 논에서 나올 때는 추레한 모습이 된다. 모심기 준비가 끝난 셈이다.

어린 모를 논에 옮겨 심을 차례다. 이앙기로 모내기를 한다 해도 사람이 들어가 기계가 놓친 곳을 찾아 일일이 손모를 내야 한다. 이걸 '보식'이라 하는데 며칠씩 걸린다. 무논에 어린 모가 연둣빛 가득 일렁이는 것을 보면 허리를 두드리며 잠시 그동안의 노역을 잊고 흐뭇함을 맛본다.

이제 우렁이를 사러 갈 때다. 논에는 모만 자라는 게 아니다. 다양한 종류의 풀들도 기세를 올리기 시작한다. 함양 나가는 곳에 우렁이를 기르는 곳이 있는데 부부가 뚱하기 그지없다. 우렁이 상태도 매번 건강하지 않다. 달리 갈 곳이 없으므로 유기농 하는 이들은 울며 겨자 먹기다. 큰 우렁이를 주기 때문에 킬로그램당 개수가 많지도 않다. 논에 뿌리고 다음 날 가 보면 물 위에 떠 있는 게 부지기수라 다시 보충해서 사야 한다. 속이 상하지만 달리 방법이 없다.

논둑을 걸으며 꼼꼼히 보면 논바닥이 올라온 곳이 꼭 있다. 우렁이를 한 움큼 집어 골고루 흩뿌린다. 바닥이 올라온 곳은 더 많이 뿌린다. 그곳에 풀이 더 많이 자랄 것이기 때문이다. 물관리가 무엇보다 중요하다. 모가 잠기지 않을 정도로 찰랑찰랑하게 유지해야 한다. 간밤에 두더지가 날뛰었다면 비상이다. 물이 빠지면 풀이 치고 올라온다. 구멍을 찾아 단단히 메워야 한다. 우렁이는 물 밖에 고개를 내밀지 못한 어린 풀들을 먹어치운다. 우렁이가 먹는 속도보다 풀들의 성장이 더 빨라 풀이 물 밖으로 나오면 우렁이는 먹지 않는다. 우렁이가 부지런히 풀을 먹어 줘야 한다.

물관리를 제대로 하지 못하면 논의 어느 부분은 바닥이 드러나게 되고 우렁이는 물이 있는 두둑 쪽으로 몰리게 된다. 우렁이는 햇빛에 노출되면 화상을 입어 죽기 때문이다. 우렁이가 논 전체에 골고루 퍼져 있지 않고 한쪽에 몰려 있다면 물관리에 문제가 있다는 신호다. "작물은 농부의 발자국 소리를 듣고 큰다"는 말은 그만큼 작물의 생육 상태를 수시로 면밀히 살피고 돌봐야 제대로 수확을 맞이할 수 있다는 이야기다.

몇 년 전, 운봉의 젊은이가 우렁이 사육장을 열었다는 이야기를 듣고 남편은 바로 그곳에서 우렁이를 사 왔다. 함양과 비교해 상태가 좋다고는 볼 수 없었지만 친절하고 성실해 보이는 젊은이에게 잘 키워 보라고 격려했다. 이듬해는 더 상태가 좋지 않아 결국 문을 닫고 말았다. 남편은 몹시 아쉬워하며 다시 함양을 찾았다. 작년에는 임실에 사육장이 있다는 소식을 듣고 그곳에서 우렁이를 샀다. 논농사 규모를 듣더니 그에 맞는 양의 우렁이를 곧바로 보내 주었다. 크기가 작아 개수가 많은 데다 껍데기가 반질반질 윤이 났다. 논에 뿌려 두자 얼마나 왕성하게 활동을 하는지 논이 풀 없이 깨끗하다며 남편이 무척 좋아했다.

논매기는 내가 해 본 농사일 중 두 번 다시 하기 싫은 끔찍이도 고된 일이다. 허벅지까지 오는 물장화를 신고 유월의 무논에 들어가 풀을 손으로 잡아채 끌어내는 것이다. 이때쯤이면 벼도 무릎 정도까지 자란다. 고개를 숙일 때마다 뾰족하고 까끌한 벼 끝이 날카롭게 얼굴과 목을 찔러 댄다. 햇볕은 점점 뜨겁게 달아오르고 온몸은 금방 땀에 절어 굵은 땀방울이 머리카락을 타고 뚝뚝 떨어진다.

무논의 흙은 한 발 내디딜 때마다 수렁이 되어 발을 빨아들인다. 움켜쥔 진흙의 억센 손아귀를 벗어나기 위해 발을 옮길 때마다 체중의 몇 배에 달하는 힘을 짜내야 한다. 논 가운데로 갈수록 옴짝달싹할 수 없다. 쉴 수도 없고 물을 마실 수도 없다. 빠져나오지 않으려는 풀의 강고한 저항을 꺾고 손과 손목으로 휘감아 풀을 뽑아 둘둘 감은 다음 논바닥 깊이 발로 쑤셔 넣으면서 묵묵히 나아가는 수밖에 없다. 견디고 버티는 것이다.

동네 분들은 논에 들어가 김매기를 하지 않는다. 얼마나 힘든지 누구보다 잘 안다. 칠팔십 대에 이른 그분들은 그럴 힘도 이유도 없다. 제초제를 뿌리면 간단하다. 농약 살포도 의뢰하면 헬리콥터가 와서 방제를 해 준다. 뜨거운 여름날, 동네는 적막하다. 논매기를 하다 보면 진공 속에 갇힌 외계 벌레 같은 느낌이 들기도 한다.

산간 지역에서 깨끗한 물과 유기농으로 지은 쌀은 지인들과 입소문만으로 직거래를 꾸준히 해 오던 터였는데, 찾는 이들이 조금씩 줄더니 사오 년 전부터 눈에 띄게 주문량이 떨어지기 시작했다. 남편은 논농사를 그만두어야 할 때가 머지않았음을 직감했다. 코로나가 발발하던 해는 반짝 주문량이 증가했지만 다시 하락세를 보였다. 가족 구성원과 식생활의 변화, 각종 레토르트와 간편식의 확대 등이 불러온 쌀 소비량 감소는 경작지 감소 속도보다 더 가파르다. 다른 물가와 농자재 값은 지속적으로 오르는데 쌀값은 요지부동이다.

삼 년 전 처음으로 할인 판매를 단행했고, 재작년에도 할인 판매를 할 수밖에 없었다. 수확기가 다가오는데 나락이 창고에 쌓여 있었기 때문이다. 작년에 수확한 쌀은 할인 판매를 넘어 올해 덤핑까지 하기에 이르렀다. 낭떠러지에 내몰려 두 손 놔 버린 남편의 상심을 짐작하면 속이 서늘해진다.

논농사는 밭농사와 다른 뿌듯함을 안겨 준다. 내 입에 들어가는 밥을 내 손으로 지어 먹는다는 기꺼움은 든든하고 단단하다. 봄날의 여리고 고운 빛깔이 점점 짙어져 초록 물결로 넘실대는 여름 논은 맹렬한 볕에도 꼿꼿하게 고개를 쳐들고 함성을 지르며 진군한다. 논둑의 풀을 여러 차례 치고 나면 이삭은 굵어져 고개를 숙이고 잎과 함께 황금빛으로 변해 간다. 한두 차례 태풍을 겪으며 논은 잘 발효된 된장이나 김치처럼 맛있게 익어 간다. 수확이 끝난 논은 텅 빈 가슴에 하늘과 바람과 눈과 비, 해와 달과 별을 고스란히 담은 채 깊고 충만한 호흡으로 돌아간다.

아무런 회한도 개탄도 싣지 않은 무미건조한 음성, 이제 논농사를 그만두려 한다는 말. 그에게 논은 온몸과 마음이 한데 버무려져 살아 낸 세월의 다른 이름이었기에 애달프고 아프게 다가왔다. 논농사를 놓기까지 혼자 얼마나 오랫동안 어둠 속을 더듬으며 애태웠을까. 아무것도 물을 수 없었다. 나도 그처럼 아무렇지 않은 척 말을 받고 우리는 다른 이야기로 주섬주섬 넘어갔다.

다시 수확 철이 돌아온 지금, 수확할 논이 없는 우리는 황금빛으로 빛나는 가을 들판을 바라보며 지나간 우리 논에 대해 조금씩 이야기를 꺼내 본다. 논과 함께 더없이 힘들었지만 더없이 행복하고 풍성했던 나날을 아릿하게 쓰다듬어 본다.

천년의 숲

낮이 조금씩 자라나고 날이 점점 따뜻해지면서 아침 숲이 그리워졌다. 작년엔 출근 전 삼십 분을 숲에서 보냈다. 섬세한 가지들이 하늘로 던진 촘촘한 그물에 묻어 온 우주로부터의 전파, 나무들 몸을 훑고 내 몸까지 슬쩍 건드리는 장난스런 바람. 숲 전체가 풍기는 초록 내음들을 기억한다. 맨발로 흙길을 걸을 때의 시원함과 자유로움, 찬물로 발을 씻어 낼 때의 짜릿함과 상쾌함도 생생하다. 숲이 전해 준 감각이 한꺼번에 솟구쳐 나를 흔들어 댔다. 숲이 부르는 소리가 심장에 소나기로 내렸다.

춘분. 밤의 자리에 푸른 씨앗이 움을 틔우며 살랑 숨결을 내뿜는 절기. 중동의 여러 나라들은 이날을 새해로 삼는다고 한다. 엎드려 있던 땅과 대기가 여린 손짓으로 변화를 불러들이는 시기, 몸도 춘분의 기운을 느끼는 걸까. 그날부터 서둘러 숲으로 갔다. 아침마다 일 분이 아쉬워 허덕대던 내게 출근 전 삼십 분을 숲에서 보내겠다는 마음이 일어난 것은 순전히 춘분의 힘이다. 일어나는 시간을 삼십 분 당겨 집을 나서기까지는 여전히 분초를 다투며 움직인다. 숲에 들어서는 순간 허겁지겁 헐레벌떡한 일상이 썰물처럼 물러나고 깊고 그윽한 품 안으로 시공간이 이동한다. 타임 슬립이란 이런 것이 아닐까. 숲의 대기는 조금씩 열기를 더하며 숱한 생명에 풋풋한 들숨과 날숨을 부지런히 펌프질할 것이다. 나도 숲에 스며들어 푸른 숨을 오르내리는 짐승이 되고 싶다. 온갖 자료와 책들, 컴퓨터로 어수선한 책상을 밀어내고 창으로 하늘만 들여보내는 아무것도 없는 깔끔한 방에 머물고 싶다.

신라 때 최치원이 조성한 우리나라에서 가장 오래된 인공림인 '상림'은 천연기념물로 지정되어 있으며 120여 수종이 2만 그루쯤 되는 숲이다. 천 년이 넘은 숲은 서두르지 않고 느긋한 품새가 느껴진다. 긴 세월을 싸안고 우람하게 가지를 뻗치고 있는 나무부터 막 자리를 잡기 시작하는 나무까지, 숲은 자잘한 꽃과 풀들을 품고 있다. 어른 한 키 너비의 개울물은 발목을 적실 정도로 찰랑거린다. 비 온 후에는 제법 요란하게 숲을 가로질러 다정한 목소리가 쩌렁쩌렁해진다. 간혹 그 위에 목숨이

다한 나무가 쓰러져 외나무다리를 놓아 주기도 한다. 다람쥐가 쪼르르 건너는 모습을 상상해 본다. 멧비둘기, 딱따구리, 박새, 곤줄박이를 만나기도 하고 개울에서 노니는 청둥오리를 맞이하기도 한다. 달음질치는 다람쥐는 흔히 보인다. 여름철엔 두꺼비와 뱀도 여러 차례 마주친다.

숲에는 세 갈래 길이 있다. 확 트인 마을과 논밭을 보며 숲을 끼고 걷는 길과 하천과 숲을 가로지르는 둑방길, 숲을 헤쳐 나가며 걷는 흙길. 아침에 내가 걷는 길은 울창한 나무들이 넓은 터널을 만들어 주는 흙길이다. 활엽수가 주종을 이루는 숲은 이제 막 물을 길어 올려 몸을 조금씩 부풀리며 아기 손톱보다 작은 싹들을 내밀락 말락 하고 있다. 햇살이 숲을 부드럽게 핥으며 상큼한 공기를 헤집는다. 쌀쌀함과 상쾌함을 동시에 품고 있는 아침 숲은 걸을수록 기운을 솟게 한다.

숲의 초입에 누각이 있고 중간에 두 개의 정자가 있다. 함화루는 조선 시대 함양 읍성의 남문이었던 것을 옮겨 온 것이라는데 팔작지붕을 날렵하게 인 풍채가 고아하고 품위 있다. 숲의 중앙에 있는 사운정은 신라 때 함양 지역 태수로 부임하여 치수 사업으로 인공림을 조성한 고운 최치원을 추모하는 뜻에서 조선 말기에 세운 것이다. 바로 옆에는 그의 업적을 기리는 비가 어리숙하고 수수한 표정의 거북 위에 세워져 있다. 거북은 여의주를 물고 있는데 마치 왕사탕을 입에 물고 좋아라 하는 아이 같은 모습이다. 이 지역 사람들의 순박한 마음이 읽힌다. 사운정에서 좀 더 나아간 곳에 파평 윤씨 종중에서 지은 화수정이 있다. 박정희 정권 시절 이 지역에서 제법 권세가 있었던 파평 윤씨 일가가 들어앉힌 거라는데, 누구든 다리쉼도 하고 비를 그을 수도 있게 열려 있으니 숲에 기댄 다소곳한 쉼터쯤 되겠다.

숲에 난 길을 벗어난 숲속에 고려 시대에 만들어진 것으로 추정되는 석불이 있다. 하반신은 유실되고 끼워 넣었던 두 손도 빠지고 없다. 코와 입도 뭉툭해진, 무던하고 덤덤해 보이는 불상 앞에 공손하게 두 손을 모으는 이들을 종종 보게 된다. 유난히 길고 두툼한 귀는 기도하는 이들의 염원을 새겨들을 것 같다. 부부가 나란히 고개 숙여 절을 하거나 중년의 남성이 오래 묵상을 하며 서 있거나 초로의 여인이 두 손을 비비며 허리를 숙이는 모습을 보면 얼른 눈을 돌려 소리 없이 빠르게 걷는다. 그들만의 고요와 경건의 시간에 나도 결계를 치고 싶어진다.

연둣빛 싹을 내미는 조그만 손짓들이 그리워 미세먼지 예보에 민감해진다. 조금이라도 대기 상태가 괜찮으면 숲으로 내달린다. 맨발로 땅을 내디딜 때의 첫 느낌은 언제나 가벼운 해방감을 안겨 준다. 부질없는 걱정들, 사소한 감정의 응어리들이 단숨에 풀려나간다. 숲과 흙이 전하는 숨결을 깊이 마시고 숲과 흙의 혀 속으로 들어가 그들의 작은 세포가 되어 본다. "아아, 좋다!"는 탄성이 깊은 곳에서 절로 터져 나온다. 바람과 햇살이 숲을 간질이고 흙을 핥는다. 나도 그 속에 스며든다. 반원으로 휘돌아 가는 긴 강둑으로 분분히 날리는 벚꽃잎과 산뜻한 붉은빛 철쭉의 행진은 길 끝이 보이지 않는 먼 곳까지 이어져 온몸을 달뜨게 한다. 오래된 이팝나무와 층층나무 꽃들이 거대한 흰 물결로 숲을 한바탕 흔들고 나면 봄은 서서히 물러간다.

여름 숲은 기세등등한 짙은 그늘에 따끈따끈한 열기를 품고 있다. 보랏빛 맥문동 꽃 무리가 숲의 드센 숨결을 나지막이 쓰다듬는다. 숲 가운뎃길은 폭이 넓어 한적하게 느껴진다. 외지에서 온 관광객들은 숲의 초입이나 중반 정도까지 걷다가 돌아가므로, 두 사람이 겨우 걸을 수 있는 폭으로 갑자기 길이 좁아지다가 길이 끝나는 물레방아가 있는 곳에 가까워지면 거의 혼자 걷는 일이 많다. 비가 온 다음 날은 흙길의 자잘한 돌들이 물을 머금어서일까, 젖은 흙길의 시원한 감각과 부푼 돌들이 발바닥을 더 강하게 두드린다. 얕은 웅덩이가 생긴 곳을 맨발로 휘젓는 것도 재미있다.

어린 시절엔 비만 오면 가만 있지 못하고 맨발로 참방참방 돌아다녔다. 동네 아이들이랑 흙과 물을 반죽하여 웅덩이를 채우고 누군가 빠지기를 기다리는 장난도 많이 쳤다. 여름철 지리산 종주를 매년 빼먹지 않았던 젊은 시절, 산에선 예외 없이 소나기를 불시에 만났고 등산화에 물이 가득 들어차 발가락으로 사이사이 물을 꼬무락꼬무락 어루만졌던 기억이 있다.

세찬 비가 지난 후의 숲은 부러진 가지와 떨어진 잎들이 또 다른 감각을 얹어 준다. 나뭇가지는 쿡 찌르고 잎들은 보드랍게 감싼다. 맨발로 만나는 숲의 다양한 감각들.

새빨간 꽃무릇이 숲을 가득 메울 때는 꽃들이 터트리는 폭죽과 폭소에 마음을 온통 빼앗기는데 불꽃놀이의 절정은 오래 가지 않는다. 갈색으로 시든 잔해들과 뭉긋하게 전해지는 짓무른 풀 내음만 남은 숲에 뒤늦은 태풍이 두어 번 지나가면 가을이 성큼 다가온다.

숲은 막무가내로 치닫던 성장과 경쟁을 멈추고 옆과 뒤에 선 나무들을 돌아보고 살랑 바람도 건네주며 몸놀림이 한결 부드러워진다. 여름의 말쑥한 흙길에 낙엽이 군데군데 구르다가 금세 잎들이 겹쳐 쌓이기 시작한다. 부서지고 마른 잎들과 도톰하고 반들반들한 잎들이 발바닥을 여리게 만지작댄다. 도토리 투둑 떨어지는 소리, 은행알 땅에 닿는 소리가 숲의 적막을 깨운다. 간혹 갈무리를 하러 다니는 다람쥐를 만나고 숲 안에 흐르는 자그마한 개울을 벗어난 청둥오리가 숲길을 뒤뚱대며 걷는 걸 본다.

찬바람이 빈 가지를 빗어 내리는 숲은 더 넓고 섬세하게 하늘을 거느리고 깨끗하고 싸한 숨을 뿜어 댄다. 순백의 눈을 꾹

꾹 밟으며 숲이 주는 무한한 감각을 끝없이 순례할 수 있는 겨울 숲은 정갈하고 담박하다.

맨발의 디바라 불리는 가수 이은미 씨는 노래할 때 옷이 스치는 바스락 소리도 신경이 쓰여 좀 더 자유롭게 노래에만 집중하려고 맨발로 서게 되었다고 한다. 노래 이외의 모든 것은 거추장스러울 뿐일 세나. 숲에 다다라 맨발이 될 때 나도 쓸데없이 걸치고 있던 어떤 것들로부터 자유로워지는 느낌을 받는다. 그토록 숲이 그립고 뛰어가게 만드는 것은 허식으로부터 벗어나고 싶은 깊은 열망 같은 것이 아닐까.

낮과 밤이 반반씩 자리를 잡고 지구를 돌리는 균형과 조화의 절기에 나도 몸과 마음의 소리를 들으며 일상을 굴리는 질박함과 평화의 시간을 돌본다. 그곳에 천년의 숲이 있다.

순둥이와 산이

우리가 처음 키운 개는 순둥이였다. 진돗개의 피가 섞인 믹스견이라 했는데 애비 되는 개는 동네 거의 모든 개들의 애비였다. 나이를 꽤 먹은 늙은 개였는데도 매년 꼬박꼬박 대여섯 마리의 새끼를 거르지 않고 낳았다. 우리도 그중 하나를 분양받아 키웠다. 순둥이는 새하얀 털에 눈매가 순하고 말귀를 잘 알아들었다. 산책 갈 때 목줄을 풀어 주려고 다가가면 앞다리를 세우고 얌전히 기다렸다가 줄이 풀리자마자 용수철보다 강한 탄력으로 세찬 바람이 되어 내달렸다.

그때 살던 집은 동네 끝자락이었고 곧장 들과 산에 접해 있었다. 순둥이는 동네 쪽으로 가지 않고 방둑을 가로질러 야트막한 산 쪽으로 점이 되어 사라졌으므로 그런 순둥이를 굳이 부르지 않았다. 묶여 지냈던 시간을 단숨에 떨쳐 내는 순둥이의 군더더기 없는 날랜 동작에 감탄하며 맘껏 자유를 누리게 내버려 두었다. 산책이 끝날 때쯤 "순둥아~" 부르면 어디선가 쌩 나타났다. 집에 돌아갈 때임을 알아채고 꼬리를 흔들며 함께 걸었다. 저녁나절 순둥이와 산책을 나서는 길은 온순하고 평화로웠다.

평지에서 살다가 뱀사골 초입의 마을로 이사를 했다. 해발 600미터쯤 되는 산마을의 끝 집이었다. 처음으로 순둥이가 새끼를 낳았다. 주먹만 한 핏덩이 세 마리. 나는 무서워서 들어 올릴 생각도 못 했다. 남편은 눈도 뜨지 않은 애들을 손바닥에 올려놓고 가만히 바라보다 순둥이에게 돌려주었다. 며칠 후, 순둥이가 서운하지 않겠냐며 내게도 한번 보라고 했다. 내 손바닥 위에 한 마리를 올려놓아 주었다. 너무나 작고 연약한 그 애를 잠시 바라보다 얼른 남편에게 건네주었다. 다음 날 새끼는 죽어 있었다. 순둥이가 물어 죽인 거라 했다. 새끼에게 묻어간 내 손의 화장품 냄새 때문일 거라고 했다. 새끼를 만질 때는 꼭 손을 깨끗이 씻어야 한다고 일러 주었다. 출산 전후에 어미는 무척 예민해져 있기 때문이라 한다. 남편이 새끼를 묻어 주었다. 나는 근처에 가지도 못했다. 내 무지로 어린 생명을 죽였다는 자책감이 서늘하게 스멀거렸다.

산에는 일 년 내내 채취할 것이 무궁무진하다. 봄에는 취나물, 산고사리, 개발딱주를 뜯고 여름과 가을에는 다래, 머루, 오미자, 감을 땄다. 겨울에는 겨우살이를 베기도 했다. 그때마다 순둥이는 산속을 종횡무진 누비다가 어느새 곁에 다가와 어슬렁댔다. 길도 없는 깊은 산 속에 가도 순둥이의 우렁찬 소리, 탄탄한 근육, 질풍노도의 달음박질로 더없이 든든했다. 산을 내려가는 길에 순둥이는 숨바꼭질을 하며 장난을 쳤다. 숲 사이로 모습을 드러내지 않다가 "순둥아~" 부르면 냅다 달려오고 다시 숲으로 들어갔다 나오기를 되풀이했다.

이 년을 살다가 읍내 아파트로 이사를 했다. 집 살 때까지 오래오래 살라고 했던 집주인이 갑자기 집을 비워 달라고 한 것이다. 아파트에 순둥이를 데려올 수는 없었다. 집주인이 순둥이를 맡겠다고 했다. 떠나오던 날 남편은 순둥이를 만나 쓰다듬으며 미안하다고 인사를 했는데 나는 차마 순둥이를 볼 수가 없었다. 순둥이에게 큰 죄를 짓게 되었다. 순둥이는 얼마나 어리둥절하고 마음이 찢어졌을까.

이사한 후로 몇 번인가 남편은 그곳에 갈 일이 있어 순둥이를 보았다. 순둥이가 좋아할 만한 뼈와 고기를 가지고 가서 주었다고 한다. 순둥이가 미친 듯이 반기며 좋아했다는 말을 들을 때 순둥이의 절망감이 느껴져 더 마음이 무겁고 아팠다. 그러다 순둥이는 어느 날 다시는 그 집에 돌아오지 않았다고 한다. 목줄이 풀려 사라졌다는데 도로에서 차에 치였거나 떠돌다가 개장수에게 잡혀가지 않았을까 싶다. 끝까지 책임지지 못한 죄책감이 두고두고 마음을 짓눌렀다.

다시 산골로 들어와 집을 짓고 농사를 지으며 강아지 한 마리를 분양받았다. 이름을 산이라 지었다. 산이의 애비도 순둥이와 같다. 산이 역시 새하얀 털에 귀가 쫑긋하고 꼬리가 늘씬하고 길었다. 눈매는 순하기보다 힘 있고 기세등등한 느낌이다. 날래고 거침없이 내달렸다. 산이는 자유를 갈구하는 열망이 순둥이의 몇십 배는 능가했다. 목줄을 풀어놓으면 단걸음에 수십 미터씩 펄쩍이는 것 같았다. 줄이 한번 끊어지면 밤새도록 온 산을 누비고 다니다 아침에야 마당에 나타나 무심한 표정으로 우리 손이 닿지 않는 거리를 맴돌았다. 돌아왔다는 걸 알리는 동시에 묶이고 싶지 않다는 의사를 확연히 드러내면서. 얼굴에 핏자국과 상처를 안고 돌아오기도 하고 온몸에 검댕과 진흙 범벅이 되어 오기도 했다. 그야말로 방탕하게 온 밤을 불태운 기색이 농후했다. 고기나 소시지로 유혹해서 간신히 목줄을 채워 놓으면 체념과 원망이 뒤섞인 눈빛을 건넸다. '못할 짓을 하고 있구나' 자책하게 만드는 눈빛이었다.

산이와 산책하는 일은 힘들고 고단했다. 목줄을 쥐고 있으면 너무나 세차게 흔드는 바람에 이리저리 이끌리느라 갈피를 못

잡게 되고, 풀어놓으면 아무리 불러도 돌아보지도 않고 말도 듣지 않았다. 우리가 훈련을 제대로 시키지 못해서라고 했다. 순둥이 키울 때와 비슷하게 했는데 산이와는 소통이 잘되지 않았다. 천방지축이고 막무가내였다. 산이는 내게 버거웠다. 남편은 줄을 바투 잡고 산이가 멋대로 날뛰게 내버려두지 않으니 말을 제법 듣는 시늉을 했지만 내가 줄을 잡으면 통제 불능이었다.

산이는 새끼를 여러 번 쳤다. 분홍색 여린 생명을 내놓고 기진한 산이에게 미역국을 끓여 대고 돼지뼈를 구해다 먹였다. 분양하느라 매번 진땀을 뺐다. 그때마다 수술을 시켜야겠다고 마음먹었지만 곧 잊어버렸다. 산이가 마지막으로 네 마리 강아지를 낳았을 때 인맥과 SNS를 총동원했지만 한 마리는 여러 달이 지나도록 분양이 되지 않았다. 산이는 강아지에게 점점 사납게 대했고 두 마리를 키울 엄두는 나지 않았다. 장에 나가 강아지를 사는 사람에게 처음으로 넘겼다. 그 순간 갑작스레 가슴에서 붉은 덩어리가 울컥 치밀어 올랐다. 걷잡을 수 없이 눈물이 터져 나왔다. 이게 무슨 못할 짓인가 싶었다.

산이가 목줄이 풀려 집을 나간 건 숱하게 많았지만 아침이면 돌아오곤 했는데 사흘이 지나도록 감감무소식이었다. 산에 올라가 목청껏 외쳐 불러 보고 트럭을 타고 아랫마을 일대를 다 훑었지만 보이지 않았다. 산이를 봤다는 사람도 없었다. 산이가 집을 영영 떠나갔다고는 상상하기 어려웠다. 사고가 생긴 것이다. 산동네라 차가 많지 않고 속도를 높이지도 않기 때문에 교통사고를 당했을 가능성은 낮았다. 개장수에게 붙들려 간 것일까, 다른 산짐승과 심하게 싸운 것일까.

산이가 떠난 지 오 년이 넘었다. 산이의 집은 매일매일 낡아가 지금은 지붕이 반쯤 떨어져 나가고 바닥도 허물어진 곳이 보인다. 자유롭게 도약하고 내달리는 끝없는 열망으로 팽팽했던 산이. 같이 산책하려고 다가가면 좋아서 길길이 뛰고 앞다리를 훌쩍 들어 가슴팍으로 안겼다. 뜨뜻하고 축축한 혀로 손을 마구마구 핥으며 애정을 듬뿍 표현하곤 했다.

순둥이와 산이를 다시 볼 수 없게 되면서 새로 강아지를 들이기가 망설여진다. 그토록 싱그러운 생명력과 속마음을 온통 드러내며 다가오는 존재에게 나는 한없이 부끄럽고 모자란 사람이다. 그네들이 건넨 애정과 활력, 털과 혀의 감촉이 지금도 생생하다. 한 존재가 건넬 수 있는 최대의 호의와 신뢰를 듬뿍 받았건만 내가 건네준 것은 무엇이었던가. 그네들을 떠올릴 때면 어쩔 수 없이 쓸쓸하고 애틋해진다.

냉장고 문명

냉장고를 십 년 이상 쓰고 있다. 아직 씽씽하다. 문 옆에 달린 수납함 걸이가 조금 파손되어 가끔 주저앉아 병들이 와르르 쏟아져 내릴 때가 있긴 해도 서너 달에 한 번 일어날까 말까 한 일이다. 무거운 것들이 많을 때 주로 문제가 생겨 가볍고 작은 것들만 넣어 두었더니 쏟아져 내리는 일이 드물어졌다. 그리 크지 않은 냉장고이지만 두 식구가 쓰기에 크게 불편함이 없다.

남편은 몇 년 전부터 양문형 최신형 냉장고로 바꾸고 싶어 했다. 냉동실이 작아 만두라도 만들라치면 보관할 데가 없다는 것이다. 만두를 워낙 좋아하는 남편은 냉동실에 쌓아 두고 먹고 싶어 한다. 만두를 빚는 것도 겨울 한철에 한두 번 정도라 그 시기만 지나면 그럭저럭 잊고 산다. 냉동 보관할 것들을 장

봐 온 날엔 빈틈을 찾아 요리조리 집어넣으면 별문제가 없다.

냉동실이 작다고 하지만 뭐가 있는지 잊고 한참이 지나서 버리게 되는 일이 종종 있다. 몇 달을 냉동실에 묵혀 둔 생선은 조리해 먹기가 께름칙해서 버리기도 한다. 더 큰 냉동실이 있는 최신 냉장고에 대한 미련이나 매력이 내겐 별로 없다. 냉장고에는 잘 먹지는 않지만 버리기는 아까운 것들이 있게 마련이다. 손이 잘 안 닿는 깊숙한 곳으로 밀어 버리고 있다가 결국은 버리게 되는 경우가 많다.

냉장고를 쓰게 된 건 사실 그리 오래된 일이 아니다. 대학교를 졸업하고 직장 생활을 시작할 즈음에 작은 냉장고가 방 한 모퉁이를 차지했던 기억이 난다. 냉장고가 생겼다고 신세계가 펼쳐졌던가? 잘 모르겠다. 뭔가를 잔뜩 저장하고 먹어야 할 만큼 넉넉한 살림이 아니기도 했고 내가 살림을 한 것도 아니어서 관심이 덜 했을 수도 있다. 여름철에도 찬 것을 거의 찾지 않는 식성도 한몫했을 것이다.

시골에서 대도시로 나와 살게 된 엄마는 수박 껍질을 잘게 썰어 땡볕에 널곤 했다. 하루 이틀 바싹 말려 옥상의 자그마한 텃밭에 뿌렸다. 다듬고 난 채소나 과일 껍질도 예외가 아니었다. 엄마는 쓰레기로 버리는 걸 한사코 멀리하고 어떻게든 흙으로 되돌리려 했다. 그건 오랫동안 흙에서 일해 왔고 작물이 싹 터 어떻게 수확을 맞고 땅으로 돌아가는지를 수없이 겪어 온 사람들이라면 누구나 몸에 배어 있는 태도나 윤리 같은 것일 테다. 함부로 버리는 것에 대한 생래적인 거부감.

　냉장고는 이 거부감에 제동을 걸었다. 저장할 수 있는 잉여물이 생긴 데서 권력과 계급이 나오고 갈등과 전쟁도 따라오지 않았던가. 지금 당장 먹지 않아도 될 것을 긴 시간 많이 저장할 수 있는 냉장고는 꼭 필요하지 않은 것도 필요할지도 모르니까, 필요할 수도 있으니까 쌓아 두게 한다. 식품에 찍힌 유통기한은 버리는 것에 대한 면죄부를 발부한다. 이제 많이 저장하고 많이 버리는 일이 자연스러워진다.

　시골 마을까지 자리를 잡은 무슨 마트니, 할인 매장이니 하는 것들은 생태계의 순환을 싹둑 잘라 환한 불빛 아래 눈을 미혹시킨다. 어디서 어떻게 생겨나서 내 앞에 이르렀는지 알 수 없다. 내가 버린 것들이 어떤 과정을 거쳐 어떻게 처리되는지도 알 수 없다. 스티로폼이나 비닐로 말끔하게 포장되어 상품으로 내 앞에 불쑥 나타나 있으니 간단히 소비하고 내 눈이 미치지 않는 곳에 버리면 그만이다.

　누구라도 손바닥만 한 텃밭이라도 가꾼다면 순환하는 작물의 생태에 대한 감각을 잃어버리지 않을 터이다. 일주일에 한 번, 아니 한 달에 한 번이라도 흙을 만지고 작물을 돌본다면 내가 먹는 것들의 전 생애를 생각하지 않을 수 없을 것이고 그러면 함부로 내다 버리는 일은 줄지 않을까.

냉장고가 없던 시절은 도시에 살아도 푸성귀를 가꿀 작은 공간이 없을까 두리번거렸을 것이다. 화분에 상추나 고추도 심고 파도 심었을 것이다. 양이 좀 넘친다 싶으면 이웃집 문을 두드려 서로 쉽게 나누어 먹었을 것이다. 금방 담근 김치를 한 보시기 건네면 빈 그릇을 그냥 돌려줄 수 없어 뭐든 담아 되돌려 보내곤 했을 것이다. 그건 어린 시절 시골에서 늘 만나던 풍경이기도 했다.

냉장고가 널리 퍼지던 시기는 대형 마트가 막 들어서기 시작한 시점과도 겹치고 많은 물건을 나를 개인 승용차를 사기 시작한 시기와도 엇비슷하게 맞아떨어진다. 차를 몰고 어디든 가서 원하는 것을 쉽게 사고 집에 쌓아 둘 수 있으니 귀한 것도 아쉬운 것도 없다. 그래서 쉽게 함부로 버린다. 물건도 그렇고 사람도 그렇다.

인간은 냉장고와 승용차를 앞세워 생태계에 무지막지한 권력을 휘두르고 긴장과 갈등을 불러일으켜 왔다. 결국엔 생태계에 일방적인 전쟁을 선포할 지경에 이르렀다. 우리 자신이 생태계의 작은 일원임을 생각한다면 그야말로 자살 행위에 다름 없는 일을 계속하고 있는 셈이다. 지금까지의 횡포를 생태계가 근근히 견뎌 준 것만도 기적 같은 일이 아닌가. 지금이라도 냉장고와 승용차를 줄여 나가고 생태적 감각을 회복할 흙을 만지며 가꾸는 일을 모두가 시작해야 아주 희미한 희망이라도 건질 수 있지 않을까. 이런 희망조차 우리가 벌이고 있는 일을 생각하면 너무 뻔뻔한 것이 아닌가 싶지만 말이다.

위기 앞에서

올해 가을은 유난히 하늘이 맑고 푸르다. 예년에도 그랬을까. 아마 그랬을 것이다. 이번 가을이 더 특별하게 느껴지는 이유는 봄과 여름 초입까지 극심했던 미세먼지와 황사에 대한 끔찍함 때문일 것이다. 그땐 다시는 새파란 하늘을 볼 수 없을지도 모르겠다는 생각이 들었다. 우중충하고 뿌우연 하늘과 숨쉬기가 무서운 대기는 우리가 손쉽게 누려 온 편리한 문명에 던지는 강력한 경고로 읽혔다. 마음대로 걷지도 숨을 쉬지도 못하는 나날은 우울을 두텁게 얹어 주었다.

동네 사람들은 그렇다고 손 놓고 있을 수는 없었다. 마스크도 없이 논밭에 나가 종일 일하는 모습을 매일 보았다. 바로 건너편 밭도 잘 보이지 않는 날에도 가뭇없이 먼지 속에 묻혀 일했다. 남편도 예외는 아니었다. 때를 놓치면 안 되는 게 농사일이라 여느 때와 다름없이 논과 밭을 오가며 일했다. 저녁이면 눈과 목이 따갑다고 했지만 일을 그만둘 수는 없었다.

한여름이 되면서 장마와 태풍이 오락가락하는 사이 미세먼 지와 황사를 잊고 눅눅한 날씨를 탓하며 가을을 맞았다. 더없 이 깨끗하고 푸른 하늘을 지난 서너 달 동안 마음껏 누리며 참 으로 고맙고 감격스럽기까지 했다. 맑은 하늘과 대기가 아까워 집 안에 있을 수가 없었다. 조금이라도 여유가 있으면 숲을 찾 고 바람을 마셨다. 전국적으로 맨발 걷기 열풍이 한창이라는데 그것도 어쩌면 흙을 온몸으로 느끼고 싶은 간절함 같은 것이 아닐까. 자연을 어떻게든 감각하고픈 열망 같은 것이 아닐까. 어쩌면 조만간 우리가 지금 당연하게 누리는 이 하늘과 바람과 공기를 한순간에 잃을 수도 있다는 것을 직감적으로 알고 있기 때문은 아닐까.

지금도 생생한 어린 시절에 읽은 만화의 한 장면. 임종을 앞 둔 할아버지가 병실에 누워 있다. 침상에서 할아버지가 바라보 는 것은 파란 하늘과 뭉게구름 아래 풀밭을 맨발로 뛰어다니는 어린아이의 모습이다. 아이는 활짝 웃으며 풍선을 손에 쥐고 놀고 있다. 할아버지의 얼굴에 미소가 어린다. 침상 옆에서 손 을 잡고 있던 어린 손자에게 할아버지가 마지막 말을 남긴다.

"애야, 그 시절이 그립구나."

할아버지는 미소를 띤 채 숨을 거둔다. 지켜보던 의사가 간호사에게 화면을 끄라고 말한다. 할아버지가 마지막 본 풍경은 파란 하늘이 존재했던 과거의 영상이었던 것이다. 어린 손자는 태어나서 한 번도 본 적이 없는 하늘과 낯선 풍경이 어리둥절하다. 창밖의 세계는 암회색의 하늘과 대기로 가득 차 있다. 그러니까 내가 본 것은 미래 상상 만화였던 것. 정말 그런 세상이 올까 하는 의문과 두려움이 동시에 엄습했던.

어젯밤 늦게야 산 중턱에 있는 집에 돌아와 마당에서 바라본 하늘엔 별이 총총하다. 은하수가 흐르고 동쪽 산 위에 북두칠성도 또렷하게 걸려 있다. 우리 집은 마을에서 뚝 떨어진 곳이라 불빛이 없어선지 별이 잘 보인다. 하얀 별 무리를 보고 있자니 이런 밤하늘을 언제까지 볼 수 있을까 하는 생각이 드는 것이다. 별이 참 많구나 하고 무심히 바라보던 날들이 이제 더 이상 가능하지 않을 수도 있을 것이다. 낙엽이 수북이 쌓인 숲을 걸을 때도 같은 생각이 든다. 이렇게 낙엽을 밟으며 숲의 내음을 한껏 들이킬 수 있는 날이 우리에게 얼마나 남아 있을까 싶은 것이다.

매일 만나는 풍경과 공기가 절박하게 다가온 것은 점점 심각해지고 있는 기후 위기에 대한 글을 읽고 강의를 듣고 영상을 접하면서부터이다. 아침에 눈을 뜨면 앞으로 우리에게 남은 시간은 얼마일까, 우리는 희망을 잡을 수 있을까, 지금껏 경험해 보지 못한 급격한 변화를 이루어 낼 수 있을까 하는 생각이 반사적으로 온몸을 휩싼다. 곧이어 따라오는 우울감과 두려움. 내가 할 수 있는 단 한 가지 실천부터 행동으로 옮기자, 그것이 희망의 시작이다. 애써 스스로에게 되뇌며 하루를 시작한다.

돌이킬 수 있는 시간이 우리에게 있을까. 이미 늦었다는 이야기도 들리고 전면적인 변화를 다 함께 시작하면 늦지 않았다는 이야기도 들린다. 자연을 끝없이 착취하며 이룩한, 되돌리기에는 너무 멀리 와 버린 인간의 근대 문명이 이제 자연과 인간 모두를 파국으로 이끌고 있음을 몸 깊은 곳에서는 느끼고 있기에 어쩌면 우리는 더 이상 알려고도 하지 않고 공공연히 이야기하기를 꺼리는 것인지도 모르겠다. 안다고 한들 지금에 와서 어떻게 해야 할지 알 수 없는 막막함에 자포자기의 심정으로 두 눈을 가리고 두 귀도 막은 채 끝없는 탐욕을 그토록 끈덕지게 이어 가고 있는 것은 아닐까.

집 주변을 돌아다니며 여러 해 우리와 함께 사는 고양이 부부가 며칠 전 또 새끼를 낳았다. 보일러실 근처 왕겨 포대를 쌓아 놓은 제법 아늑한 곳에 새끼 네 마리를 친 것이다. 우리는 고양이를 키우고 있지는 않지만 마당과 밭, 숲을 공유하고 있다. 뜨락에 배를 드러내고 누워 해바라기를 하고 마당을 어슬

렁어슬렁 유유자적 돌아다니며 간혹 사냥한 쥐와 두더지를 현관 앞에 갖다 두기도 한다. 뒷간을 오르는 나무 계단에 앉아 물끄러미 우리를 오래 지켜보기도 한다. 비닐하우스 안이나 장작더미 옆에서 겨울을 나고 부지런히 새끼를 낳고 키우고 있다. 야생을 잃지 않고 그들의 시간을 살아가고 있다.

우리는 유기농으로 농사를 지으며 가능한 흙을 더럽히지 않으려 하지만 저온 창고와 건조기를 들이고 각종 기계와 비닐을 사용하면서 자연에 많은 빚을 지고 산다. 감당할 수 없는 많은 빚은 파산을 가져온다. 우리가 자연에 지우는 이 빚이 파산까지 가지 않으려면 절제하고 간소하게 살아가는 이외에 다른 길은 없음을 안다. 고양이들은 주변에 어떤 빚도 지지 않고 의연히 자유롭게 산다. 그러면서 자신들이 사냥한 음식을 우리와 나누려 한다.

끊임없이 더 많이 가지고 더 편안해지려는 성장 일변도의 우리 문명에 지금 당장 제동을 걸지 않는다면 파국이 코앞이라고 수십 년 전부터 과학자들과 환경운동가, 문명비평가들이 절박하게 외쳤지만 우리는 관성에 가속도를 더하며 살아왔다. 이제는 정말 모두가, 그리고 각자가 변화해야 살아남을 수 있는 시기에 다다라 있음을 생각하면 지금 만나는 나뭇잎 하나, 돌 하나가 다르게 보인다. 사소하고 여린 것들에 눈을 돌리고 소중하고 감사한 마음이 수시로 드는 요즘, 어쩌면 이것이 위

기를 견뎌 낼 출발점이 될 수도 있지 않을까. 실낱같은 희망을
가져 본다.

2부

나를
키운
그물

현역

　엄마는 올해 아흔여섯. 최근 얼마간을 제외하고 엄마는 늘 현역이었다. 생계를 위한 돈벌이를 한시도 쉰 적이 없었다.

　일본군 성노예로 팔려 가지 않게 하려고 외할아버지는 이른 나이의 막내딸을 산을 몇 개 넘어야 하는 동네로 시집을 보냈다. 땅뙈기가 좀 있다고 들었으므로 배를 곯지는 않으리라 여겼다. 하지만 홀시어머니와 두 아들만 있는 집에 큰아들은 자식을 줄줄이 달고 있었던 터라 새며느리에게 돌아갈 밥 한 그릇은 명절날도 귀한 집이었다. 엄마는 가마를 타고 시집간 날 혼례를 올리며 처음으로 키만 껑충하니 큰 아버지를 보았는데 첫눈에 하나도 맘에 드는 곳이 없더란다. 아버지가 무서워 늘 시어머니 뒤꽁무니에 매달려 피하곤 했는데 어느 날 아버지는 산밭에서 뽕잎을 따는 엄마 뒤에 멀찍이 서서,

"나, 일본 가오. 오래도록 돌아오지 않거든 다른 데 가오."
했단다. 엄마는 부끄러워서 돌아보지도, 말 한마디도 못 하고 가만히 서 있기만 했단다.

아버지는 오랫동안 돌아오지 않았다. 엄마는 친정으로 가서 십여 년을 보냈다. 외할아버지는 한번 간 시집은 무를 수 없다며 여러 차례의 혼담을 번번이 잘라 버렸다 한다. 엄마는 그 시절이 참 좋았다고 한다. 예전처럼 맘껏 활개 치며 일도 하고 친구들과도 놀며 지냈던 것이다.

"참 바보라. 그때 딴 데 시집을 가뿌렀어야 했는데, 말라 기다렸던동."

해방이 되고 돌아온 아버지는 얼굴도 보얗고 중절모에 멋진 외투를 입고 시계도 차고 나타나서 온 동네 사람들이 구경을 왔다고 한다. 엄마를 만난 아버지의 첫마디는

"말라 기다렸으까. 딴 데 간 줄 알았는데……."
였단다. 엄마는 그 말을 두고두고 서운하게 생각했다. 엄마는 다시 시댁으로 돌아왔지만 시조카들이 더 늘어난 집안에 먹고 살 길이 막막하여 분가를 하고 읍내로 나왔다. 뒤이은 전쟁으로 세간살이를 마당에 파묻고서 피난을 떠났다. 돌아와 보니 박살이 나 있었다. 그 사이 언니들이 태어났다.

엄마는 한시도 쉴 새가 없었다. 매일 남의 집에 불려 다니며

일을 했다. 그렇게 해서 하루 끼니를 근근이 때울 수 있었다. 아버지는 신발 장사를 하다가 다 털어먹고 사기를 당해서 또 거덜이 났다고 한다. 아버지는 술과 친구를 무척이나 좋아했다. 조금만 돈이 수중에 들어오면 술값으로 나갔다. 친구들과 어울려 돈이 다 떨어질 때까지 술을 마셨다. 식구들의 끼니는 뒷전이었다. 그러니 엄마의 속은 늘 숯덩이였다. 엄마가 지청구라도 할라치면

　"어허, 걱정도 팔잘세."

하는 대책 없는 말을 내뱉어 속을 타게 만들었다.

　아버지는 술주정은 하지 않았다. 술을 아무리 많이 마시고 들어와도 그저 조용히 쓰러져 잘 뿐이었다. 엄마의 끝없는 잔소리와 삿대질에도 목불처럼 가만히 있다가 잠들었다. 강원도 광산으로 일하러 가서 오래 집에 돌아오지 않았을 때 엄마는 호롱불 아래 엎드려 몽당연필에 침을 묻혀 가며 편지를 썼다. 집에 쌀이 떨어졌으니 돈 좀 부치라는 매번 같은 내용이었다. 서너 번쯤 편지를 보내면 약간의 돈을 보내 주었다 한다. 하지만 그것으론 언 발에 오줌 누기였다.

　아버지는 오십대 중반에 중풍으로 쓰러져서 그예 일어나지 못했다. 엄마는 여섯 자식의 생계를 평생 책임지며 살았다. 아버지가 살아 있을 때나 돌아가시고 난 후나 생계는 엄마 몫이었다. 지금은 30킬로그램이 조금 넘는 자그마한 몸이지만 젊

은 시절에는 다리가 얼마나 굵었던지 검정 치마를 자꾸 끌어내렸다 한다. 그땐 오지다는 말을 많이 들었다.

일 잘하기로 소문이 나서 일자리는 끊이지 않았다. 보리타작과 모심기, 벼 베기, 고추 따기 등 온갖 농사일에 불려 다니고, 남의 잔치 일 봐주기, 빨래하기, 청소하기 등은 물론 식당 설거지며 떡집 일이며 사방 공사까지 엄마가 안 해 본 노역은 아마 없을 것이다. 거기다 틈틈이 산에 가서 나뭇짐을 해 와야 했고 불을 때 자식들 밥도 해 먹이고 소소한 집안일도 다 챙겨야 했다. 한 사람이 그 일을 다 어떻게 감당하며 살아 냈는지 모르겠다.

고무장갑도 없고 면장갑도 변변치 않았던 시절, 엄마의 손은 늘 푸르뎅뎅하고 벌겋게 부어 있었고 가시처럼 거칠었다. 자식들 입에 들어갈 한 끼 밥은 언제나 절체절명의 사명이었다. 아파서도 안 되고 아플 겨를도 없었다. 잠시 엉덩이 붙이고 쉴 짬도 없이 평생을 살았다. 시집살이할 때는 배탈 한번 나 보는 게 소원이었다 한다. 늘 배가 고픈데 어떻게 배에 탈이 날 수 있는지 궁금했고 탈이 나면 일하지 않고 쉴 수 있으니 그것이 또 부러웠다 한다.

한때 떡을 빚고 부침개를 부쳐 팔기도 했다. 돌확에 찹쌀과 울타리콩을 넣고 무거운 쇠절구로 찧어 떡을 쪄 냈다. 감주를 내다 팔기도 했다. 항아리에 감주를 가득 담고 머리에 일 때는 꼭 다른 사람이 머리에 얹어 주어야 했다. 여름 땡볕에 항아리를 이고 다니며 감주를 팔았다. 한자리에 앉아 있으면 덜 힘들었을 텐데 엄마는 더 많이 팔 요량으로 쉼 없이 걸어 다녔다. 겨울엔 집에서 콩나물을 길러 길가에 내다 놓고 팔았다.

세 끼 중 한 끼는 늘 국수나 수제비, 갱죽을 먹었지만 자식들 끼니는 반드시 챙겼다. 엄마는 밥 안 먹으면 큰일 나는 줄 알았다. 한 끼 안 먹으면 평생 못 찾아 먹는다며 펄쩍 뛰었다. 찬은 없어도 국이나 찌개는 꼭 있었다. 마른 밥을 먹게 하지는 않았다. 우리 식구들이 나이 들어서도 모두 삼시 세끼를 국이나 찌개를 대동하고 차려 먹는 것은 엄마가 물려준 것이다.

엄마가 시골 살림을 접고 대도시로 나왔을 때는 환갑이 가까워서다. 김밥집에서 종일 김밥을 말고 고깃집에서 설거지를 했다. 어디든 부르면 갔다. 시장에서 건고추 따는 일도 오래 했다. 건고추 포대에서 한번은 뱀이 튀어나와 무척 놀랐다고 한다. 매운 내와 먼지가 진동을 하는 좁은 공간에서 할머니들 몇 분과 종일 고추 꼭지를 가위로 잘라 내는 일을 했다.

아침에 싸 간 도시락으로 점심을 먹고 일을 마친 저녁나절엔 떨이로 파는 푸성귀 등속과 생선장을 봐서 잔뜩 등짐도 지고 머리에도 이고 손에도 들고 먼 길을 걸어 집으로 돌아와 곧장 부엌으로 가서 저녁 준비를 했다. 우리는 모두 귀가가 늦었다. 엄마는 새벽밥을 지어 밥상을 차려 놓고 우리가 일어나기도 전 집을 나서고 제일 먼저 집에 돌아와 자식들 입에 들어갈 밥을 챙겼다. 그동안 우리는 학교도 마치고 직장도 잡고 결혼도 했다. 엄마에게 이제 일을 그만두라고 말해도 엄마는 귓등으로도 듣지 않았다.

엄마는 아흔 살이 넘어서도 돈을 벌었다. 이사를 가는 바람에 고추 꼭지 따는 일은 그만두게 되었지만, 새로운 동네에서는 곡식과 참기름, 들기름, 참깨 등을 도매로 떼어 와 골목 어귀에 자리를 펴고 팔았다. 시골 친척들이 보내오는 고추와 콩도 팔아 주었다. 엄마 몸은 성한 곳이 별로 없다. 오십 대에 얼음판에 미끄러져 심하게 다친 팔과 척추는 제대로 치료를 하지 못해 평생을 고통을 안고 살아야 했다. 오줌소태에 수시로 걸리고 한쪽으로 기울어지고 굽은 몸은 혼자 잘 걷지도 못하게 되었지만 수레에 의지해 끙끙대며 장사를 이어 갔다. 그렇게 번 돈은 자식과 손주들 용돈으로, 친척들 경조사나 크고 작은 택배 꾸러미 보내는 데 나갔다.

경로당에 한 번 나갔다가 할머니들이 화투를 치다 몇십 원에 서로 싸우고 욕하는 꼴을 보더니 다시는 나가지 않았다. 엄마는 아무것도 나지 않는 일에 시간을 보내는 것을, 못마땅함을 넘어 징글징글해 했다. 사람이 그리 살아서는 안 된다고 굳게 믿었다. 몸을 굴신할 수 있는 이상은 뭔가 일을 하거나 돈벌이를 하는 게 마땅하다고 생각했다. 아픈 곳이 점점 늘어나고 기력도 너무 없어 바깥나들이를 하기도 버거운 요즘, 엄마가 가장 힘들어 하는 것은 몸도 몸이지만 스스로 무용한 존재라고 느끼는 것인 듯하다.

"이래 살아서 뭐 하겠노. 밥만 축내고 있구나."

하며 몹시 슬퍼하고 쓸쓸해 한다. 평생을 일만 하며 살았는데 이젠 좀 쉬어도 된다고 말해도 자식들 짐만 돼서 우짜겠노 한다.

"엄마는 일이 징그럽지도 않나? 얼마나 고생했노."

언젠가 언니들이 그렇게 말했을 때,

"사람 사는 기 다 그런 기제."

했다.

어제 저녁에 엄마와 전화 통화를 했는데 목소리가 짱짱하다. 오랜만에 공원에 나가 보리쌀 몇 봉지를 팔았다고 좋아한다. 몸이 조금 괜찮아지신 건가, 그러다 또 몸져눕는 거 아닌가 걱정이 되었지만 내 목소리도 높아진다.

"그래, 엄마, 얼매나 벌었어? 마이 벌었어?"

"하하, 하모, 마이 벌었다."

"그래 마이 벌어서 뭐 할라꼬?"

"뭐 하긴. 꼬기도 사 묵고 떡도 사 묵고 해야제."

호쾌한 엄마 목소리가 뭉클하게 다가온다. 나도 엄마처럼 살고 싶다. 평생 그렇게 현역으로 살고 싶다.

엄마의 소리

엄마 나이 올해 아흔아홉. 백수(白壽)다. 내년이면 백 세라는 말에

"하이고야, 그래 마이 살았나. 백 살까지 사는 사람이 어댔 노?"

하며 매번 놀라워한다. 요새는 백 살 사는 건 문제도 아니다, 백이십, 백삼십 사는 분들도 많다고 이야기하면

"그런 사람이 있을라꼬? 하이고야, 백 살도 많은데."

한다. 이모는 엄마보다 네 살 더 많다. 그걸 또 상기시켜 드리면

"불쌍해, 시(언니)는. 요양원에 갇혀 오도가도 못하고. 언제나 만내 볼까."

금방 울적해진다.

"엄마, 소리 한 자락 해 봐. 엄마 소리 듣는 거 너무 좋아."

하면 얼굴이 펴진다. 엄마는 재는 거 없이 곧바로 소리를 쏟아 낸다. 버튼만 누르면 노래가 척척 나오는 노래방 기계보다 더 순식간이다. 한 곡 더, 한 곡 더, 할 때마다 거침없이 술술 나온다.

젊은 시절 엄마는 뽑혀 다녔다고 한다. 일도 음식도 소리도 잘했기 때문이다. 생계를 거의 책임져야 했던 엄마는 몸이 재바르고 다부져서 평생 떠난 적 없는 온갖 노동과 삯일을 너끈히 감당하며 살았다. 남의 일에 제 몸 고단한 건 뒷전, 미련스러울 만큼 몸 사리지 않고 일했으니 어딜 가든 환영받았다. 손끝이 매워 음식도 맛깔나게 잘해서 남의 잔치나 큰일에 빠지지 않고 불려 갔다. 소리도 남들이 알아줄 만큼 했다.

구순이 가까운 어느 날,

"하이고야, 이제 밥하는 게 지겹고 힘들다이."

하는 말을 듣고 가슴이 철렁했다. 엄마는 평생 새벽같이 일어나 세수를 말끔히 하고 머릿수건을 쓰고 밥상을 준비했다.

"꽃이 좋다 캐도 한때지만 자슥 입에 밥 들어가는 건 맨날 봐도 좋대이."

하시며 밥상머리에 앉아 반찬 그릇을 이리저리 옮기며 많이 먹으라고 채근했다. 자식 온다는 얘길 들으면 여러 종류의 전을 채반 가득 부치고 고기 사기가 여의치 않으면 생선 조림을 했고 반주를 권했다. 막걸리나 엄마가 담근 술을 나눠 마셨다. 그런 날은 으레 소리가 뒤따랐다. 배웠던 소리도 있지만 그렇지 않은 것도 있다. 우리는 엄마를 즉흥 시인이라 부른다. 즉석에서 그 상황에 걸맞은 가사를 붙여 엄마 맘대로 소리를 뽑아내는 데 주저함이 없기 때문이다.

자슥이 오니까 좋구나 좋아

내 이제 원도 한도 없네

사우(사위)야 사우야 백년 손님아

우리 딸과 의좋게 잘 살아가게

사이사이 우리는 "얼쑤, 얼씨구, 좋~다" 추임새를 넣는다. 한 곡 끝나기 무섭게 다른 소리가 이어 나온다. 박수만 치는 우리 쪽을 향해 불쑥,

"인자, 사우 한 곡 뽑아 보게."

느닷없는 공격(!)에 주춤할라치면 엄마가 곧바로 다른 소리로 넘어간다. 국수틀에서 술술 국수 올이 나오는 것처럼 힘들이지 않고 스르륵 흘러나온다. 혼자 너덧 곡을 부르고 막걸리 한 모금 넘기며

"하이고야, 너거도 한 곡 해 봐라."

권한다. 누군가 받아 구전 민요라도 한 곡 부르면 엄마는 만족스러운 듯 박수를 치며 나머지 자식들에게 가벼운 면박을 주고

엄마가 이어 나가는 식이다.

　엄마와 나들이를 갈 때면 소리가 빠지지 않는다. 차 뒷좌석에 앉아 두 손을 귀 쪽으로 올리고 몸을 양옆으로 간당이며 춤사위를 드러낸다. 소리와 춤이 함께 어우러질 때조차도 엄마의 표정에선 기쁨보다는 회한 같은 게 느껴진다. 선선한 가을바람처럼 마음이 저릿저릿해질 때가 많은 것이다. 엄마는 분명 흥이 많은 사람이지만 소리가 흥겹기보다는 신산스럽게 느껴진다.

　일과 음식은 그럴 수도 있겠다 싶지만 소리를 잘한다고 불려 다녔다는 말에는 사실 의구심이 든다. 엄마의 소리는 높낮이가 뚜렷하지도, 구성지지도, 음량이 풍부하지도, 음색이 독특하지도 않다. 약간의 구릉이 살짝 느껴질 뿐 읊조림에 가깝고 비슷한 패턴이 반복되는 형태를 띠기 때문이다. 엄마가 살았던 작은 농경 마을은 힘겨운 노동을 끝없이 감내하며, 지리한 가난 속에 가족과 이웃을 안쓰럽게 보다듬으며 근근이 목숨줄을 이어 왔기 때문일까. 엄마의 소리는 뜨겁고 맹렬하고 고조된 느낌은 전혀 찾아볼 수 없고 밋밋하고 느릿하고 담담하고 싱겁다. 엄마가 길어 올리는 소리의 내용은 세월의 흐름을 한탄하거나 임에 대한 애타는 마음을 드러내거나 이별의 슬픔을 노래한 것이 많다.

우리야 청춘도 늙어지니

오던 손님도 아니 오네

이팔아 청춘아 소년들아

백발을 보고 웃지를 마라

어제의 날짜가 청춘이더니

오늘의 날짜가 백발이 되었네

무정한 세월이 어느덧 갔나

원수로구나 원수로구나

가는 세월이 원수로구나

어느 세월에 백발이 되었는가

이내 청춘이 바람과 같구나

　이 소리를 하고 나면 엄마는 으레,

　"아부지가 그랬제. 야야, 사람의 한평생이 풀 끝에 이슬 같으니라. 살아 보니 참 그 말이 딱 맞아."

수없이 들었던 말을 되뇐다. 여든아홉에 돌아가신 외할아버지는 몇 세쯤부터 이 말씀을 엄마에게 했을까. 두 분 나이에 이르려면 한참이나 먼 나도 이런 생각이 가끔 든다. '금방이구나.

한 생이 후딱 지나가는구나' 하고.

날 데려가시오 날 데려가시오
항구의 낭군아 날 데려가시오
임 떨어져서 하루도 못 살겠소

못 살겠구나 못 살겠구나
낙동강 칠백 리 뚝 떨어져
임 떨어지고 내 못 살겠네

꽃 피는 삼월에 꽃 피면 뭘 해
임 없는 단장해서 무엇 하나

첩에야 집에 갈라거든
나 죽는 꼴이나 보고 가소
첩에야 집은 꽃밭이고
나의 집은 연못이요
꽃과 나비는 봄 한철이요
연못의 금붕어는 사시사철

엄마가 한창 젊었을 시절에는 남자들이 대놓고 바람을 피우는 일이 많았다. 남자들이란 한번씩 바람이 나는 거라고 용인해 주는 분위기도 있었다. 아버지는 술과 친구라면 사족을 못 쓰고 집안 살림은 엄마에게 맡겨 놓고 이리저리 떠돌며 산 세월이 길었으므로 엄마와는 살가운 정이 별로 없었다고 한다. 그래도 좋은 시절이 있지 않았을까 물어보면 엄마는 어림없다는 듯 손사래를 친다. 엄마의 애절한 소리를 듣다 보면 가사에 나오는 것처럼 임을 그리며 애달파하는 마음을 엄마도 지녀 보고 싶었을까 싶기도 하다.

　여섯 자식을 키워 내느라 허리가 부러지고(일하러 가다가 눈길에 미끄러져 뼈가 부러졌지만 제때 치료를 못 해 지금도 굽어 있다) 손발이 부르트게(언 손으로 일을 하다 손톱 하나가 빠졌다) 평생을 고된 노역의 현장에서 간신히 살아 냈지만 엄마는 짓눌려 쓰러지지 않고 들꽃처럼 의연히 자신의 삶을 지켜 냈다. 서럽고 힘겨운 가난과 외로움을 소리에 담아 풀어냈고, 그저 어깨를 슬쩍 들썩이는 춤사위로 지친 마음을 스스로 위로했다. 수수한 소리와 잔물결 같은 몸짓으로 가쁜 숨을 잠시 돌린 후, 엄마는 매서운 세상사를 내치지 않고 쓰다듬을 너그러움을 얻지 않았을까 싶다.

고단수 엄마

달그락달그락 부엌에서 들리는 익숙한 소리가 단잠에 여린 물결을 일으킨다. 무명 앞치마를 두른 엄마가 아궁이에 불을 때고 밥을 짓는 걸 그려 볼 수 있다. 윗목에 놓인 요강에 오줌 누는 소리를 귀 밝은 엄마는 들었겠지? "아가, 일났나?" 엄마 목소리가 들리기 무섭게 숟가락을 넣은 뜨끈한 국 한 사발이 문 안으로 들어온다. 일순 찬바람이 훅 끼친다. 엄마는 얼른 방문을 닫는다. "한술 떠라. 속 뜨뜻해지게." 콩나물국이든 시래깃국이든 엄마는 묻는 법 없이 들이민다. 아궁이가 연탄불을 거쳐 석유곤로로 바꾸고 가스레인지가 들어왔어도 엄마의 새벽 국물은 어김없이 내 앞에 놓였다. 엄마에게 나는 오랫동안 '아가'였다. 남들보다 늦은 결혼을 하고 엄마 곁을 떠난 후 엄마는 나를 '우리 쪼오'라 부른다. 엄마만의 애칭이자 전유물이다.

엄마는 언제 일어나는 것일까? 내가 아무리 일찍 일어나는 날도 엄마는 이미 부엌에 있었다. 새벽같이 나가야 하는 날에도 내가 밥술을 뜰 수 있게 밥상을 차렸다. 허술한 밥상은 없었다. 밥과 국, 찌개와 반찬, 차릴 수 있는 모든 것을 갖춰 한 상 내왔다. 새벽 학원에 다닐 때는 골목길에 서서 보이지 않을 때까지 뒤를 지켜 주었다. 늦은 밤 언제 올지 모르는 딸을 엄마는 까치발로 고개를 빼며 기다렸다. 뭐 하러 나와 있냐 하면 금방 나왔다고 했다.

남의집살이를 면하지 못했던 긴 세월 동안 엄마는 몸담아 사는 그곳을 최고의 보금자리인 듯 가꾸었다. 마당이 넓은 집의 문간방에 살 때 엄마는 해바라기와 칸나가 키를 돋우고 채송화와 과꽃이 풍성한 그 집 꽃밭에 손을 보탤 수 있는 걸 기뻐했다. 아침에 골목길에 나서면 곱게 비질한 길을 만났다. 어린 시절 교회를 종종 다니곤 했던 나는 간밤에 하나님이 말끔히 길을 단장해 놓았다고 생각했다. 어째서 그런 생각을 했는지 모르겠지만 매일 아침 만나는 깨끗하게 목욕한 듯 맑은 골목길을 걸으며 사람들 몰래 밤마다 내려앉는 하나님의 손길을 만나는 일은 뿌듯하고 든든했다. 긴 싸리비로 이른 아침 골목을 쓰는 엄마를 발견한 날의 아찔한 충격을 기억한다. '하나님이 할 만한 일을 엄마가 하고 있었구나.'

엄마의 하루는 얼굴과 손을 깨끗이 씻는 것으로 시작된다. 평생을 그랬다. 가끔 일 나가지 않는 날은 실을 엄지발가락에 걸고 다른 실 끝으로 얼굴의 잔털을 밀었다. 족집게로 눈썹도 뽑아 정리했다. "앗, 따가" 하면서도 작은 거울을 들여다보며 꼼꼼히 다듬었다. 그런 엄마를 턱 받치고 보며 무르팍 언저리를 뒹구는 일은 보드라운 솜털을 비비듯 달콤했다. 나를 끌어당겨 참빗으로 머리를 빗겨 이를 잡아 줄 때는 아슴푸레한 졸음이 밀려왔다. 서캐도 잡고 굵은 이도 잡아서 엄지손톱으로 꾹꾹 눌러 죽이며 "어이쿠, 우리 아 피 다 빨아먹었네" 탄식을 했다. 엄마가 귀지를 파 줄 때는 몸이 잔뜩 굳었다. 노동으로 굵어진 두툼한 엄마의 손은 간혹 귀를 쿡 쑤셔서 깜짝 놀랄 때가 있었기 때문이다. 거친 엄마의 손이 뺨과 머리를 쓰다듬을 때 살짝 쓰리던 감각과 부스스 일어나던 머리카락은 알알하면서도 안심이 되었다.

설날 시골 큰집에 다녀올 때였다. 읍내까지는 오 리 남짓 되는 길이었지만 눈보라가 몰아치는 영하의 사나운 날씨에 얄팍한 옷을 헤집는 한기는 온몸을 오그라붙게 했다. 하천은 꽝꽝 얼어 있었고 인적도 보이지 않는 길을 엄마와 둘이서 걸었다. 뺨을 할퀴고 후려치는 바람은 전깃줄을 윙윙 울렸다. 언 몸은 둔해지고 시야는 흐릿했다. 엄마가 등을 내밀었다. 등에 얼굴을 물으니 추위는 덜었지만 발은 더 시렸다. 엄마는 두 손으로 나를 추스르며 발을 종종 주물렀다. 지나가던 달구지가 우리를 태워 주었다. 엄마는 머릿수건을 쓰고 허술한 한복 차림이었으니 얼마나 추웠을까. 엄마는 나를 동여매듯 끌어안았다.

만화책에 푹 빠져 밥상을 앞에 두고서도 만화를 보는 내게 언니들이 나무랄 때 엄마는 "만화도 책 아이가. 다 공부하는 기라. 놔 도라" 했고, 밤늦게 피리를 불 때도 뱀 나온다고 언니들이 싫어하면 "놔 도라. 그것도 다 공부라" 했다. 내가 하는 건 뭐든 지지하고 편을 들어 주었다.

아버지가 돌아가신 날도 엄마는 막노동을 다녀온 뒤였다. 밖에서 놀다 온 내게 엄마는 "너거 아바이 세상 베렸다" 하며 부고 심부름을 보냈다. 엄마와 가장 친하게 지낸 서문정 거리의 아지매에게 가야 했다. 서녘 하늘이 굵고 붉은 줄을 여러 겹 두르고 타들어 갔다. 아지매네는 서쪽에 있었겠지. 갈수록 노을은 붉은 띠를 부풀리며 온 하늘을 물들였다. 아지매는 "아이그, 불쌍해라"를 연거푸 내뱉으며 치마에 콧물을 훔쳤다. 누가 불쌍했을까. 너무 빨리 인생을 마감한 아버지였을까. 집안 살림을 남의 집 불구경하듯 하는 남편을 두고 자식들 먹여 살리는 일에 동동걸음 치는 엄마였을까. 철부지 어린 나였을까. 엄마는 상여가 나갈 때도 나를 치마폭으로 두르며 섣달 찬바람을 막아섰다. 과부가 된 엄마가 맞닥뜨려야 했을 세상의 맵찬 바람에 엄마는 어미 닭이 되어 우리를 감쌌다.

　내가 중학교 다닐 때 언니들은 일찍이 도시로 나가 돈을 벌거나 공부를 했고 집에는 나와 동생만 있었다. 엄마는 콩나물을 길러 집 앞에 시루를 내놓고 팔았고, 낮에는 감주 항아리를 이고 다니며 팔았다. 떡을 쪄서 팔기도 했다. 팥시루나 호박시루를 찌는 날은 마당에 불을 때고 시루를 얹었다. 장작을 패서 아궁이에 넣어야 했는데 "남자가 있으면 얼마나 조으까?" 하며 장작 패는 걸 버거워했다. 나는 도끼를 들고 장작을 내리쳤다. 정통으로 맞추는 일은 거의 일어나지 않고 이리저리 튀는 장작은 위험하고 난감했다. 세워서도 해 보고 눕혀서도 내리치며 애를 썼다. 남자가 없어도 나만 있으면 집안에 아무 문제가 없다는 것을, 남자를 아쉬워할 일은 없을 거라는 것을 엄마에게 보여 주고 싶었다.

　커서 멀리 여행을 떠날 때, 엄마는 어디로 가는지보다 뭐가 필요한지를 제일 먼저 물었다. 다 준비했다고 아무것도 필요한 거 없다고 해도 미숫가루를 싸고 간식거리를 챙겼다. 한 달을 연락 없이 지내다 돌아오면 엄마는 무사히 온 것을 다행스러워하며 잠자리부터 봤다. 엄마가 깨울 때는 밥 먹고 또 자라고 할 때였다. 인도를 다녀왔을 때 사흘간 먹고 자고 먹고 잤고, 엄마는 때마다 밥상을 차려 이것 먹어 봐, 저것도 맛봐라 했다.

내가 만나는 사람들, 친구들 이야기 듣는 것을 좋아해서 내 친구들의 가족과 별스럴 것 없는 일화까지 가끔 내게 일깨운다.

　올해 백 세를 넘긴 엄마는 쨍쨍한 목소리로 "우리 쪼오라?" 전화를 받으시고, 막 엄마 집에 도착한 내 손을 붙들고 "이제 가면 언제 오꼬"를 되뇐다. 한 치 눈 돌릴 틈 없는 애틋한 마음을 더할 수 없이 쏟으며 살아온 엄마는 내가 흉내 낼 수조차 없는 평생을 꾸려 왔다. 자신의 뼈와 피, 살과 땀—비유가 아니라 실제로!—을 언제나 기꺼이 내준 엄마 덕분에 우리는 목숨을 붙이고 꼴을 갖추고 살아올 수 있었던 것 같다. 박노해 시인은 「3단」이라는 시에서 단순하고 단단하고 단아한 사람을 이야기한다. 엄마의 삶은 이에 비견할 만하다. 생명을 살리는 일에 가장 마음을 쏟고 다부지게 험난한 길을 헤쳐 왔다. 꽃과 푸성귀를 코딱지만 한 구석에라도 가꾸고 나누었다. 깔끔하고 소박하게 사셨다. 엄마의 삶은 3단을 넘어서는 고단수가 아닐까 싶다.

버팀목

깊은 물속, 혹은 동굴 속에서 울려 나오는 소리 같다. 깊고 파문이 인다.

"야들아" 하는 셋째 언니의 목소리. 평소 어조는 고음 쪽에 가까운 편이라 나지막한 어조가 낯설다. 오스스 얇은 한기가 서늘하다. 꿈이다. 새벽 3시 20분. 꿈속에서 들은 목소리가 고막을 울리고 달팽이관에 감겨들면서 불안이 서서히 온몸으로 퍼진다. 그 시각 엄마가 돌아가신 게 아닐까 하는 생각이 떠나지 않는다. 셋째 언니는 우리 잠을 염려해 두 시간 후쯤 연락을 하려는 게 아닐까? 누워서 날이 밝기를 기다린다. 눈물이 불쑥 솟아나 흘러내린다. 전화는 없다. 엄마가 아니라 셋째 언니에게 문제가 생긴 건지도 모르겠다는 생각이 든다. 내내 잠 못 이루다가 출근길에 평상시와 다름없는 언니 목소리를 확인하고

서야 오그라져 있던 숨이 퍼진다.

엄마와 같이 사는 셋째 언니에게 전화가 오거나 부재중 전화
에 이름이 떠 있으면 매번 긴장한다. 언니가 내뱉는 첫마디가
흘러나오기 전까지. 작년부터 엄마는 밖에 나가기를 한사코 꺼
리고 집 안에서도 몸을 움직이기를 싫어한다. 엉덩이로 바닥을
슬슬 쓸면서 움직일 때가 많다. 일어나 걸어야 할 때는 "끙" 소
리에 "아이고오"가 뒤따른다. 몇 걸음 떼어 놓고 나면 숨이 차
서 헉헉거린다. 밤에는 이명이 심해 잠들지 못하니 낮에는 수
시로 잠에 빠져든다. 수년 전부터 한쪽 청력이 조금씩 약해지
더니 지금은 양쪽 다 잘 들리지 않는다. 큰 소리로 얘기해도 잘
못 알아들을 때가 많다. 엄마는 어림짐작으로 얘기하기도 하고
상대의 말과 관계없이 일방통행으로 늘어놓을 때도 많다. 마주
보고 얘기할 때는 덜한 편인데 전화로는 영락없이 소통이 안
되기 일쑤다.

엄마가 기운차고 밝을 때는 옛날얘기를 할 때다. 특히 외할
아버지 얘기를 할 때면 눈을 반짝이며 신명이 점점 뻗친다. 엄
마 일곱 살 때 외할머니가 돌아가셨다.

"울 아부지는 누굴 만나기만 하마, 맨 같은 소리를 하는 기라."

"뭐라 캤는데?"

수십 번도 더 들어 다 아는 얘기지만 추임새를 넣을 겸 우리

는 엄마 턱밑에서 묻는다.

"보소, 우리 순애는 일곱 살에 어미를 잃었으이 얼매나 불쌍하오?"

엄마는 외할아버지 말투를 흉내 낸다.

"그라마 남사시러버 죽어. 아부지가 그 말 쫌 안 했으마 얼매나 좋을꼬 싶제."

크는 애들 봐서라도 새장가 들란 말을 많이 들었지만 그때마다 외할아버지는 계모 들어오면 자식들 설움 받는다고 네 남매를 혼자서 지극정성으로 키워 냈다.

읍내에 시집간 엄마가 친정 왔다 돌아갈 때면 외할아버지는 마을을 벗어나 산길을 걸어가는 엄마가 보이지 않을 때까지 손을 흔들며 배웅하곤 했다. 돌아보고 또 돌아보면 붙박인 듯 서서 손을 흔드는 외할아버지가 아득한 점이 되었다. 엄마는 걸음을 몹시 빨리 했다. 외할아버지가 너무 오래 서 있는 게 마음 쓰이고 눈물이 났다고 한다.

"겨울이면 밤마다 아부지 방에 마실 온 남정네들이 드글거렸어. 냄새가 말도 못 해. 꼬랑내에 담뱃진에 코를 싸쥐게 되지. 아부지 목성이 참 좋았거든. 아부지 글 읽는 소리 들을라고 밤마다 몰려오는 거야."

외할아버지는 『심청전』과 『소대성전』을 많이 읽으셨던 것 같다. 엄마가 그 소설의 어느 구절을 줄줄 꿰고 있으니 말이다.

수제비는 적고 숭숭 썰어 넣은 김치는 많은 국그릇을 한 그릇씩 돌리면 무럭무럭 김이 오르는 그것을 코 앞에 대고 킁킁대며 마실꾼들은 고마움과 탄복을 담아 입을 다셨다. 어스름 새벽이 올 때까지 밤을 새는 날은 사나운 바람이 웅웅대거나 흰 눈이 사락사락 내려앉기도 했다.

엄마 안에는 외할아버지가 생생하게 살아 있다. 인정 넘치는 손길과 큰소리 한번 낸 적 없는 부드러운 눈길, 막내인 엄마의 가난과 고된 노동을 안쓰러워하는 마음, 드문드문 투박하지만 깊숙한 속내를 펴 보이는 말들. 엄마 안에 살아 있는 외할아버지에 기대어 엄마는 고단하고 버거운 생애를 살아 낼 힘을 얻었을 것이다.

읍내 장에 올 때 외할아버지는 망건 위에 갓을 쓰고 흰 두루마기를 입었다. 흰 수염을 한 손으로 감싸 올리고 밥을 먹는 외할아버지가 신기해서 수염을 만져 보고 싶었던 기억이 난다. 외할아버지는 내 머리를 가만가만 오래 쓰다듬어 주었다. 외가에 가면 떡개구리를 잡아 뽀얀 국물이 나게 고아 주고 아궁이에 감자를 구워 나뭇가지에 여러 개 꿰어 나다니며 먹을 수 있게 했다. 내 안에도 외할아버지는 따스하게 살아 있는 것이다.

외할아버지는 곤궁한 살림을 꾸려 가면서도 동네 어려운 이들을 돌보았다. 과부가 되어 힘들게 자식 키우는 집에는 소 먹일 풀을 몰래 한 짐씩 해다 주기 예사였고, 나무하러 갈 때마다 채집한 약초를 벽장에 상비해 두고 아픈 이들에게 약을 지어 주고 침도 놓아 주었다. 외할아버지는 자식을 여럿 잃었고 일 년 농사를 애써 지어도 소작료 주고 나면 다시 빈털터리가 되었지만, 평생을 흙과 한 몸이 되어 일한 끝에 땅도 장만하고 감나무밭도 제법 크게 가꿀 수 있었다.

엄마도 외할아버지의 피를 이어받은지라 없는 살림에도 어려운 이웃을 그냥 보고 있지 않았다. 시골에서 대구로 이사와 단칸방에 살 때 엄마는 하루도 쉬는 날 없이 막노동을 전전했다. 굽이굽이 긴 골목의 막다른 곳에 살 때였다. 방 한 칸에 네 식구가 살았다. 부엌은 쪼그려 앉아 음식을 만들어야 할 만큼 옹색하고 초라했다. 이웃하여 산 할머니, 할아버지가 있었다. 작고 나지막한 집에 두 분만 살았다. 딸이 아이를 업고 가끔씩 들렀다. 흰머리에 쪽을 진 할머니는 가냘프고 왜소했지만 언제나 깔끔했다. 사람이 사는 집 같지 않게 적요했다.

엄마는 자주 내게 심부름을 시켰다. 금방 끓인 국 한 그릇이나 나물 무침 같은 것이었다. 할머니는 반색을 하면서도 고맙고 미안해 어쩔 줄 몰라 했다. 빈 그릇을 주는 것을 몹시 민망해 했다. 마당에 무화과가 열렸을 때 할머니는 그릇 가득 무화과를 담아 주며 처음으로 환하게 웃었다. 잠자리 날개처럼 얇게 곧 바스러질 것 같은 할머니의 작고 마른 몸과 말간 얼굴이 지금도 생생하다. 외할아버지도 엄마도 극심한 가난 속에서, 똑같이 눈물겹게 가난한 이웃과 온기를 나누며 살았다. 서로 나누었기에 살 수 있었던 건지도 모른다. 서로 기대어 살았기에 눈물 삼키며 또 하루를 견딜 힘을 얻었을 것이다.

내년이면 엄마 나이 백 세다. 어찌 보면 잠깐 왔다가는 일생이지만 엄마의 옛날얘기는 굽이굽이 끝이 없고 그 속에서 꿈틀대는 인생들의 부침도 만화방창하다. 외할아버지도 엄마도 내 안에 깊이 자리를 잡고 함께 살아갈 터이니 어느 날 문득 닥칠 눈앞이 캄캄해질 일도 영영 아프고 시리게 남아 있지만은 않을 것이다.

아직은 엄마와 살을 맞댈 수 있고 뺨에 입도 맞출 수 있고 엄마의 즉흥 노래를 들을 수 있고 자그마해진 엄마를 꼭 안을 수도 있다. 더 자주 엄마를 느끼고 엄마를 듣고 엄마를 만나고 싶다. 외할아버지와 숱한 이웃들이 엄마의 버팀목이 되어 준 것처럼 나의 버팀목이 되고 있는 수많은 존재들을 느껴 본다. 머나먼 세월을 근근이 이어 온 수많은 옛사람들과 뭇 존재들에 기대어 오늘을 살아가는 내 숨을 톺아본다.

배웅

긴 세월 동안 남편이 보여 준 한결같은 모습 중 하나는, 출근하는 내 차가 떠나는 것을 지켜보며 손을 흔들어 주는 것이다. 한참을 지켜보는 그의 눈길을 등 뒤로 느끼며 집을 나서는 아침은 따뜻하고 든든하다. 농번기에는 새벽에 나가 아침 먹을 때쯤 돌아오고 농한기에는 느긋하게 아침을 시작하니, 그가 꼬박꼬박 직장에 나가야 하는 내 출근길을 챙기는 건 쉬운 일이라 여길 수도 있겠다. 하지만 비가 오나 눈이 오나 차 문을 여는 내 옆에서 빠뜨린 건 없는지 물어보고 운전 조심하라는 주의를 놓치지 않는 그의 잔소리를 나는 쉽게 따라 할 수 없을 것 같다.

땅을 구하지 못해 읍내의 아파트에 잠시 살 때, 아침 배웅은 짧고 급했다. 산 중턱에 농가 주택을 짓고 이사를 한 후, 우리의 배웅은 편해지고 길어졌다. 마당에서 자질구레한 잔소리를 늘어놓기도 하고 실없는 농담을 주고받기도 하면서 차가 잘 빠져나갈 수 있도록 그가 신호를 보내 주는 일이 이어진다.

이런 풍경은 내게 엄마를 떠올리게 한다. 엄마의 마중과 배웅은 유난스럽다 할 만큼 애틋하다. 엄마가 나보다 일찍 일터로 나가야 할 때가 아니면 등굣길이든 출근길이든 엄마는 언제나 문 앞까지 나와 차 조심해라, 잘 다녀와라 일렀고, 내가 돌아올 즈음해선 골목길을 서성거렸다. 대학 시절과 직장 시절, 내 귀가 시간은 늘 들쭉날쭉해서 엄마는 골목길과 집을 몇 차례나 오가야 했다. 늦은 밤 집에 돌아오면 아랫목에는 수건으로 감싼 밥그릇이 기다리고 있었다. 저녁을 먹고 온다고 말해도 소용없었다. 집 나가 있는 이의 저녁밥은 아랫목에 담겨 엄마와 함께 밥 먹을 이를 기다리고 있는 것이다. 밥 먹었다고 하면 늦어서 출출할 텐데 딱 한 술만 뜨고 자라고 했다.

결혼하고 엄마 집에 왔다가 돌아갈 때면 노구를 이끌고 기어코 5층 아파트에서 엘리베이터를 타고 내려와 차 앞에서 배웅을 한다. 오십 대 때 허리를 심하게 다쳐, 백 세에 가까운 지금, 혼자서 잘 걷지도 못하면서 딸이 가는 걸 봐야 한다며 차가 보이지 않을 때까지 손을 흔드는 것이다. 더 거동이 힘들어진 재작년부터는 아파트 복도에 나와 고개를 길게 빼고 손을 끝없이 흔든다. 운전 조심해라, 몸조심해라, 잘 지내라. 늘 똑같은 당부를 수없이 반복하면서.

엄마 집에 갈 때면 미리 알리지 않는다. 불시에 초인종을 누른다. 그러지 않으면 도착할 시간 한참 전부터 아파트 복도에 나와 기다리기 때문이다. 게다가 자그마한 키를 돋우려 나무 받침대에 올라서서 가스레인지를 켜고 딸이 오면 먹인다고 부침개를 하기 일쑤기 때문이다. 엄마에게는 오랫동안 부침개에 막걸리 한잔이 손님이 오면 대접할 만만한 음식이었다. 무와 배추, 고구마와 감자, 부추와 파, 고추와 쑥, 김치와 장떡 등 절기마다 부침개는 다양하고 맛났다. 깔끔하고 매웠던 엄마의 솜씨는 지금은 가스레인지 주변이 밀가루 반죽으로 너저분해지고 식용유가 곳곳에 번들거리는 것으로 변했다. 자식들 입맛도 예전 같지 않아 부침개를 그리 반가워하지도 않게 되었다. 자식이 오는데 엄마는 뭐 해 줄 게 없다고 한탄한다. 부침개 하나도 이제 뜻대로 잘 되지 않는다고 슬퍼한다. 그런 엄마에게 현관 앞 배웅은 있을 수 없는 일이다. 같이 사는 언니에게 한 손을 의지하고 뒤뚱거리며 복도까지 나와 긴 배웅을 하는 것이다.

엄마는 외할아버지 얘기를 수없이 들려주었다. 엄마가 친정에 갔다가 돌아갈 때면 외할아버지는 멀리까지 배웅을 나와 산마루에 이르러서는 딸이 보이지 않을 때까지 하염없이 서 있었다고 한다. 엄마가 돌아보고 또 돌아보며 그만 들어가시라고 손짓해도 외할아버지는 고개를 끄덕이고 어서 가라고 손을 흔들며 내내 그 자리에 서 있었다는 것이다. 외할머니는 엄마가 일곱 살 되던 해에 돌아가셨고 외할아버지가 엄마를 키웠으니 막내딸에 대한 사랑은 더 지극했을 것이다.

외할아버지와 엄마의 배웅은 애틋하고 눈물겹다. 외할아버지의 배웅은 엄마의 고단한 삶을 지탱하게 했고 엄마의 배웅은 우리 자식들의 길을 밝혀 주었다. 배웅에 힘입어 우리는 다시 돌아와야 할 존재의 뿌리를 든든히 잡을 수 있었다. 남편의 배웅을 받고 간혹 나도 그를 배웅하면서 배웅이 가진 은근하고 깊은 느껴움을 생각해 본다.

할미꽃

품앗이 가는 아버지는 순애에게 점심때 꼭 오라고 신신당부한다. 대답을 시원스레 못 하고 고개를 외로 꼬며 순애는 머뭇거린다. 아버지는 다시 한 번 다짐을 두고 집을 나선다. 한두 번 있는 일이 아니므로 순애도 알고 있다. 결국 해가 중천에 다다를 때쯤 아버지가 일하는 논 근처를 얼쩡거리게 될 것을. 막내인 순애의 두 언니는 일찍 출가했다. 오라비는 혼인을 했지만 아직 아이는 없다. 새 식구가 된 올케까지 모두 네 식구가 같이 산다.

순애는 아버지가 일하는 논이 먼발치로 보이는 곳에서 소꼴을 벤다. 아버지도 순애를 곁눈질로 봐 두었을 것이다. 점심밥을 바구니에 인 아낙이 논둑길로 잰걸음을 치고 그 옆에 술 주전자를 든 아이가 뒤떨어질세라 쫓아간다. 일꾼들이 둘러앉아 밥을 먹는 자리에 어린 여자아이는 아무도 없다. 순애는 부끄러워 얼굴이 빨개진 채 고개를 들지 못하고 아버지 몫의 고봉밥을 덜어 같이 먹는다. 가죽나무 잎을 넣어 구운 장떡을 하나씩 받아 든 이들은 밥 위에 얹어 입이 미어터지게 밀어 넣는다. 보기만 해도 침이 꼴깍 넘어간다. 아버지는 근처 감나무에서 커다란 잎 몇 장을 뚝 따서 장떡을 둘둘 말아 새끼로 매 준다.

"아나, 시이(언니를 이르는 경상도 사투리) 갖다 조라."

순애는 먹고 싶은 걸 꾹 참고 집에 돌아와 올케에게 내민다.

"시이~, 아부지가 갖다 주래."

한 조각이라도 맛보고 싶어 정지문 앞에 서 있다. 올케는 펼쳐 보지도 않고 뚜껑 있는 그릇에 담아 찬장 제일 높은 곳에 올려 둔다. 순애는 한 번 조르지도 않고 입맛만 다실 뿐이다.

논흙에 범벅이 된 아버지가 어둠 속에 돌아오면 사랑방에서 혼자 상을 받고, 남은 세 식구는 안방에서 저녁을 먹는다. 올케는 장떡을 아버지 상에 그대로 올린다.

"야야, 먹지 이걸 말라 남겨 놨노."

아버지는 맛도 안 보고 가위를 가져오게 해 삼등분해서 올케 손에 들려 보낸다.

순애네는 변변한 땅이 없어 부쳐 먹는다. 인근의 고모가 제법 잘살아 아버지에게 논을 내줬다. 도지로 절반을 내줘야 하지만 반반하고 기름진 논이어서 힘써 일하면 네 식구 입에 풀칠은 할 수 있다. 아버지와 오라비는 부지런하기 이를 데 없다. 새벽같이 일어나 어둠이 짙어야 돌아온다. 올케는 천하태평이다. 바쁜 게 도무지 없고 느려 터졌지만 심성만은 너그럽고 인정스럽다. 올케는 어린 순애를 큰언니처럼 돌봐 준다.

순애가 살던 마을은 집집마다 감나무를 심어 곶감을 해 널었다. 감이 익어 갈 때면 감 깎느라 분주하다. 순애네는 감나무가 없어 남의 집 감을 주워 먹곤 한다. 어느 날 담장 밖에 떨어진 감을 주워 먹다가 주인에게 빗자루로 얻어맞는 일이 생겼다. 순애는 우리 집에는 왜 감나무가 없냐며 두 다리를 버둥대고 서럽게 울었다.

"오냐, 올해는 내 감나무를 심으마. 삼 년만 지나마 감이 열린께 쪼매만 참아라."

아버지는 험한 언덕바지를 개간해 묘목 여남은 개를 심었다. 아버지 말처럼 삼 년이 지나자 감이 열리기 시작했고 순애는 폴짝폴짝 뛰며 좋아했다.

농사에 소는 꼭 필요한 시절이었다. 매번 이웃의 소를 빌려 쓰고 그 대가로 그 집 일을 해 주었다. 아버지가 송아지를 데려온 날은 온 식구가 종일 곁을 떠날 줄 몰랐다. 이웃집에서 갓 낳은 송아지였다. 삼 년을 정성껏 키웠다. 꼴을 베고 여물을 쑤어 먹였다. 소가 자라서 새끼를 낳았다. 순애는 뒷다리 사이로

쑥 빠져나온 송아지가 잠시 비틀거리다가 우뚝 서는 것을 놀라운 눈으로 지켜보았다. 아버지는 다 큰 소를 이웃집에 돌려주고 송아지를 가지게 되었다. 그 송아지가 자라 농사에 보탬이 되기까지 긴 시간이 걸렸지만, 온 식구가 밤낮없이 일한 덕에 작은 밭뙈기나마 살 수 있었고 조금씩 넓혀 갈 수 있었다.

겨울이면 아버지는 산에 나무를 하러 간다. 산지기 있는 산을 피해 멀고 높은 산으로 다녀야 했다. 제대로 된 솜옷 하나 없이 맵찬 겨울을 어찌 견디며 살았을까. 아버지는 밥 한 덩이를 삼베에 싸 들고 산으로 들어간다. 점심때 삼베를 열면 밥은 추위에 꽁꽁 얼어붙어 있다. 불이라도 피워 몸을 녹이고 싶지만 자칫 산불이라도 날까 엄두를 낼 수 없다. 몸을 웅크리고 밥덩이를 한 입씩 베어 물고 씹으면 이가 얼얼하다. 저녁때까지 나무를 한 짐 해 가려면 먹어야 한다. 한기 속에 얼음 밥을 다 먹고 나면 몸이 부르르 떨린다.

장날엔 새벽같이 일어나 나무를 지고 읍내로 간다. 첫닭이 울기 전에 집을 나서야 하건만 안방에선 기척이 없다. 기다리다 못한 아버지가

"야야, 첫닭이 울었다. 일나거라."

서너 번 연거푸 재촉해도 잠잠하다. 올케는 워낙 잠이 많아 잠결에 예, 예 대답만 하고는 요지부동이다. 아버지는 아궁이

에 나뭇가지를 분질러 급하게 쌀을 안친다. 밥이 채 익기도 전에 김이 푸르르 오르면 솥뚜껑을 열고 선 자리에서 휘휘 저어 몇 술 뜨고 집을 나선다. 겨울 새벽은 차갑고, 싸늘한 별이 뺨을 후려치는 바람 속에서 형형하다. 몇 개의 산을 넘고 여러 굽이 언덕과 잠든 마을을 지나고 속 깊은 강을 건넌다.

읍내에 다다라 나무 살 갈 이를 기다린다. 한낮이 지나도 나무를 팔지 못하니 떡 하나 사 먹을 돈이 없다. 온종일 발을 동동거리고 떨다가 해거름께 나무를 사려는 이가 나타난다. 이때쯤이면 싼값에 넘길 수밖에 없음을 알고 있는 것이다. 그 나무를 집까지 다시 가져올 수는 없는 노릇이다. 그래도 빈 지게로 돌아오게 된 것만이 아버지는 고마울 따름이다. 넓적한 흰 떡 하나를 사서 절반을 먹는다. 종일 빈속에 요기는커녕 요동치는 뱃속을 더 으르릉거리게 만들 뿐이다.

밤길을 걸어 돌아오면 새벽닭이 운다. 가녀리고 자그마한 아버지는 기진해서 들어서지만 식구들은 잠에 빠져 있다. 쪽잠을 자고 난 아버지는 순애에게 반쪽 남은 떡을 내민다. 어리지만 순애도 염치는 안다.

"아부지, 배고플 텐디 이걸 말라고⋯⋯."

말끝이 흐려진다.

"니 줄라고 가져왔다."

가끔 아버지는 순애보고 사랑방에서 같이 자자고 하지만 순애는 한 번도 그런 적이 없다. 사랑방은 웃풍도 세고 아궁이에 불도 잘 들지 않아 춥다. 아버지는 화로로 근근이 겨울을 난다. 겨울옷도 얇고 이불도 변변찮다. 어린 순애는 아버지가 서로의 체온에 기대어 겨울밤을 견딜 요량인 걸 알지 못한다. 안방엔 세 식구가 자고 삼시 세 끼 아궁이에 불을 지피니 사랑방보다 훨씬 따듯하다.

아버지는 여든아홉에 돌아가셨다. 가시기 사흘 전에 떠날 때를 알고 식구들에게 인사를 했다. 생전에 호사 한 번 누려 본 적 없는 타고난 농사꾼으로 우직하고 부지런하게 살았다. 가난하고 힘든 이웃을 내 일처럼 돌보고 아픈 이들이 찾아오면 약을 지어 주고 침을 놔 주었다. 겨울밤에는 마실 나온 남정네들에게 둘러싸여 고전소설을 날이 밝도록 읽어 주었다. 그럴 때 사랑방은 매캐한 담배 연기 속에서 웃음과 눈물이 뒤섞였다. 제사에 필요한 장을 보러 갈 때 아버지는 흰 두루마기를 입고 망건 위에 갓을 썼다. 밥을 먹을 때 수염을 쓰다듬어 들어 올리고 숟가락을 밀어 넣었다. 아버지는 험한 말을 입에 담지 않았다. 궂은일이나 속상한 일에,

"허허, 참."

하면 그만이었다.

순애는 나의 엄마다. 나는 외할아버지 이야기를 엄마에게 수없이 많이 들었다. 들을 때마다 새롭고 눈물겹다. 중학교에 들어가기 전까지 방학 때마다 나는 언니들과 외가에 가서 지내곤 했다. 엄마 살림살이에 여섯 남매를 키우기는 무척이나 고달팠기 때문이다. 그때쯤 외가는 대가족이 되어 식구가 열 명이 넘었지만 늘 우리를 환대하고 귀애했다. 외할아버지는 빙긋 웃으며 꺼칠꺼칠한 손으로 내 머리를 자주 쓰다듬었다. 벽장 안에 넣어 둔 여러 주전부리를 쏙쏙 꺼내 입에 넣어 주었다. 아궁이에 감자를 구워 젓가락에 끼워 주고 살이 오른 떡개구리 뒷다리를 푹 고아 뽀얀 국물을 들이키게 했다.

엄마가 외할아버지 얘기를 할 때 어제 일어난 일을 전하듯 실감난다. 오늘 점심을 먹었는지는 금방 잊어버리지만 옛일은 또록또록 선명한 엄마다. 나도 외할아버지 모습이 생생하다. 까무잡잡한 얼굴에 번지던 부드럽고 따뜻한 미소와 거칠고 굵은 손마디. 잠시도 몸을 놀리지 않는 뼛속까지 밴 부지런함. 나지막하고 그윽한 목소리.

외가에 갈 때마다 외할아버지 묘에 참배하는 건 가장 먼저 하는 일이다. 마을 초입 감나무 밭에 묘가 있다. 봄에 가면 묘소에 할미꽃이 참 많다. 솜털 가득한 꽃이 꼭 외할아버지 마음결 같다. 땅에 낮게 엎드려 고개를 숙이고 있는 모습도 외할아버지를 닮았다. 땅에 경배하며 평생 겸허하고 성실하게 산 어진 농부. 외할아버지의 손녀로 태어나 고맙다고, 외할아버지의 삶을 조금이라도 닮고 싶다고 엎드려 절한다. 외할아버지 존함은 오(吳) 금 자 용 자이다.

벌초

    여름의 끝 무렵이긴 해도 낮 기온은 30도를 넘기 일쑤다. 긴 옷 위에 안전 장구까지 두루 갖추고 예초기를 돌리고 나면 땀에 흠뻑 젖는다. 남편은 예초기를 돌리고 나는 갈퀴로 풀을 그러모아 후미진 곳에 쌓는다. 간단한 성묘까지 마치고 산을 내려와 맑은 도랑물에 땀을 씻고 나면 개운하다. 벌집을 건드려 혼비백산한 적도 있고 주변 칡넝쿨을 낫으로 쳐내느라 끙끙대기도 하지만 말쑥해진 봉분 앞에서 인사를 드리고 나면 쨍쨍한 파란 하늘을 떠가는 구름처럼 맘은 가벼워진다.

    올해도 남편과 함께 벌초를 했다. 솔솔 흩뿌리던 여우비가 세찬 소나기로 돌변하기 시작했다. 벌초를 끝내고 과일과 포, 술을 진설할 즈음이었다. 따라 놓은 술잔에 빗물이 후드득 떨어졌다. 급히 절을 하고 봉분을 둘러 가며 술을 부었다.

아버지는 평생 술과 친구를 좋아했다. 과한 술과 친구 때문에 몸도 상하고 크고 작은 사기도 당했다. 둘 다 엄마에게는 쓰잘데기 없는 것으로 보였다. 자식들 배곯리지 않으려고 종종걸음 치는 일은 오롯이 엄마 몫이었다. 아버지는 태평했다. 아니, 무심하게 방관했다. 자신의 일이 아니라고 여기는 태도는 엄마의 복장을 뒤집어 놓았다. 온몸이 으스러지게 바지런을 떨어야 겨우 입에 거미줄을 면하는 살림에 아버지의 "걱정도 팔잘세" 느릿느릿 내뱉는 말은 엄마가 가장 진저리 치는 말이었다.

　엄마는 열여섯에 다섯 살 많은, 농사꾼 집안의 막내아들인 아버지와 결혼했다. 어릴 때부터 농사일에 이골이 난 엄마는 손발도 두툼하니 크고 피부는 까무잡잡했는데 아버지는 백옥같이 흰 얼굴에 손도 고왔다고 한다. 껑충한 키에 훤한 외모의 아버지를 엄마는 달가워하지 않았고 수줍어서 말은커녕 얼굴도 제대로 들지 못하고 내빼기만 하는 엄마를 아버지는 멀거니 바라보기만 했다. 엄마는 아버지가 미더워 보이지 않았고 아버지는 엄마가 답답하기만 했을 것이다.

　별자리가 바뀌고 산하도 세월 따라 익어 갔다. 먹을 것 없는 집에 자식 농사는 때아닌 풍년이었다. 몇 년 살지 못하고 일찍 떠난 자식도 있었지만 여섯이 살아남았다. 딸 다섯에 아들 하나. 나는 다섯째 딸이다. 아버지는 아들을 손꼽아 기다렸다. 첫딸을 무척이나 아끼셨다. 둘째, 셋째, 넷째…… . 계속되는 딸에 아버지의 사랑은 점점 시들해졌다. 타지에서 몇 년씩 돌아오지 않기도 했다. 집에 쌀이 떨어졌다고 하소연하는 엄마 편지를 받으면 며칠 먹을 양식밖에 구하지 못할 돈을 보내곤 했다. 오랜만에 집에 들렀을 때 갓난쟁이 나를 보고 "저건 누군고?" 했다는 아버지. 한번 안아 보지도, 오래 들여다보지도 않았다. 또 딸이라는 사실에 혀를 찼을 것이다.

아버지가 집에 돌아온 게 언제였는지 정확히 기억하지 못한다. 나와 다섯 살 차이 나는 동생이 태어나던 시점이 아니었을까. 아버지는 늦게 얻은 막내아들을 품에 끼고 살았다. 무등을 태우거나 손을 꼭 잡고 어디든 데리고 다녔다. 타지에서 병든 몸은 점점 나빠지기만 했다. 아버지의 유일한 보람과 낙은 내 동생과 함께 지낸 시간이 아니었을까 싶다. 내가 열한 살이던 해에 아버지는 세상을 떠나셨으니 동생은 여섯 살 때였다. 상복을 입은 동생을 보고 친척들이 혀를 찼던 게 생각난다.

고무줄놀이를 신나게 하고 느지막이 집에 들어섰을 때 엄마는 "너거 아부지 세상 베맀다" 했다. 엄마는 이웃 마을에 부고를 전하는 심부름을 시켰다. 노을은 분홍과 주홍빛으로 하늘 가득 너풀거렸다. 아버지가 죽었는데 왜 나는 눈물이 한 방울도 나지 않는지 궁금하기도 하고 죄스럽기도 했다. 풀이 잔뜩 죽어 타박타박 먼 길을 혼자 걸어갔다. 아버지는 문중 산에 묻히셨다. 읍내에서 산까지는 오 리쯤 된다. 침통하고 무거운 분위기 속에 상여꾼들을 뒤따라갔다.

초겨울 바람은 매서웠다. 엄마와 언니들은 흰 상복을 입었다. 나는 삼베 리본만 꽂았다. 아무도 말이 없었다. 산에 올라 삽과 괭이로 남자들이 땅을 팠다. 그동안 언니들은 나무에 기대서 훌쩍이기도 하고 고개를 푹 꺾고 있기도 했다. 나는 눈물이 조금이라도 나왔으면 좋겠다는 생각만 자꾸 들었다. 아버지를 관에서 꺼내 구덩이에 내려놓았다. 우리 식구들에게 한 삽씩 흙을 떠서 덮으라 했다. 일꾼들이 일사천리로 아버지를 묻고 봉분을 만들었다.

아버지에 대해 생각나는 일은 많지 않다. 아버지는 잠자리에서 일어나면 화투를 꺼내 재수 떼기를 했다. 그날의 운수를 점치는 것이다. '오늘은 국수를 먹겠구먼, 오늘은 손님이 오겠는걸' 따위의 말들을 혼자 웅얼거렸다. 매번 비슷비슷한 말들뿐이어서 어린 내가 보기에도 미쁘지 않았다.

한번은 아버지와 민화투를 쳤다. 점수 따라 손목을 맞기로 아버지가 규칙을 정했다. 내가 몇 점이나 졌는지 모르겠지만 아버지는 내 손목이 벌겋게 되도록 세차게 쳤다. 나는 눈물을 펑펑 쏟으며 소리 내어 울었다. 아버지는 막내딸과 재미있는 놀이를 하다가 장난기가 발동한 정도였을지 모르지만 아버지가 서먹하기만 했던 나는 맞은 게 서러웠을 것이다. 어디선가 엄마가 나타나 나를 돌려세워 안으며 아버지를 향해 "아한테 뭔 짓이라!" 호통을 쳤다. 아버지는 머쓱하게 헛기침을 한 후 자리를 피했다.

아버지는 약간의 돈만 생기면 막걸리를 즐겼다. 주전자를 들고 술도가에 가는 건 내 차지였다. 돌아오는 길에 한두 모금씩 홀짝였다. 사카린을 타면 달달한 맛이 나서 먹기에 좋았다. 그날은 왜 그다지 술도가 심부름이 싫었을까. "아부지, 나 안 가여" 하며 내뺐다. 내 뒤로 아버지가 마당 한쪽에 세워 둔 빗자루를 들고 달려왔다. 어린 여자애를 쫓아오는, 빗자루를 움켜쥔 중년 남자의 달음질을 생각하면 웃음이 난다.

아버지의 병세가 위중해져서 자리보전을 한 세월도 길었다. 엄마와 언니들이 병수발을 들었다. 아버지가 몸져누운 방은 컴컴하고 눅눅하고 냄새도 났다. 어린 나는 슬슬 피해 다녔다.

어느 날, 나와 아버지만 집에 남게 되었다. 엄마는 일 보러 나가며 밥은 다 차려 놨으니 점심때 되면 밥을 떠먹이라고 부탁했다. 엄마가 돌아오는 저녁 늦게까지 밖에 나가 놀았다. 께름칙한 맘은 있었지만 아버지 방에 들어가기가 무섭고 싫었다. 엄마는 어둑할 때 돌아온 나를 보더니 "야야, 너거 아부지 방이 온 데 밥이다. 쯧쯧, 얼마나 정이 없었으면……" 혀를 차며 안쓰러운 눈길을 보냈다. 그 말은 내 안을 후비고 들어와 오래오래 떠나지 않았다.

아버지 산소에 남편과 벌초를 하기 시작한 것은 결혼한 첫해부터다. 그전에는 큰집의 사촌들이 벌초를 해 주었고 우리 가족들은 사례비를 보냈다. 문중 산은 큰집 근처에 있었고 그곳엔 멀고 가까운 조상들의 묘소가 많았다. 우리 형제들은 살기 바빠 산소를 돌아볼 여력이 없었고 예초기를 쓸 줄 아는 사람도 없었다.

어느 해인가 성묘 갔다가 엄마는 동네 친척분에게 큰집 사촌이 했다는 이야기를 듣게 되었다. 장성한 자식들이 하나둘이 아닌데 왜 자기가 작은아버지 벌초를 해 줘야 하냐며 불퉁하게 말했다는 것이다. 우리가 매년 사례비를 보내고 성묘 갈 때 선물과 고맙다는 인사를 건넸지만 그건 아무것도 아닌 게 되었다. 엄마는 몹시 속상해 했다. 아랫사람에게 그런 소리를 듣는 게 참담한 심정이었을 것이다. 그의 말이 틀린 것도 아니란 점이 더욱 엄마를 한숨짓게 했다. 돈을 주고 남에게 벌초를 맡기자는 이야기도 나왔지만 선뜻 실행하지는 못했다.

다음 해, 예초기를 다룰 줄 아는 이와 내가 결혼을 하면서 문제는 해결되었다. 나는 결혼 전에 다짐을 받았다. 매년 벌초를 꼭 해야 한다고. 남편과 나는 왕복 너덧 시간쯤 걸리는 길을 오가며 벌초를 해 왔다. 가끔 언니들 한두 명이 합류하기도 하고 동생 가족들과 엄마가 같이 오기도 했지만 대체로 둘이서 했다. 남편은 별말 없이 당연한 일인 듯 벌초를 한다.

근래 몇 년 동안, 문중 산 인근에 벌초 대행이라는 플래카드를 보고 다음부터는 저곳에 맡기자고 몇 번 권했다. 일 년에 한 번 잠깐 와서 하면 되는데 그냥 자기가 하겠다고, 소풍 가는 겸 와서 벌초하고 장인어른께 인사도 하면 좋지 않겠냐고 했다. 나야 일 년에 한 번이라도 아버지를 뵈러 올 수 있으니 다행스럽고 고마운 마음이 들었다.

벌초하러 가는 날은 아버지가 좋아했던 술을 사고 과일과 포를 준비한다. 십대 후반이 되어서 그렇게 데면데면했던 아버지가 조금씩 다르게 느껴지기 시작했다. 아버지가 참으로 외롭게 살다 가셨다는 생각이 들면서 마음이 짠했다. 딸들은 모두 엄마 편이 되어 아버지의 무능과 무책임을 탓했지만 돌아보면 아버지가 마음을 기댈 곳은 어디에도 없었던 게 아닐까 싶다. 일찍 부모를 여의고 하나 있는 형과도 일찍 떨어져 지냈고 정을 나누며 살지도 않았다. 술과 친구를 그렇게 좋아한 것도 마음 줄 곳이 없어서이지 않았을까.

말끔해진 산소 앞에 남편과 절을 하며 가슴 아픈 세상을 쓸쓸하고 적적하게 살다 간 아버지를 생각한다. 좋아하시던 술을 듬뿍 쳐서 두르고 아버지에게 말을 건넨다. 아버지를 향한 마음에 붉고 아련한 노을이 너울거린다.

호박죽

가을에 수확한 들깨로 기름을 짜러 남편과 읍에 나와 새로 생긴 한식 뷔페에 들러 점심을 먹었다. 주말에 심하게 몸을 움직인 탓에 온몸에 기운이 없고 밥을 넘기기가 어려워 전날 저녁과 아침을 거의 먹지 못한 채여서 점심 먹으러 가는 발걸음이 그리 가볍지가 않았다.

11시부터 딱 두 시간만 점심을 먹을 수 있는 그곳은 12시가 막 지난 시간이라 자리가 북적였다. 칠천 원 가격에 과할 만큼 절이고 데치고 졸이고 볶고 튀긴 다양하고 풍성한 반찬이 먹음직하게 차려져 있었다. 뼈다귀를 우린 국물로 끓인 시래깃국과 계란을 푼 황탯국이 있고 호박죽과 고구마 맛탕에 먹기 좋게 자른 단감과 식혜까지 있었다. 남편은 닭볶음과 잡채를 넉넉히 담아 와 맛나게 먹은 후, 짜장 소스를 끼얹어 비빈 밥으로 두 접시를 거뜬히 해치웠다.

나는 여전히 입맛이 돌지 않아 주걱 끝으로 밥을 훑듯이 조금 뜨고 시래깃국 조금에 애호박 무침을 담아 오다 맨 마지막에 놓인 호박죽을 보고 눈이 번쩍 뜨였다. 다른 건 다 그만두고 호박죽부터 천천히 넘겼다. 희한하게 호박죽은 꿀꺽꿀꺽 달게 잘 넘어갔고 속도 편했다. 내리 네 공기의 호박죽을 먹고 나서 조금 떠 온 밥과 국과 반찬도 다 먹었다. 단감 두 조각과 식혜 한 모금까지 먹고 나니 목에 뭔가 걸린 듯한 무거운 느낌도 사라지고 기운도 났다. 호박은 나와 궁합이 잘 맞는 음식이다.

애호박이 열리기 시작하면 이른 아침 밭에서 두어 덩이를 뚝 따 와 양파를 곁들이고 새우젓을 넣어 볶아 먹는다. 애호박을 동그랗게 자른 단면마다 송글송글 투명한 진액이 맺혀 있다. 기름을 두르고 노릇노릇 구워 들기름을 넣은 간장에 찍어 먹어도 좋다. 채로 썰어 전을 부치면 야들야들한 속살이 입에서 살살 녹는다. 호박잎은 쪄서 쌈으로도 먹고 대충 찢어 콩가루를 묻혀 국을 끓이기도 한다. 된장찌개를 끓일 때는 다 쓴다. 호박 열매와 잎과 줄기, 그리고 꽃봉오리까지 썰어서 넣는다. 호박은 어디 하나 버릴 게 없다. 여름내 먹고 먹어도 맛있다.

가을이 깊어지면 언제 그렇게 익었는지 커다란 맷돌호박이 군데군데 보인다. 잎에 가려서 한참 만에 눈에 띄어 경탄을 자아내기도 한다. 반들반들 누렇게 익은 둥글넓적한 호박은 맘씨 넉넉한 시골 아낙을 닮았다. 줄기와 잎이 시들해지면 호박을 딴다. 예전에는 시렁에 얹어도 두고 짚을 꼰 새끼를 둥글게 이어 받침대로 삼아 호박을 앉히기도 했다. 겨우내 요긴한 별식이나 끼니가 되기도 하는 호박범벅은 울타리콩과 팥과 쌀가루를 넣어 끓인다. 쌀가루와 채 썬 호박을 켜켜이 넣어 찐 호박설기는 달큰하고 물컹해서 술술 잘 넘어간다. 늙은 호박의 꼭지 부분을 잘 도려내어 뚜껑으로 삼고 호박 안에 대추, 밤, 검은콩, 꿀 등을 넣어 찜통에 중탕으로 찐 후, 꼭지 뚜껑을 열고 국자로 퍼먹는 호박소주는 말할 수 없이 맛있고 부드럽고 달다. 이건 산후 조리를 위한 음식이다.

올해는 몇 번의 태풍 탓인지 늙은 호박을 두 덩이밖에 얻지 못했다. 장에 갈 때마다 큼지막한 호박을 한 덩이씩 사 왔다. 두고 보기만 해도 마음이 흐뭇해지고 입안에 침이 고인다. 가을 들어 벌써 세 덩이째 호박을 잡아 호박죽을 쑤어 먹었다. 끼니마다 먹어도 맛있다.

내가 아들 없는 집안의 다섯째 딸로 태어났을 때 엄마는 기운이 하나도 없었다고 한다. 만삭의 몸으로 벼 베기 품을 팔고 돌아왔을 때 가마솥에는 고구마와 김치 몇 조각이 들어간 멀건 죽이 엄마의 저녁 끼니로 남겨져 있었다. 숟가락을 들 것도 없이 선 자리에서 후루룩 마시고 지치고 고단한 몸에 잠깐 눈을 붙이나 했는데 산통이 찾아왔다고 한다. 이웃의 아지매 두 분이 급히 달려와 산파 노릇을 했다. 시장에서 노점을 했던 점용이 아지매는 혀를 차며 윗목에 있는 다듬잇돌로 아기를 눌러 두라고 했단다. 고추도 없는 것을 또 키워 어디다 쓸 거냐며 지금 있는 새끼들도 거둬 먹이느라 허리가 휘는데 또 내지른 가시나를 어쩔 거냐고 한숨을 있는 대로 내쉬면서.

엄마는 기진맥진하고 기가 막혀서 천장만 멀뚱히 바라보고 있었는데 시골로 다니며 상을 고쳐 주어 근근이 생계를 잇던 세필이 아지매가 그런 벼락 맞을 소리는 하는 게 아니라며 하늘이 내준 목숨인데 하며 두 손을 내저었다 한다. 산모가 먹을 끼니 한 끼도 벅찬 사정임을 딱하게 여긴 세필이 아지매는 미역 한 오리와 쌀 한 됫박을 외상으로 얻어 오고, 상을 고쳐 준 대가로 어느 시골집에서 받은 늙은 호박을 쑥 내밀었다. 막내인 어린 세필이가 그 호박을 볼 때마다 호박죽 먹고 싶다고 보챘다는데 그때마다 그건 눈 많이 와서 일 못 나갈 때 먹을 양식이라며 꼭꼭 아껴 두었던 것이라 했다. 세필이 아지매 덕에 엄마와 나는 살아남을 수 있었다. 엄마는 평생 그 공을 잊지 않고 고마워했지만 갚지는 못했다고 애달파 했다.

내가 태어나던 밤의 이야기를 들은 것은 사십 대에 접어들

무렵이었던 것 같다. 우리 집은 십 수 차례의 이사를 다니며 대도시로 흘러왔고 세필이 아지매는 어린 시절의 희미한 기억으로만 남아 있다. 흰 머릿수건과 도토리묵을 말리던 멍석, 바지런히 몸을 놀리던 자그마하고 야윈 체구, 선한 웃음. 호박죽을 먹으며 세필이 아지매가 건네준 것은 호박에 스민 황금빛 햇살 같은 생명의 기운임을 다시 떠올린다. 내가 알지 못하지만 나를 살게 한 손길은 또 얼마나 많고 많을 것인가. 그런 생각이 드는 때면 빳빳한 고개가 절로 숙어진다.

불면

인천 공항에서 파리 샤를드골 공항까지는 직항으로 열두 시간이 걸린다. 간밤을 거의 뜬눈으로 샌 탓에 기내에서 조금이라도 눈을 붙일 수 있기를 바랐지만, 어쩐 일인지 몸은 추욱 늘어지고 눈도 따가운데 잠은 찾아오지 않는다. 계속되는 불면과 질 나쁜 수면을 넘나든 지 일 년 반이 다 되어 가고 있다. 눕기만 하면 바로 달콤한 잠에 빠져 아침까지 푹 자며 살아왔는데, 어느 날 문득 불면이 시작되었다. 잠을 못 잔다고 하는 사람을 도무지 이해할 수 없었는데, 한 번도 깨지 않고 아침까지 달게 자는 사람을 이제는 한없이 부러워하게 되었다.

열두 시간 비행 동안 두 편의 영화를 보고 나니 더 이상 눈을 뜨고 있기가 괴로울 만큼 눈이 쓰리다. 책을 볼 수도 없다. 늦은 밤 기내는 적막하고 공허하다. 영화와 책에 빠진 몇몇 이들이 반딧불처럼 깜빡일 뿐이다. 그저 잠이 내리기를 기다리며 눈을 감고 있었지만 잠은 영영 나를 거들떠보지 않는다. 친구 태희는 영화를 내리 네 편 보고 나더니 곤한 잠에 떨어진다.

파리 입성과 여행 시작을 자축하며 근사한 레스토랑에서 푸짐한 저녁을 즐기고 와인으로 건배를 한 첫날 밤. 태희는 코까지 골며 잔다. 나는 자정 지나 간신히 잠들었나 싶었는데 두 시경에 잠이 깨어 다시 잠들지 못한다. 명상과 망상과 공상을 오가다 아침을 맞는다. 태희는 파리가 익숙한 도시라 못 가 본 식물원과 진화박물관에서, 나는 처음이라 로댕미술관과 오르세미술관에서 하루를 보내기로 한다.

사흘 동안 몇 시간밖에 못 잤는데도 그럭저럭 견딜 만한 몸이 수상할 지경인데 오후가 되자 급격히 무너지기 시작한다. 당장 호텔로 돌아가 꼼짝 않고 침대에 파묻히고 싶다. 오르세에 들어가기 위해 긴 줄을 오래 서 있었고 들어가서는 끔찍한 인파에 이리저리 몰려 짐짝처럼 찌그러진다. 차가운 돌의자에 죽은 듯이 앉아 있으니 피로와 수마가 거미줄에 빠진 곤충을 조여 오듯 옴짝달싹하기 어렵다. 그 밤도 나는 잠들지 못한다. 대체 몸이 어떻게 변하고 있는 것인가. 걱정과 두려움이 어둠 속에서 서늘하다.

아침 일찍 떼제베를 타고 남부의 바용이란 도시로 가야 한다. 그곳에서 버스를 타고 생장피드포르로 가서 산티아고 순례길을 시작할 계획이다. 네 시간 기차를 타고 가는 동안 생기가 넘치는 태희 옆에서 나는 자꾸 까라지는 몸을 고쳐 앉으며 정신을 차리려 애써 보다가 눈을 감고 잠을 청해 본다. 수면제를 사야 하는 걸까. 이래서 길을 걸을 수나 있을까. 집으로 돌아가는 게 맞는 걸까.

바욘에 닿은 것은 정오 무렵이다. 역에서 가장 가까운 식당에 들어가 배낭을 풀고 의자에 앉자마자 눈을 뜨고 있기가 힘들고 기운이 하나도 없다. 고개를 젖히고 눈을 감고 다리를 길게 뻗고 있으니 바닥에라도 당장 몸을 누이고 싶다. 아무것도 넘길 수가 없을 것 같다. 간절하게 눕고 싶을 뿐이다. 아랫배가 꽈악 조여 오고 답답하다. 맞은편에 앉아 있던 태희가 심상찮음을 깨닫고 주문한 음식을 취소한다. 나를 부축해서 밖으로 나온다. 짐은 식당에 둔 채. 역에 가서 좀 누워 있어야 할까.

건너편에 호텔이 눈에 띈다. 로비에 있던 주인이 깜짝 놀라 방으로 안내한다. 나는 옷도 벗지 않은 채 침대에 쓰러져 며칠 만에 혼절하듯 잠에 빠져든다. 그동안 태희는 세 시간 넘게 도시를 뒤지고 다니며 미처 준비하지 못한 우의와 스패츠, 작은 백팩을 두 개씩 사고 약국에서 수면제도 한 통 구입한다. 태희가 나중에 전한 바로는, 식당에 도착했을 때 내 얼굴은 하얗게 핏기가 싹 사라졌는데 잠에 빠져 있을 때는 시커멨다고 한다.

순렛길에 필요한 장비를 사면서도 태희는, 그냥 돌아가는 비행기표를 알아봐야 하는 것 아닐까, 응급 상황이 생기면 어떻게 대처해야 할까, 친구의 몸 상태에 대해 내가 알고 있는 것은 뭔가, 지금 할 수 있는 최선의 조치는? 가닥 없는 물음을 수없이 되뇌었다 한다.

이 여행을 제의한 건 나다. 한숨도 못 자거나 두세 시간을 간신히 자는 날이 잦아지면서 난생처음 겪는 몸의 변화가 당혹스럽고 불안했다. 갱년기에는 으레 그런 일을 겪는다고 들었지만 내 몸 같지 않은 급격한 벼랑에서 어떻게든 평평한 길을 찾고 싶었다. 해 뜨면 걷고 해가 지면 모든 걸 접고 쉬는 일상을 한 달 동안 원 없이 해 보고 싶었다.

험난한 잠은 그 사건 이후로 시작되었다. 세계적으로 불어닥친 미투 운동의 열풍은 내가 근무하는 소읍의 고교에도 밀어닥쳤다. 고3 여학생이 우리 사회의 성차별 문제를 보여 주는 몇몇 통계를 포스트잇에 써서 화장실에 게시한 게 발단이 되어 사건은 걷잡을 수 없이 커졌다. 어쩌다 남학생들 사이에 그 얘기가 퍼져 나갔고 한국의 남성들을 잠재적 성범죄자로 인식하게 만든다는 분노를 느낀 남학생들은 여학생들을 거칠게 공격하는 설전이 오가게 되었다. 결국 남학생들의 공식 사과로 사건은 마무리되는 듯 보였으나 고3 여학생들은 남교사들의 성차별 발언을 시정해 달라며 구체적 사례와 교사들의 이름을 작성하여 학교 측에 전했다. 주로 부장직을 맡고 있던 중장년의 남교사들과 관리자들은 위기를 느끼고 이 사건이 대체 어디서 연유했는지 따지고 들었다.

엉뚱하게도 불똥은 내게 옮겨와 순식간에 활활 타올랐다. 그해 나는 1, 2학년을 대상으로 인문학 교실을 열었다. 외부 강사의 강의와 모둠별 토의, 글쓰기 등을 배치하여 토요일 하루를 빼곡하게 채우는 페미니즘 특강 3회를 기획했고 막 첫 번째 일정을 끝낸 후였다. 관리자를 주축으로 부장직을 맡은 일부 남교사들은 사건의 원인은 여학생들이 의식화(!)되어서고 그 출발점은 인문학 교실 때문이라고 몰아갔다.

여성 단체에서 나온 외부 강사와 그를 불러들인 나는 졸지에 문제를 일으킨 원흉으로 지목되었다. 마녀사냥이 따로 없었다. 여성 단체들의 연대는 늘어나고 지역 언론은 연일 현상을 좇아가며 보도에 열을 올렸다. 성차별 발언을 개선해 달라는 여학생들의 목소리는 묻히고 대립하고 갈등하는 학교 모습만 부각되었다. 나를 향한 학교 측의 날선 말들, 밤늦게 날아오는 위협조의 문자, 아무 일도 없는 듯 행동하는 동료들의 방관을 겪으며 잠을 잃어버리는 날이 잦아졌다.

사건이 마무리되기까지 석 달 이상이 걸렸다. 불면과 스트레스가 겹치면서 세상이 빙빙 빠르게 돌고 온몸에 번개가 사납게

치는 이상한 증세가 나타났다. 결국 두 달 가까이 병가를 내며 쉬었지만 몸은 예전으로 돌아가지 못했다. 갑자기 목이 콱 막히고 가슴이 답답해 음식을 넘기지 못하거나 아침까지 뜬눈으로 지새는 숱한 날이 붉은 피로와 무력감을 몰고 왔다. 밥 먹기는 조금씩 나아졌지만 잠은 낯설고 인색한 세계에서 꿈쩍도 안 했다.

마냥 걷고 싶었다. 매일 반복해도 끝이 없는 집안일도, 마음 써야 할 같이 사는 이도 잠시 물리치고 낯선 길에서 한 걸음 또 한 걸음 그냥 밟아 나가고 싶었다. 벼랑에 몰린 내 몸에 무슨 일이 일어나고 있는 건지 매일 몸을 움직이며 조금이라도 이해하고 싶었다. 내 몸이 어떤 상태인지, 내 몸이 무슨 말을 하고 있는지, 내 몸이 원하는 것은 무엇인지 느끼고 알아차리고 싶었다.

순롓길의 첫날을 맞기 전날 밤에도 잠이 오지 않아 자정 무렵에 처음으로 수면제를 한 알 먹는다. 네 시간쯤 잠을 잔다. 기대만큼 수면제가 강력한 건 아니다. 세 번째 밤에도 자정이 다 되어 가도록 잠이 오지 않아 수면제를 한 알 넘긴다. 긴 시간은 아니지만 눈을 붙인다. 이틀 후 끝내 잠이 안 와 수면제를 삼켰으나 어쩐 일인지 꼬박 밤을 샌다. 수면제 한 알의 효용은 내 몸에서 끝나 버린 것이다. 이제 어쩌나. 수면제 양을 늘리기 시작하면 끝이 없을 것 같다. 그날 이후 수면제를 배낭 깊이 쑤셔 넣고 다시는 손대지 않는다. 수면제가 답이 아니란 걸 알게 된 것이다. 쪽잠, 헛잠, 토끼잠도 자고 날밤도 새면서 허공을 둥둥 떠다니는 몸을 다독인다. '그래, 오늘은 잠이 오지 않는 날이구나. 그럼 눈 감고 휴식을 취하자.' '오늘은 조금이라도 잤구나, 좋아.' 몸의 피로도와 관계없이 잠은 제멋대로 들쭉날쭉한다. 태희는 내내 곁에서 내 잠의 파수꾼이 된다. 잘 잤냐고 매일 묻는 아침 인사가 상투성을 벗어던지고 절박하게 다가온다. 그 인사 덕분에 길을 나서고, 마침내 길 끝에 서게 된다.

한 달 순롓길 걷기를 끝내고 돌아오니 맹수로 길길이 날뛰던 잠의 기세가 조금 누그러졌다. 여전히 다디단 잠은 꿈같은 일이다. 기대하지 않는다. 몸을 지나쳐 한참 달려가며 살아왔던 조급하고 성마른 마음을 뒤로 하고 몸의 소리에 귀를 기울여 본다. 지난날의 아픔과 쓰라림도 그럴 만한 이유가 있었을 것이라 생각해 본다. 안쓰럽게 버텨 온 몸에도 애썼다고 어루만진다. 마음과 호흡을 맞추며 걸어 본다.

새로운 시력

　남들이 부러워할 만한 시력을 오랫동안 당연한 듯 여기며 살았다. 쉰이 넘어서자 서서히 눈이 나빠지기 시작하더니 안경 없이는 살 수 없는 처지가 된 지 오래다. 출근해 보니 안경이 없어 왕복 한 시간 운전으로 집에 다녀온 적도 있고 다른 지역으로 연수를 가던 중 안경을 챙겨 오지 않은 걸 알고 낭패에 빠진 적도 있다. 안경을 끼고서도 안경을 찾을 때가 있다. 글씨가 선명하게 들어오지 않고 눈이 침침하다 느껴져서다. 계속 시력이 떨어지고 원시도 심해지니 안경을 자주 갈아 왔지만 눈의 피로와 이물감은 사라지지 않는다.

　며칠 전, 안과에 다녀왔다. 시력 검사도 하고 시신경 사진도 찍었다. 백내장이 시작되었고 원시도 심한 편이라며 세 종류의 안약을 처방해 준다. 수술을 하는 게 좋다고 한다. 언제쯤 하면 좋으냐고 물으니 그건 본인이 알아서 하면 된다는 다소 무책임한 대답을 한다.

친구의 지인 중에 안과 간호사가 있는데 백내장 수술은 해도 괜찮지만 원시 교정 수술은 하지 않기를 권했단다. 원시 교정은 인공렌즈를 삽입하는 것으로 수술 받는 이가 가장 시력을 많이 사용하는 특정 거리에 맞춰 제작하게 된다. 그 거리를 벗어난 대상은 수술받기 전이나 여전히 별 차이가 없으며 인공적인 물질을 생체에 삽입하다 보니 부작용이 보고되는 사례도 더러 있다고 한다.

수술이란 말만 들어도 꺼림칙한데 부작용 사례까지 듣고 나니 내키지가 않는다. PC와 휴대폰, 책을 보는 시간이 하루 중 얼마나 될까? 학교에 있는 동안 세 가지 중 하나에서 눈을 떼는 시간은 거의 없는 것 같다. 퇴근해서도 눈의 노역은 계속된다. 눈을 쉬게 해야 한다는 쪽보다 계속 부려먹을 궁리를 멈추지 않는다. 봐도 그만 안 봐도 그만인 TV 프로그램, SNS, 유튜브를 딱 끊으면 어떨까. 책만 보는 걸로 줄인다면 한결 나아질 것이다.

조선 후기 문신인 김창흡은 「낙치설(落齒設)」에서 이렇게 말하고 있다.

옛날 성리학의 창시자인 주자(朱子)도 눈이 어두워진 것이 계기가 되어 마음과 성품을 기르는 데 전념하게 되었으며, 그렇게 되자 더 일찍이 눈이 어두워지지 않았음을 한탄하였다. 아마 그것이 바로 이가 빠진 나의 심정일 듯하다. 모양이 일그러졌으니 조용히 들어앉아 분수를 지켜야 하고, 말소리가 새니 함부로 떠들지 말아야 하며, 고기를 씹기 어려우니 부드러운 음식을 먹어야 하며, 글 읽는 소리가 낭랑하지 못하니 그냥 마음속으로나 읽어야겠다.

그는 이가 빠진 것을 아쉬워하다가 주자를 생각하며 낡아 가는 신체에 걸맞게 들뜨지 않는 마음으로 삶의 방식을 바꾸려 했다. 지금은 눈도 이도 다 새것으로 갈아 끼워 쓸 수 있는 마당에 누가 몸의 노화 앞에 자신을 바꾸고 마음의 지향을 안으로 돌리겠는가. 더 일찍이 눈이 어두워지지 않았음을 한탄했다는 주자의 말은 무력해진 신체에 대한 애달픈 마음이 더 절절히 드러나는 것 같다. 학자에게 책을 읽을 수 없다는 것은 거의 사형 선고에 비견되지 않을까. 혹시 주자는 책을 읽을 수 없을 바에야 차라리 책의 세계를 모르고 살았더라면 덜 고통스럽지 않았을까 하는 생각을 했을지도 모를 일이다.

그야말로 깨알 같은 글씨로 가득한 책을 깨를 훌훌 털어 넣듯 후룩후룩 읽어 넘기는 나를 보며 예순을 넘은 언니들이 부러운 눈으로 바라보던 일이 생각난다.

"눈 좋을 때 책 많이 읽으래이. 읽고 싶어도 못 읽는 때가 온대이."

그 말이 그땐 하나도 와닿지 않았다. 안경 끼고 읽으면 되지, 그건 다 핑곗거리지 싶었다. 예전 언니들의 나이에 이르고 보니 그 말이 아프게 다가온다. 겪어 봐야 알 수 있는 어리석음은 끝이 없다. 죽을 때까지 이렇게 살지 않을까 생각하면 오싹해진다.

김창흡은 이어서 말한다.

조용히 들어앉아 있으면 정신이 안정되고, 말을 함부로 하지 않으면 실수가 적을 것이며, 부드러운 음식만 먹으면 복을 온전히 가질 것이다. 그리고 마음속으로 글을 읽으면 조용한 가운데 인생의 도를 찾을 수 있을 터이니 그것의 편리함이 또한 많지 않은가? 그러니 늙음을 잊고 함부로 행동하는 자는 경망한 자이고, 늙음을 한탄하며 슬퍼하는 자는 속된 사람이다. 경망하지도 않고 속되지도 않으려면 늙음을 편히 여겨야 하는데, 늙음을 편히 여긴다는 것은 마음 내키는 대로 휴식한다는 뜻이다. 그리하여 담담한 마음으로 세상을 살다가 미련 없이 죽음을 맞이해야 할 것이다. 그리고 눈으로 보는 감각의 세계에서 초탈하여 죽음을 염두에 두지 않는 것이 곧 인생을 즐겁게 사는 일일 것이다.

임플란트를 하기 전부터도 먹는 것은 많이 달라졌다. 단단하고 질긴 음식을 멀리하고 육식도 간혹 하다가 작년부터는 아예 끊게 되었다. 하지만 함부로 떠들지 않는다든지 말을 함부로 하지 않는 것은 생각도 하지 않고 산다. 남의 얘기를 진심으로 듣기보다 내 얘기를 하기에 바쁘고 남의 말에서 배우기보다 내가 아는 것을 은근슬쩍 드러내기에 급급하다. 얄팍한 말하기는 곧 밑천을 드러내 말실수를 하게 되고 뒤늦게 후회를 한다.

눈이 나빠지고 이가 빠졌을 때 옛사람들은 자신을 돌아보는 공부로 삼기도 했다. 지금은 늙음을 잊게 만드는 현대 의학과 기술 문명으로 우리는 속되다가 경망스러운 사람들로 옮겨가, 휴식을 모르고 죽음을 두려워하며 노년을 살아가는 듯하다. 그러니 노동해야 할 시기는 한없이 늘어나고 수선해야 할 몸을 의탁할 의료 없이는 한시도 안심하지 못하며 사는 것 같다. 이것이 노화를 거스르는 온갖 미용과 의료를 전전하도록 부추기는 세상의 흐름과 나의 노화를 들여다볼 수 있는 또 다른 '시력'이 필요한 이유다. 나이는 숫자에 불과하다는 세상의 선동과 몸의 노화를 매순간 자각하며, 담담한 마음으로 미련 없이 죽음을 맞이하고 싶다. 새로운 시력으로 다른 세계를 꿈꾸며

굼뜬 몸이나마 움직여 보고 싶다.

그것을 얻는 길은 단연 독서만 한 게 없다. 젊은 날 부지런히 독서를 했다면 이제 그걸 음미하며 몸과 마음을 닦을 수 있을 텐데 내 독서는 용렬하기 그지없어 죽을 때까지 계속해도 모자랄 판이니 어쩌겠는가. 백내장 수술도 하고 안경으로 교정도 할 수밖에.

"읽어야 할 단 한 권의 책이 남아 있는 한, 반드시 써야 할 단한 줄의 문장이 남아 있는 한 나는 내내 읽고 또 쓸 것이다. 내일 죽어도 여한이 남지 않게 살 것이다. 나는 다만 그렇게 살수 있어서 행복했고, 지금도 행복하니까 말이다."

박홍규 선생의 말을 나는 이렇게 바꾸어 본다.

"볼 수 있는 눈과 안경이 있는 한 글을 읽고 쓰며, 좀 더 나은 나와 세상을 향해 한 걸음 나아가 볼 것이다."

툇마루에 앉아

클래식 기타 합주단에 들어간 지 5개월이 지났다. 매주 한 번 저녁에 모여 한 시간 남짓 합주를 이어 왔다. 선생은 열정이 넘쳐서 약속한 시간보다 삼십 분이나 지나 마칠 때가 잦았다. 집에 가면 10시가 다 되어 가니 목요일이 점점 두려워지기 시작했다. 금요일은 수업이 가장 많은 날이라 부담스러웠다. 피로가 쌓이는 느낌이었다. 돌아오는 길엔 하품과 졸음에 겨워 힘든 나날이 반복되었다. 주말에 푹 쉬고 나면 괜찮겠지 하는 생각을 수차례 했지만 상황은 나아지지 않았다.

어느 날 문득 합주를 그만두자는 생각이 들었고 아쉬운 마음도 곧이어 올라왔다. 말을 꺼내지 못하고 한 주는 그럴듯한 이유를 대고 결석을 했다. 망설이다가 다음 주에 선생에게 말했더니 몸이 회복되면 또 기회가 있을 거라며 가볍게 정리를 했다. 한 번쯤 붙잡지도 아쉬워하지도 않아서 내가 내뱉은 말에 살짝 후회하는 맘까지 들었다. 아쉬움은 있었지만 그래도 후련함이 더 컸다.

올해 들어 갑자기 모임이 문어발처럼 늘어났다. 매주 한 번 하던 글쓰기 모임과 매일 한 시간 클래식 기타 학원에 다니는 게 전부였던 일상에 매주 한 번 그림책 읽기 모임과 영어원서 윤독 모임이 더해졌다. 한 달에 한 번 하는 독서 모임과 산행 모임, 두 개의 걷기 모임까지 생겼다. 매주 토요일 5회의 글쓰기 연수를 신청해 왕복 네 시간 걸리는 창원까지 오가는 일정이 5월과 6월에 걸치면서 내 일상은 갑자기 너무 빡빡해진 것이다. 그냥 피로가 몰려온 것이 아니었다. 다 자초한 일이었다.

게다가 주말이면 텃밭 일부와 꽃밭을 돌봐야 하고 마당에 자라는 풀을 매야 한다. 남편과 농사일도 틈틈이 함께 해야 한다. 쑥을 뜯어 쑥절편을 만들고 오디를 털어 잼을 만들고 마늘쫑을 뽑고 완두콩을 수확하고 밭고랑에 부직포를 깔았다. 마늘과 양파 수확도 코앞으로 다가오고 있다. 거기다 매달 한 번쯤은 대구 엄마집에 방문하고 심심찮게 남편과 하루 여행도 다녀오곤 하니 주말에 빈둥대며 나른하게 쉴 수 있는 날이 거의 없이 살고 있는 것도 몸이 견디지 못하는 이유일 것이다.

잔병치레가 끊이지 않는 조카는 수십 년 동안 내게 경고를 날려 왔다. 제발 일 좀 그만 벌이고 멍때리는 시간을 충분히 누리라고. 몸이 자주 탈이 나고 활기가 넘칠 때가 별로 없는 조카이기에 내 일정에 고개를 절레절레 흔들곤 했다. 잠시도 가만 있지 못한다는 핀잔을 수없이 들었건만 내 몸은 그럭저럭 촘촘한 일정을 잘 버텨 주었기에 조카의 지청구를 귓등으로 흘렸다. 몇 년 전, 크게 아파 몸져눕게 되고 직장에 한 달 반의 긴 병가를 왕창 쓰기 전까지는.

긴 병가보다 열 배는 긴 회복기를 지나오면서 절대 무리하지 말자, 몸이 보내는 신호를 무시하지 말자고 생각했다. 만남과 모임을 극도로 자제하고 외부로 향하던 눈을 안으로 돌렸다. 산티아고 순렛길을 걷고 돌아와 오랜 세월 활동해 오던 단체도, 수련해 오던 관계와 공간도 정리했다. 집 안 청소도 시작했다. 책장을 털어 절반 이상을 버리거나 중고 서점에 내놓았고 옷장과 신발장도 공기가 통하도록 헐렁하게 추렸다. 창고와 다용도실의 오래된 담금주들과 각종 효소들, 말린 나물 등 십여 년 이상 잠자고 있던 것을 버리고 줄이고 나누었다. 단순하고 간결한 공간이 주는 상쾌함과 담백함에 몸도 마음도 산들바람 맞으며 걷는 듯 가벼웠다.

몇 년이 지나는 동안 다시 군살이 불어났다. 책은 웬만하면 도서관을 이용하는 편이지만 옷도 늘어나고 창고와 다용도실도 어느새 예전과 비슷한 모습으로 돌아가고 있다. 모임도 관계도 번잡해지고 있다. 시간과 공간, 관계에 다이어트가 필요하다. 꼭 필요한 것인지, 얼마나 오래 지속될 것인지, 자연으로 돌아가는 데 걸리는 시간은 얼마나 되는지, 나의 건강과 성장에 도움이 되는 것인지 매번 정신 차리고 물어보고 선택해야 한다. 넋 놓고 있다가 엎질러진 일에 난감해지지 않도록.

한정된 시간에 무엇을 할지 내가 소중하게 여기는 것에 깨어 있고 싶다. 앞서 나가는 마음을 몸이 따라잡지 못해 헉헉댈 때 몸을 다그치는 걸 멈추고 마음을 돌려세워 봐야지. 어둠에 젖어 드는 마당 툇마루에 앉아 별과 달을 바라보며 내가 쉬는 숨을 가만히 느껴볼 때처럼 마음과 눈을 맞추고 천천히 걸어봐야지.

3부

친구가
되어 가는
중

감자 친구, 난이

대학 때 만났으니 40여 년이 되어 가는 친구들이다. 어쩌다 여섯 명이 뭉치게 되었는지는 정확하지 않지만 1980년대 중후반에 대학을 다녔던 우리는 당시 언더써클이라 불리는 팀에 몸담고 있었다. 자취방을 전전하며 사회과학 서적을 읽고 자본주의와 독재를 근심했다. 강의실보다 골방에서 더 많은 공부와 토론을 했고 노래방보다 술집과 캠퍼스와 거리에서 더 높이 운동가요를 열창했다. 등사기로 밤새 민 유인물을 가슴 졸이며 뿌리고 대자보를 내걸고 삭발과 가두 투쟁을 일삼으며 한 시절을 건너왔다.

누군가는 공장에 가고, 잘린 학교에 뒤늦게 복학도 하고, 해직 교사가 되기도 하면서 졸업 후 굴곡 많은 세월을 지나오기도 했다. 결혼과 출산, 이혼과 사별, 각종 질병과 사건 사고 등

삶이 던지는 만만찮은 문턱을 넘으며 이제 주름과 흰머리와 크고 작은 질병을 피할 길 없는 중년의 모습을 맞닥뜨리기에 이르렀다.

여섯이 한자리에 모이기는 힘들었다. 그동안 셋이든 넷이든 서로 엇갈리고 겹치며 형편 되는 대로 만났다. 일 년에 한두 번, 만남은 끊이지 않고 이어졌다. 간혹 모텔방을 얻어 밤을 새우기도 하고 펜션에서 밥해 먹고 산책하기도 하고 짧고 긴 여행을 함께 하며 몸을 부대끼기도 했다. 자주 만나지 못해도 곁에 있었고 손을 잡고 있지 못해도 마음이 먼저 달려가 있었다.

친구들과는 합이 잘 맞는다고 할까. 누구 하나 불거지거나 쎈 이가 없다. 두루뭉술하고 덤덤하다. 생김새도 마음씀도 감자처럼 꾸밈없고 담백하다. 허기진 마음을 스윽 채워 주고 뽀얀 웃음을 터트리게 한다. 순한 감자처럼 친구들을 만나면 마음이 수긋하고 담담해진다.

난이는 친구들 중 가장 감자를 빼닮았다. 눈도 둥글고 코도 둥글다. 볼도 턱도 몽실몽실하다. 잇바디가 다 드러나게 웃을 때 이마저 동그랗다. 웃음소리마저 아하하 동그란 파문을 일으키며 퍼져 나간다. 올이 굵고 숱이 많은 머리는 단발에 가까운 커트로 잘라 밤송이처럼 탄탄하고 옹골져 보인다. 손뼉을 치며 온몸으로 상대의 말에 감응하니 상대는 더 신나게 이야기를 풀어내게 된다. 눈을 치뜨고 코를 발름거리며 화난 기색을 보이다가도 이내 "에고, 참!" 내뱉은 뒤에 자신의 무지와 부족을 탓하며 순순히 물러나곤 했다.

우리는 난이 자취방을 풀방구리에 쥐 드나들 듯했다. 술은 취했고 밤은 늦었을 때 어김없이 그곳으로 갔다. 난이가 눈을 비비고 나와 껌뻑껌뻑하는 사이 우리는 어느새 물색없이 이불 속에 들어가 잠들었다. 그런 새벽이면 난이는 근처 시장에서 장을 봐서 동그란 손으로 뭐든 아침을 차려 냈다. 연탄불과 석유곤로와 그릇 몇 개가 전부인 빈한한 자취생에 얹혀 미안한 기색도 없이 어쩌면 너무나 당연한 일인 듯 우리는 둘러앉아 밥을 먹었다.

어느 늦가을, 난이가 불쑥 생일 선물을 내밀었다. 움켜쥐었던 두 손에는 새빨간 사과 한 알이 빛나고 있었다. 얼마나 문질렀는지 반질반질 윤이 나는 둥근 사과를 받아 들었을 때의 감격을 잊지 못한다. 그날 우리는 늘 그랬던 것처럼 안주도 없이 소주를 마셨던가. 사과는 푸석푸석해질 때까지 내 방에서 은은하고 싱그런 향을 오래오래 풀어 냈다.

한번은 난이의 시골집에 놀러 간 적이 있다. 사과 농사를 짓는 거창 골짜기에서 하룻밤을 잤다. 다른 친구와 함께 셋은 과수원 후미진 언덕바지에 올라 지는 해를 바라보며 앉아 있었다. 어둡고 막막한 세상과 앞날을 탄식했던가. 식구들은 우리에게 은성한 저녁을 차려 주었고 돌아가는 버스 안으로 나무 궤짝에 가득 담은 사과 두 상자를 눈 깜짝할 사이에 올려 주었다. 그걸 어떻게 가져왔는지 모르겠다. 시외버스에서 내려 시내버스를 갈아타고 다시 한참을 걸어 들어와야 닿는 집까지 그걸 옮겼을 텐데 말이다.

우리 중 가장 먼저 난이가 결혼할 줄은 몰랐다. 대학 시절 난이는 미팅이니 소개팅이니 하는 걸 해 본 적 없었고 잠깐 스치는 연애조차 이력이 없었다. 의성 시골 마을에 교사로 발령이 나고 얼마 지나지 않아 그곳에서 농사를 짓는 이와 결혼한다는 소식을 접했다. 자취를 하며 아는 이 없는 고장에서 지내다 성당에 가게 되었는데 거기서 만났다 했다. 결혼 전에 자취방에 간 적이 있는데 그때 나는 해직 상태(당시 불법이었던 교직원노동조합에 가입했다는 이유로)였다. 하룻밤을 자고 버스를 기다리는데 난이가 봉투를 꺼냈다. 얼마 안 된다고 수줍어하며. 뭐라 말릴 틈도 없이 봉투는 주머니에 쑤셔 넣어졌다. 차 안에서 꺼내 보니 십만 원이었다. 1990년대 초반에 그 돈은 교사 월급의 10분의 1쯤 되었을 것이다. 두고두고 잊지 못할 일이다.

난이는 연로한 시어머니를 모시고 아들 둘을 키우며 직장 생활과 농사일을 해 나갔으니 잠시 숨 돌리기도 버거웠을 것이다. 버스 시간에 쫓기며 바쁘게 돌아가는 난이를 몇 년에 한

번씩 만났을 뿐이다. 자식들이 자라고 승용차가 생기기 전까지는.

몇 년 전 여름, 난이는 복숭아 여러 상자를 가지고 왔다. 봄부터 복숭아를 출하하는 여름까지 눈코 뜰 새 없다는 농사철에 짬을 낸 것이다. 복숭아 농사를 지으며 친구들에게 제대로 맛 한번 보여 주지 못했다는 아쉬움이었을까. 크고 단물이 가득한 살결 고운 복숭아를 한 상자씩 안겼다. 난이는 고맙다는 인사를 손사래 치며 면구스러워했다. 복숭아는 쉽게 무르기 때문에 때를 놓치면 한순간에 일 년 농사를 망치는지라 초를 다투며 일해야 한다고 들었는데…….

새해 들어 여섯 친구가 한자리에 모였다. 언제 다 모였는지 기억에도 없을 만큼 오랜만이어서 모두 들뜨고 감개무량했다. 게다가 2박 3일 일정이었다. 이제 그렇게 긴 시간을 낼 수 있을 만큼 여유가 생긴 것일 테다. 아니, 억지로라도 여유를 내지 않으면 안 되겠다는 생각이 들 만큼 우리가 얻은 나이와 병고를 체감하지 않을 수 없었기 때문일까. 각자의 삶 속에 여전히 아픈 손가락과 옅어지지 않은 상처를 안고 살고 있지만 자식들은 대체로 곁을 떠나고 책임져야 할 일들도 조금은 줄어들었다.

잠깐 산책을 한 번 나갔다 왔을 뿐 앉은 자리에서 내내 이야기가 끝이 없었다. 친구와 밥과 술이 있으니 완벽했다. 흉내를 잘 내는 난이가 지난 시절의 에피소드를 속속 불러와 폭소를 자아냈다. 누군가 이야기를 꺼내면 곧 맞장구가 이어지고 그에 걸맞은 또 다른 이야기가 가지를 치고 무성해졌다. 이야기의 나무 속에서 우리는 가지를 옮겨 다니며 오르내리고 껴안고 매만졌다. 누군가 울음을 터트리면 그 마음속으로 들어가 애달파 하며 이야기가 너른 강에 이르러 눈물이 잦아들 때까지 귀를 기울였다. 이야기를 잇고 깁고 덧대어 가며 우리가 만든 커다란 퀼트가 모두를 포근하게 감쌌다.

난이는 지역에서 나는 봄나물 말린 것을 빵빵하게 욱여넣은 봉지를 다섯 개 가져왔다. 별거 아니라는 듯 구석에 밀어 둔 것은 낯익은 난이만의 방식이다. 상표가 붙어 있었다. 사 온 것이라 했다. 오랜만에 만나는 친구들을 빈손으로 보내고 싶지 않았던 것이다. 난이 자신이 먹을 나물도 샀을까. 집에 돌아와 하루를 푹 물에 담갔다가 마늘과 집간장, 들기름을 넣고 볶았다. 봄날의 취나물 향처럼 짙진 않았지만 은근하고 그윽한 향이 감돌았다. 너덧 번은 너끈히 더 만날 것 같은 향을 찬장에 넣으며 난이의 아늑하고 넉넉한 속을 가만히 느껴 보았다.

난이의 막내아들은 올 크리스마스에 사제 서품을 받는다 한다. 난이가 키운 아이라면 누구보다 너그럽고 소탈한 신부님이 될 게 분명하다. 친구들 모두 서품식에 가기로 약속했다. 인근에 방 잡는 건 내가 하기로 했는데, 긴 시간 친구들과 나눌 이야기의 품이 벌써부터 그립다. 만날 때마다 아는 이야기도 있지만 처음 듣는 이야기도 너무 많다. 잘 알고 있는 것 같지만 잘 알지 못하는 친구들의 삶이 궁금하다. 사랑은 상대에 대한 궁금함에서 비롯된다고 하는데, 우리들의 우정은 늘 새로운 시작을 되밟으며 결삭는 것 아닌가 싶다.

친구가 되어 가는 중

1980년대 후반에 대학을 다녔던 우리는 1986년 대학총장 퇴진 싸움, 1987년 6월항쟁, 1988년 교원 임용고시 철폐 투쟁 등을 거치며 인쇄물과 대자보를 만들고 삼삼오오 현 시국을 논하고 캠퍼스와 거리에서 시위하며 한 시절을 보냈다. 친구 면이와는 대학교 3학년 때 사회과학 공부 모임에서 만나 지금까지 크고 작은 삶의 굴곡과 속살을 나누고 있다. 면이가 결혼해서 사내아이 둘을 키우는 숨가빴던 시절을 제외하곤 일 년에 몇 번은 꾸준히 만나 왔다.

면이는 과외를 하며 어려운 집안을 책임졌다. 공부 모임 친구들이 골방에 우중충하니 모여 깡술을 마시고 있을라치면 과외를 끝낸 면이가 매서운 칼바람을 잔뜩 휘감은 긴 코트를 입고 뒤늦게 나타나 시끌벅적하고 활기찬 공기로 바꾸어 놓곤 했다. 사뭇 진지하고 심각하기까지 했던 우리와 달리 면이는 가벼운 농담과 짓궂은 장난으로 활짝 웃음을 던졌다. 우리가 별거 아니라고 놓치고 지나가는 것들을 슬쩍 포착하여 근사한 것으로 뚝딱 만들어 냈다. 면이 옆에 있으면 꽤 괜찮고 훌륭한 사람이 되는 것은 쉬운 일이었다. 면이가 상대의 장점을 기막히게 발견해 내어 놀라움 가득한 감탄사를 연발하면 우리는 뒤늦게 "아, 맞네" 하며 뒷북을 쳤으니까.

친구들과 모여 밤을 새우며 술 마시고 토론할 때 가장 늦게까지 남아 있는 이는 대개 나와 면이었다. 내가 뭔가를 제의하면 "흐음~ 재밌겠다, 좋겠다, 신나겠다!" 목소리를 높이며 나보다 더 즐거워해서 도저히 발을 뺄 수 없게 만든다. 면이와 같이 있으면 좋은 사람이 되는 데다 처졌던 몸과 마음이 어느새 일어나 호기심 가득한 눈이 된다. 우리 모두에게 면이는 사랑스러운 존재였다.

졸업 후 면이가 교사가 되고 나는 해직 교사로 지낸 오 년여 동안 산을 참 많이 탔다. 여름마다 지리산 종주를 했고 가까운 산도 올랐다. 여름산은 비를 피하기 어렵다. 종주하다 보면 두어 차례는 빗속을 걷는다. 등산화에 물이 가득 차올라 발가락을 핥는 시원한 물의 촉감에 눅눅함도 잊고 능선을 걷다 보면 몰렸던 비안개가 순식간에 걷히며 파란 하늘을 열어 주었다.

구름은 단거리 주자처럼 탄력 있는 몸으로 변화무쌍하고, 청량한 바람 줄기는 골짜기를 넘어와 춤을 췄다. 그 시절, 산속의 천둥벌거숭이가 되어 날렵하고 지순했다.

첫 발령을 시골로 받아 자취를 시작하던 즈음, 오징어볶음을 잘하게 됐다고 자랑하며 나를 초대했다. 작은 상 위에 냄비째 올려진 맵고 달콤한 음식을 땀을 훔치며 먹고 술잔을 기울였다. 차를 처음 사서 시승식을 해야 한다며 불렀을 때 경주 덕동댐을 넘어가는 굽이길에서 꼬리잡기 놀이하듯 줄줄이 차들을 매달고 진땀을 빼며 그야말로 기었다. 낙동강 순백의 모래톱을 보여 주고 싶다고 오라고 했을 때에는 둑방길을 시원스레 달린 후 갈대밭과 강물을 끼고 고운 모래톱을 오래 거닐었다. 삽상한 바람이 면이와 나에게 쉬어 가라 속삭였다. 해직 시절 몸도 마음도 축나고 가라앉아 있었고 면이도 여러모로 힘든 시기였다.

하노이 한국학교에 근무하고 있을 때 면이 가족이 왔다. 공항에서 만난 두 아들은 첫 대면부터 살갑게 다가왔다. 오래 그리웠던 형제자매를 만난 것보다 더 애틋하게 "이모~"를 외쳐대는 게 아닌가. 몇 마디 베트남어로 택시 기사와 한 시간 넘게 수다를 떨 수 있는 재주를 가진 오동통하고 눈 맑은 두 아들에게 금방 푹 빠졌다. 면이의 밝고 긍정적인 기운을 몇 배 업그레이드한 이들은 불쑥 떨어진 천사였다.

지리산에 터를 잡고 살게 되었을 때 득달같이 맨 먼저 달려온 이도 면이 가족이었다. 어떤 음식을 해 줘도 두 아들은 "이모, 너무 맛있어요. 무지 행복해요"를 입에 물고 다녔다. "면아, 너 애들 굶겼냐?" 하면 그저 싱긋 웃을 뿐이었다. 흔하디흔한 감자 볶음이든 토마토 양파 볶음이든 두 아들은 언제든 대만족에 극찬을 아끼지 않아 내 음식 솜씨가 꽤 괜찮은 편인가 싶은 착각을 불러일으켰다.

　아파트 생활을 접고 전원주택으로 이사한 후, 면이는 명퇴를 했다. 정원의 꽃과 나무를 돌보고 근처 솔숲을 맨발로 걷고 해먹에 누워 노을을 바라보면서 면이는 평화와 고요를 깊이 만나는 일상이 너무 소중해졌다. 학교에 있을 때는 아이들을 너그럽게 품고 즐거운 수업을 만드는 데 마음을 쏟았다. 삼십 년 이상 다니던 학교를 아쉬움 없이 그만두었다. 나지막한 산 아래 논밭을 사이에 둔 이층 주택은 텃밭과 정원을 낀 아담한 벽돌집이었다. 친구들을 초대해 술과 차와 밥을 나누고 숱한 이야기로 무성한 숲을 거닐며 서로의 가슴 깊숙한 곳으로 다가가는 길을 냈다.

　얼마 전 면이와 인천의 실이, 나 셋이서 사흘간 여행을 다녀왔다. 뮤지컬을 관람하고 시장에서 빈대떡과 막걸리를 맛보고 온 터라 꽤 밤이 늦었다. 막 잠을 청하려는데 면이가 할 이야기가 있다고 몸을 일으켰다. 유학간 맏이가 잠시 귀국하여 한 달간 머물다 독일로 떠나기 전, 가족이 모두 모인 자리에서 할 이야기가 있다고 했단다.

"큰애가……."

면이의 목소리가 떨리고 눈이 빨개졌다.

실이와 나도 벌떡 일어났다. 무슨 일일까. 큰 병이라도 있는 걸까. 긴장에 입이 말랐다.

"큰애가 커밍아웃을 했어. 난 어떻게 해야 할지 몰라서 처음엔 허둥댔어. 애한테 너무너무 미안한 거야."

혼자 얼마나 두렵고 외롭고 힘들었을까. 아들이 혼자 그 시간을 겪어 낼 동안 엄마라는 사람은 조금도 모르고 있었다는 게 너무 미안했다고 한다. 나도 눈물이 핑 돌았다. 중3 때 자신은 남들과 다르다는 걸 알게 되었다고 한다. 자신은 괜찮다고, 즐겁게 잘 살아왔고 하고 싶은 공부를 맘껏 하며 자신의 길을 찾아갔으니 걱정할 것 없다고 오히려 가족들을 위로했다. 어릴 때부터 책과 영화에 푹 빠져 영어는 저절로 터득했고 독일어도 독학으로 뗀 그 아이는 피아노를 전공하며 올 가을 대학원에 진학할 예정이다.

"둘째도 불쑥 말하는 거야. 엄마 저도 커밍아웃할 게 있어요."

"? ……."

"저는 고1 때부터 담배 피웠어요."

비장하고 묵직한 고백에 모두들 '풋' 하다가 폭소가 터졌단 다. 실이와 나도 박장대소.

커밍아웃한 연예인과 유명인은 알고 있어도 지금까지 내 주 변엔 아무도 없었다. 아니, 아무도 말하지 않았다는 게 맞을 것 이다. 차별과 편견의 시선과 배제와 혐오의 행태를 어찌 견디 겠는가. 면이가 이야기해 준 게 고마웠다.

세상을 살아가며 수없이 많은 문 중에 몇 개나 열며 살아갈 까. 내가 가 본 길, 내가 열어 본 문만이 모든 것이라 믿으며 삶 을 마칠 수도 있을 것이다. 죽을 때까지 마음을 열고 끝없이 배 우고 탐구하고 타인을 이해하려는 노력을 계속하는 것은 서로 에게 기대어야 살아갈 수 있는 인간 사회에서 최소한의 의무 라 생각한다. 다수와 다르다는 이유로 존재 자체를 부정 당하 는 부당한 일이 일어나지 않도록 목소리를 내고 손을 잡을 것 이다.

소수자들의 언어에 귀 기울이고 그 언어가 나의 언어, 나아 가 우리의 언어가 되도록 힘쓰는 것이 우리 모두의 존엄을 세 워 나가는 과정임을 다시 되새겨 본다.

친구는 서로의 삶을 공유하며 낯설고 새로운 문을 함께 열고 걸어가 보는 존재다. 서로를 격려하고 세워 나가며 조금이라도 더 나은 사람으로 발돋움하도록 마중물을 붓고 끝까지 달릴 수 있도록 결승 테이프까지 손잡고 뛰어가는 이들이다. 친구들 옆에서 나도 친구가 되어 가는 중이다.

그림책을 나누는 시간

　친구들과 매주 한 번, 두 권의 그림책을 읽고 온라인으로 만난다. 인천의 실이와 포항의 면, 지리산에 사는 내가 그림책을 사이에 두고 밤마실을 다녀오는 설렘과 반가움을 맛본 지 어언 넉 달이 다 되어 간다. 무루의 『이상하고 자유로운 할머니가 되고 싶어』를 읽고 책 뒷면에 수록된 '함께 읽으면 좋은 그림책' 목록을 보는 순간 친구들이 떠올랐다. 황유진의 『어른의 그림책』은 두 해 전쯤 읽었는데 그때는 책에 언급된 그림책을 혼자 빌려 읽는 것으로 끝냈다. 혼자 읽고 말 때는 자가용을 타고 가며 만나는 풍경처럼 매끈하다면, 같이 읽는 경험은 도보 여행에 빗댈 만하다. 가게 간판과 안쪽을 기웃거리고 사람들과 가벼운 눈인사도 하고 때론 해찰하며 노닥거리기 일쑤다. 화요일 밤이 기다려지는 것이다.

나는 그림책을 보고 자란 세대가 아니다. 조카들도 전래동화 정도를 보며 컸다. 그림책의 역사는 깊지만 요즘처럼 놀랄 만큼 탁월한 전세계 작가들의 매혹적인 그림책이 쏟아진 것은 그리 오래된 일은 아니다. 그림이 주도적인 역할로 이야기를 전개하기 시작한 현대적 의미의 그림책이 등장한 것은 100여 년 전의 일이라 한다. 모리스 샌닥은 "칼데콧의 작품은 현대 그림책의 시작을 알렸다. 글이 빠지면 그림이 대신 말한다. 그림이 사라지면 글이 대신 말한다. 이것이야말로 그림책의 발명인 것이다"라고 했다. 그림과 글이 서로를 껴안으며 이야기가 전개되기도 하고 그림만으로 이야기를 끌어가기도 한다.

그림책은 누구든 쉽게 손에 들고 빠져들 수 있다. 다채로운 그림과 느슨한 글이 한적한 숲을 거닐 때의 여유를 건네주며, 미술관에서 가까이서도 보고 떨어져서도 보면서 작품을 이리저리 맛볼 때의 즐거움을 안겨 준다. 촘촘한 시계를 느리게 움직이게 하고 한곳에 집착해 있던 눈길을 너른 세상과 머나먼 하늘로 향하게 한다. 하나의 사실에서 풀려나 무수히 많은 상상과 해석으로 퍼져 나가게 한다. 그림책이 아이들에게 머물지 않고 성인들에게도 널리 사랑받는 이유다.

근래에 함께 읽은 책은 김영경의 『작은 꽃』과 존아노 로슨이

기획하고 시드니 스미스가 그린 『거리에 핀 꽃』이다. 둘 다 글 없는 그림책이다.

『작은 꽃』은 그림의 색감만으로도 저녁나절 툇마루에 앉아 실상사에서 들려오는 종소리를 들을 때처럼 그윽해진다. 파란 아이는 자기 둘레에 붉은 벽돌로 성을 쌓고 있다. 성이 높아질 수록 아이의 몸도 거대해진다. 세상과 담을 쌓은 아이는 자기만의 세계에서 자의식과 외로움만 키워서 비대해진 것일까. 그렇다고 세상에 전혀 관심이 없는 것은 아니다. 작은 창문으로 가끔 내다보기도 하니까.

어느 날, 파란아이의 손가락 크기만 한 분홍아이가 찾아와 노란 꽃을 내민다. 파란아이가 손톱만 한 꽃을 받아 들고 성 밖으로 나와 들판에 핀 꽃향기를 맡고 분홍아이를 위해 해바라기를 잘 볼 수 있도록 계단도 쌓아 준다. 누군가 내민 작은 꽃 한 송이가 아이를 세상으로 한 발 내딛도록 한 것이다. 두 아이는 성 밖에서 원통의 성을 허물고 계단을 쌓는다. 파란아이는 자꾸만 작아져 분홍아이와 같은 크기가 된다. 자기중심성을 벗어나 상대와 마음을 맞출 수 있게 된 것이다. 둘은 계단 끝에 나란히 앉아 별을 바라본다.

자신에게 '작은 꽃'은 무엇인지 친구들과 이야기를 나누었다. 실이는 대학 시절에 만나 서른 해 넘게 우정을 이어 가고 있는 친구들이라 했다. 친구들을 만나지 못했다면 우물 안에 갇혀 자신과 주변의 안위만 생각하고 살았을 것이라 말했다. 1980년대에 대학을 다닌 우리는 골방에서 사회과학 서적을 파고 시위 현장과 밤늦은 막걸리판에서 어깨를 걸고 노래를 부르며 울분을 토하곤 했다.

면이는 책이라 했다. 면이는 장르를 가리지 않고 책에 파묻혀 살아왔다. 어디를 가도 서점과 도서관만 보이면 들러붙어 있다. 최근에 면이는 집 안에 있던 책을 떠나보냈다. 중고로 팔고 기증도 하고 재활용함에 넣었다. 주로 도서관을 애용하며 홀로 여행을 시작했다. 책으로 만난 세상을 발로 만나는 세상으로 옮겨 가고 있다. 한 달 가까이 제주도를 떠돌다 오더니 다음 달에는 석 달가량의 여정으로 베를린으로 떠나겠다 한다. 그곳에서 독일어도 배우고 악기도 연주하며 살다 올 거라고.

나에게 '작은 꽃'은 무엇일까. 너무 많다. 가족과 친구들, 책, 여행에서 만난 사람들, 스승과 동료와 지인과 이웃들 그리고 자연에 이르기까지. 내가 받은 수많은 꽃들 덕분에 여기까지 살아올 수 있었다.

『거리에 핀 꽃』은 『작은 꽃』과 자매 같다. 『거리에 핀 꽃』의 표지를 넘기면 자그만 꽃과 새가 양쪽 면 가득 펼쳐진다. 빨간 후드를 입은 소녀가 장 보는 아빠를 따라 걷는 내내 전봇대 아래, 축대 틈새, 보도블록 사이, 담벼락 구석에 핀 꽃을 꺾어 든다. 소녀는 거리 곳곳에 핀 작은 꽃들을 알아보는 눈이 있다.

공원에 접어들어 죽은 새의 배 위에 몇 송이 꽃을 얹는다. 벤치에서 잠든 아저씨 발에도 내려놓는다. 소녀가 꽃을 건네는 순간부터 그림책은 무채색을 버리고 화사한 빛깔로 살아 오른다. 아빠가 아는 이와 인사 나누는 동안 소녀는 지인과 동행한 강아지와 악수를 하고 목줄에 꽃을 꽂는다. 마중 나온 엄마와 포옹하며 풍성한 머리카락을 꽃으로 장식하고, 뒤뜰에서 노는 밤톨 머리 동생의 머리에도, 유모차에서 자고 있는 아기의 몸 곳곳에도 꽃이 피어나게 한다.

소녀는 남은 한 송이를 자신의 귀 뒤에 꽂고 하늘을 나는 새를 바라본다. 처음 표지를 넘길 때 본 똑같은 그림이 뒤표지 안쪽에 반복되지만 세상 속으로 걸음을 내딛는 소녀가 중심에 있다.

나를 스쳐 간 이들에게 나는 일상에서 무엇을 나누며 살고 있을까. 기쁨과 따뜻함을 건네며 살기보다 받기를 바라며 살고 있지 않은가. 면과 실, 나는 자책하고 반성하고 한숨을 쉬다가 서로를 위로하고 격려했다. 지금까지 잘 살아왔고 지금도 잘 살고 있다고. 큰 것을 이루지 못한 것을 한탄하지 말고 작은 일에 정성을 기울이고 마음을 나누며 살자고 했다. 우리가 나눌 수 있는 꽃은 널려 있고 사소한 데 있으니 상쾌하고 즐겁게 나아가 보자 했다. 자신에게도 꽃을 건네고 날갯짓하는 새들을 바라보며 걸어가자 했다.

친구들과 그림책을 읽으며 한 주 동안 어떻게 살아왔는지 안부를 묻고, 고단하고 울적했던 일들을 풀어내고, 싱그런 기운을 안겨 주는 책과 음악과 숲 이야기를 나누며 우리는 가벼워지고 평화로워졌다. 함께 모여서 할 일들도 자꾸 생겨나서 신난다. 『페터 비에리의 교양수업』을 윤독하기로 했고 서울의 서촌을 중심으로 한 사흘 여행도 실행하기로 했다. 내년 여름엔 한 달간 베를린을 누비는 것도 약속해 두었다. 그림책을 읽고 나누는 시간도, 함께 만들어 갈 시간을 꿈꾸는 것도 그림책처럼 다감하고 풋풋하다.

지혜로운 존재가 되기 위한 지침서

면이가 석 달간 베를린에 가게 되면서 셋이 하던 모임을 잠시 쉴까도 생각했지만 매주 두 권씩 그림책을 나누는 시간이 너무 좋아서 실이와 계속하기로 했다. 대학 시절 사회과학 공부 모임을 함께 했던 난이와 현이가 때마침 합류하면서 바야흐로 그림책 읽기는 '시즌 2'를 맞게 되었다.

권정민의 『지혜로운 멧돼지가 되기 위한 지침서』를 함께 읽었다. 분홍 표지에는 고층 아파트 숲에서 위를 바라보는 어미 멧돼지와 호기심 가득한 새끼 세 마리가 그려져 있다. 표지 안쪽엔 "집을 잃어버린 모든 멧돼지들에게 이 책을 바칩니다"라는 문장이 있다. 작가는 뉴스 화면에서 도심에 나온 멧돼지를 보고 이를 응원하고 싶어 그림책을 그렸다 한다.

내가 사는 해발 500미터 산골에서는 멧돼지를 직접 맞닥뜨린 적도 있고 멧돼지의 흔적과 소문도 심심찮게 접한다. 그들의 삶터가 산이니 약간 걱정스럽긴 해도 그러려니 잊어버리고 지낸다. 가끔 TV 화면에 비치는 도심에 출몰한 그들은 무척 광폭해 보인다. 포획과 사살은 정해진 운명이 된다.

몇 년 전, 고구마를 심어 놓은 윗밭을 멧돼지가 깡그리 뒤집어 놓은 후로 고구마 농사를 접었다. 이웃들도 고구마 농사는 짓지 않는다. 옥수수밭도 폐허로 만들어 놓곤 하는데 아직까지 우리 밭은 무사해서 작파하지는 않았다. 논에 들어가 흙 목욕을 하는 바람에 어떤 이들은 전기 철책을 치기도 하고 면사무소에 연락해 포수에게 도움을 청하기도 한다. 사람이나 멧돼지나 서로 손해도 보고 툴툴대기도 하다 보면 그럭저럭 추수 시기가 된다.

도시는 사정이 다르다. 멧돼지들은 갈 곳이 없다. 서로 적대적인 관계가 되지 않을 수 없다. 원인은 사람들의 끝 모를 개발 욕심에 있다. 야생동물의 근거지에는 애초부터 관심이 없다. 죽여 버리면 그만이다. 그들은 어디로 가야 할까. 남은 곳은 도시밖에 없으니 도심에 진입하는 것은 당연한 일이다.

세 마리 새끼에게 젖을 먹이던 어미는 도심으로 뛰어든다. 절체절명의 위기 속에 빠진 이들을 바라보는 작가의 시선은 간명한 문장과 멧돼지들의 풍부한 표정을 따라 유머러스하고 재치 있게 그려지지만 독자는 웃음을 잠시 머금다가도 이내 안타깝고 걱정스럽고 불안해진다. 이들이 이르게 될 자리는 어디에도 없다는 것을 알기에.

살아남기 위해 어떤 지혜가 필요할까?

"하루아침에 집이 없어져도 당황하지 말고 새 집을 찾아 나설 것." 멧돼지 가족은 산을 등지고 고속도로를 건넌다. "힘들면 쉬어 갈 것." 어미는 트럭 꽁무니에 간신히 매달려 거의 떨어지기 직전이다. 맞은편 지나가는 차 안에서 어린아이가 놀란 눈이 된다. 극심한 교통체증과 사고, 도살장으로 끌려가는 트럭 뒤에 짐짝으로 갇힌 수많은 돼지들과 그 옆을 지나가는 왕족발 배달 오토바이. "이보다 더 심각한 상황이 아닌 것에 감사할 것."

"먹을 수 있을 때 충분히 먹어 둘 것." 멧돼지 가족은 음식물 쓰레기통을 뒤진다. 그 옆에 길고양이도 있다. "너무 무리하지는 말 것." 뷔페 식당을 간절한 눈길로 바라본다. "새로운 동네에 왔으면 분위기를 파악할 것." 동물병원 유리 진열장 안의 고양이들을 바라본다. 숲에서는 보지 못한 광경일 거다. "그렇다고 분위기에 취하지는 말 것." 사람들은 이들에게 휴대폰을 함부로 들이대고 찍어 댄다. 멧돼지들이 포즈를 취한다. "수상한 녀석들이 나타나면 일단 피할 것." 경찰들이 떼 지어 쫓아오고 멧돼지들은 질주한다. 그 사이에도 새끼 한 마리는 청계천 다리 아래가 궁금하다. "녀석들의 지능을 시험해 볼 것." 멧돼지들은 경찰을 따돌리며 동태를 살핀다. 친구들이 인상 깊은 장면으로 꼽았다. 작가의 풍자가 빛난다.

거리 대형 화면에 자신들의 모습이 깔리고 고가도로 위를 지나간다. "복잡하게 생각하지 말고 한 가지만 기억할 것." 그것은 바로, "추운 계절이 오기 전에 반드시 집을 마련해야 한다는 것." 어미 멧돼지는 목표가 뚜렷하다. 거처를 약탈당했으니 어떻게든 살아남으려면 보금자리가 필요하다. 젖을 빠는 새끼를 품은 어미는 승용차 아래 숨어든 길고양이와 눈을 맞춘다. 담벼락에는 플래카드 일부가 보인다. '분양권 상'(이어지는 내용은 '상담' 운운일). 거처가 필요하기는, 없는 사람이나 길거리 동물이나 마찬가지다. "조용하고 살기 좋은 곳을 찾아낼 것." 마침내 어미는 고층 아파트 단지 뜰에서 위를 올려다본다. "느낌이 왔다면 머뭇거리지 말 것." 계단을 내달린다. 거의 날아오른다. "너무 서두르지도 말 것." 혼비백산한 사람들이 비명을 지르며 뛰어 내려간다. "드디어 자리를 잡았다면, 이제 뭘 하면 좋을까요?" 새끼들은 거실의 안락의자에, 어미는 바닥에 앞다리를 세우고 곰곰 생각한다. 집기들은 어수선하게 나뒹군다.

마지막 장면은 "친구들을 초대해도 좋음!" 편지봉투를 십자 노끈으로 예쁘게 묶은 그림. 절망에서 잠깐 벗어나자마자 이웃을 생각한 것이다. 한 장을 더 넘기면 진짜 마지막 장면이 나온다. 뒷표지 안쪽 전면에 포클레인으로 벼랑까지 몰린 멧돼지 떼들이 비둘기가 물고 온 편지를 일제히 바라본다.

이들은 친구의 초대를 받아들이지 않을 도리가 없을 것이다. 고층 아파트 숲으로 떼 지어 가는 멧돼지들 모습을 상상해 본다. 멧돼지의 입장이 되어 통쾌했다가, 아파트로 돌아온 사람의 입장에 서니 섬뜩하다. 뚱했다가, 근심에 차 있다가, 당황해하다가, 의문을 품기도 하는 멧돼지들의 표정이 사랑스럽고 재미있게 보이지만 내용은 결코 나긋나긋하지 않다. 인간이 자연에 가하는 횡포와 폭력은 패권국들이 제3세계에, 유럽의 이주자들이 원주민들에게, 거대 자본이 노동에게, 다수자가 소수자에게 비슷한 형태로 반복되고 있다는 이야기를 나누었다.

난이, 실이, 내가 주로 생태계 파괴와 자본주의의 멈출 줄 모르는 욕망, 가진 것 없는 사람들에 대해 얘기하고 있을 때, 현이는 이 책에서 큰 위로와 공감을 발견했다고 말했다. 작가는 속표지에서 "되도록이면 살아남아 이왕이면 행복해지고 싶은 이 땅의 모든 종족들에게 유용한 지침서가 되기를!" 희망하고 있다. 작가가 제안하는 지침이 자신에게 딱 맞는 말이더라고 했다.

현이는 이혼하고 긴 세월 혼자 아들을 키웠다. 아들은 고등학교 들어간 지 얼마 되지 않아 조현병 판정을 받았다. 자퇴를 하고 치료를 받았지만 주기적인 변화만 반복될 뿐, 자립은 꿈도 꿀 수 없는 상태다. 온갖 비정규직을 전전하고 과외를 하며 생계를 이어 나가던 현이는 몇 년 전부터 건강이 무척 나빠져 일을 할 수 없다. 지금은 심방세동 부정맥을 앓고 있다. 호흡과 순환이 잘 안 되고 만성 통증과 무기력 증상으로 힘겹게 살고 있다. 자신과 아들의 병원비와 생활비를 국가보조금과 가끔 다가오는 주변의 도움으로 해결한다. 살아가기 위한 최소한의 것만 점점 남아 있게 되는 상황으로 내몰렸다. 그림 속 멧돼지가 꼭 자기 같다고 했다.

힘든 상황이 생길 때마다 당황하지 말고 어떻게든 길을 찾아 나가려고 안간힘을 썼고 그러다 번아웃이 되면 쉬어 가야 한다고 스스로를 수없이 타이르며 살았다. 지금보다 더 심각한 상황이 아닌 것에 감사하자는 마음을 가지려고 했다. 뭐든 할 수 있을 때 미루지 말고 하자는 생각은 늘 하고 있다. 소중한 사람들에게 마음을 전하는 것은 언제든 할 수 있는 게 아니라고 믿는다. 그러니 지금 당장 마음이 났을 때 바로 실행에 옮기며 산다. 너무 무리하지는 않으며.

현이는 복잡하게 생각하지 않고 한 가지만 생각한다. 가진 게 많을 때(그게 물질이든 관계든 시간이든)는 생각할 거리도 많았지만 점점 가진 게 없어질수록(그게 돈이든 건강이든 교류든) 생각도 단순해진다. 가장 소중하고 필요한 것에만 에너지를 집중하자고 생각한다. 주어지는 대로 생각하지 않고 자신이 가치 있다고 생각하는 것을 우선적으로 살아 낸다. 가진 게 없지만 조금이라도 나눌 게 생기면 사랑하고 소중한 이들과 먼저 나누려 한다. 멧돼지가 친구들을 초대한 것처럼.

현이의 이야기에 우리는 뒤통수를 맞은 듯 말을 잃었다. 절박한 사람은 절박하게 이야기를 읽어 낸다. 현이를 한없이 궁지로 내모는 현실 앞에서 현이는 주저앉아 우는 대신 지혜롭게 헤쳐 나가는 길을 스스로 만들어 냈다. 『지혜로운 멧돼지가 되기 위한 지침서』는 '지혜로운 존재가 되기 위한 지침서'로 다가왔다. 친구들과 그림책을 읽으니 친구의 이면, 세상의 이면이 깊은 전율로 육박해 온다.

패밀리

'패밀리'라고 말하면 '가족'이란 말의 따뜻함 이면에 자리잡은 끈끈한 집착과 부당한 억압, 달갑지 않은 부채 의식이 전혀 느껴지지 않는다. 그저 마음 맞는 한 무리의 연대 의식이 떠오른다. 한때 어울렸다 인연이 다하면 가볍게 흩어지는. 길 위에선 그랬다.

산티아고 순롓길 나흘째 되는 날, 새벽부터 비가 주룩주룩 내렸다. 전날 22킬로미터의 길 중 마지막 4킬로미터 정도는 끝도 없이 이어지는 내리막길에 날카로운 자갈돌이 깔려 있어 신경을 곤두세워 긴장하며 걸은 탓에 온몸이 욱신거렸다. 좀체 비가 그칠 기미를 보이지 않자 숙소의 순례자들은 하나둘 판초를 뒤집어쓰고 길을 나섰다. 1월 초순의 아침은 으슬으슬 몸을 움츠리게 했다. 비를 맞으며 길을 나서기가 내키지 않아 현관 앞에서 엉거주춤 뜸을 들이고 있을 때, 이틀 밤을 같은 숙소에서 잔 지훈 씨가 막 출발하려는 이십 대 청년들에게 말을 걸었다.

"오늘은 길이 많이 미끄러워 위험할 것 같은데 이분들이랑 같이 걸으면 어떨까?"

두 명의 청년은 전날 그들과 같이 걸은 동환 씨와 문을 나서려던 참이었다.

"아, 예. 그러죠, 뭐."

오십 대 후반인 태희와 나, 쉰 가까운 중년 남자 둘, 이십 대 청년 둘. 이렇게 여섯 명이 함께 길을 걷게 되었다. 태희와 나는 일행에게 폐가 되지 않으려고 부지런히 걸었다. 그래 봐야 젊은 그들과 보조를 맞추기는 어려웠다. 우리가 많이 뒤처진다 싶으면 앞서 가던 그들은 휴식을 취하며 기다려 주었다. 비는 차츰 잦아들더니 안개비로 바뀌어 판초와 스패츠를 벗고 걸으니 한결 걸음이 가벼워졌지만 이내 그들과 자꾸만 멀어지곤 했다. 처음에는 쉴 때가 되어 쉬나 보다 생각했다. 우리 때문에 쉰다는 생각은 오래도록 하지 못했다.

청년들은 중학교 때부터 친하게 지냈다 했다. 키가 크고 붙임성이 좋은 승운과 낯을 좀 가리는 아담한 형빈은 나란히 걸으며 도란도란 숱한 얘기를 나누었다. 한쪽은 미루나무가 줄지어 서 있고 다른 한쪽은 끝없는 밀밭이 펼쳐진 길을 걷는 두 청년의 뒷모습은 그들의 연둣빛 배낭 덮개보다 더 싱그럽고 산뜻해 보였다. 나는 그들에게 두 마리 연두벌레라는 별칭을 붙여주었다. 일행은 곧 그들을 연두벌레라 불렀는데 두 청년은 연둣빛 웃음으로 화답했다. 연두벌레들은 제대하고 복학을 앞둔 시기에 산티아고로 달려왔다. 복학을 해야 할지 다른 진로를 선택해야 할지 고민이 많다. 그저 성적에 맞춰 적당히 진학한 전공에 아무런 전망을 찾지 못하고 있었다.

오십을 코앞에 둔 지훈 씨와 동환 씨도 과도기에 있다. 지훈 씨는 건축설계 회사 대표를 맡아 오랫동안 일해 왔는데 일을 서서히 정리하는 중이라 했다. 동환 씨는 컴퓨터 관련 업종을 형님과 동업하며 일해 왔는데 최근에 생긴 갈등이 쉽게 풀리지 않아 이참에 자립을 해야 할지 적당히 봉합하고 사업을 이어가야 할지 고민이 많았다. 800킬로미터의 산티아고 순롓길은 무겁고 복잡한 마음을 단순하고 가볍게 풀어내는 힘이 있지 않을까. 하지만 그런 기대를 갖기엔 너무 이른, 겨우 나흘째. 우선은 걷고 또 걸어 볼 뿐임을 모두 알고 있었다.

점심때쯤 도착한 마을은 식당도 카페도 열린 곳이 없었다. 배낭에 든 간식을 하나둘 꺼내 여섯 명이 돌려 가며 먹었다. 비스킷과 과일, 초콜릿, 젤리 같은 것들을 나눠 먹으며 양말을 다 벗어 던지고 길가에 퍼질러 앉아 쉬는 맛은 달콤했다. 점심을 걸렀어도 같이 걸어서 즐거웠다. 연두벌레들은 검색이 빨랐다.

다음 마을에 대한 정보와 숙소 상황을 두루 살폈다.

팜플로나라는 제법 큰 도시의 초입에 다다랐을 때는 늦은 오후였다. 우리는 현지인들로 가득한 식당을 골라 번역기를 돌려가며 각자 다른 음식을 시켜 맛보았다. 스페인어 메뉴판의 모든 음식을 우리말로 풀어내며 시끌벅적 신이 났다. 방 세 개에 거실이 널찍한 아파트를 숙소로 구할 수 있었다. 누군가의 집에 초대받은 기분이었다. 거실에 여섯 명이 둘러앉아 음식을 나누니 오래 알아 온 이들같이 살가웠다. 우리는 패밀리가 된 것이다. 겨우 하루나 이삼 일 전에는 생면부지의 타인들이었는데 종일 함께 걷는 것만으로 순식간에 패밀리가 될 만큼 길은 힘이 세고 탄력이 있었다.

태희와 나는 네 남성의 호위와 호의를 듬뿍 받으며 지냈다. 출발은 대체로 같이 했지만 숙소에는 그들과 길게는 세 시간가량이나 뒤처져 도착했다. 단톡방에서 그들은 뒤따라오는 우리를 위해 길의 상태와 쉴 만한 카페, 식당을 알려 주고 숙소를 예약해 두기도 했다. 그들과 계속 길을 가기에 우리 체력은, 아니 나의 체력은 역부족이었다. 태희는 나보다 훨씬 잘 걸었다.

한번은 길의 초반부터 몸 상태가 말이 아니었다. 어깨를 짓누르는 배낭의 무게는 발끝까지 내려와 묵직한 쇳덩어리로 발등이 찍힌 것처럼 한 걸음 내디딜 때마다 숨이 턱턱 막히고 진땀이 났다. 일행에게 짐이 되지 않으려고 이를 악물고 걸었지만 간격은 점점 벌어지고 옆에서 걷던 태희도 내 앞을 지나 자꾸만 멀어졌다. 태희는 내가 다가오기를 기다렸다가 한숨 돌린 후 다시 같이 걷곤 했는데 그런 일이 오전 내내 반복되었다.

숲길과 숲길 사이 포장도로를 만났을 때 태희는, 목표한 마을까지 버스를 타고 먼저 가서 숙소에서 기다리는 게 어떻겠냐고 했다. 갈 길은 먼데 내 속도로 같이 걷다가는 언제 닿을지 알 수 없는 데다 내 몸 상태를 걱정해서 한 말이었다. 나는 고개를 끄덕이며 그렇게 하겠다고 했다. 그러니 어서 길을 가라고 짐짓 밝은 목소리를 쥐어짰다. 버스가 언제 올지도 모르는 휑한 길에서 기다리기도 싫었고 너무나 힘든 상태에 놓인 나를 혼자 두고 그들과 합류해서 길을 걷겠다는 친구에게 서운한 마음도 울컥 올라왔지만 표시 내지 않으려 애썼다.

태희는 곧 길을 떠났고 뒷모습이 보이지 않을 때쯤 나는 도로를 벗어나 숲으로 접어들어 천천히 걸었다. 차라리 잘되었다 싶었다. 다른 이들의 속도를 의식해 용쓰며 걷지 않아도 되니 몸의 상태를 찬찬히 살펴보며 걷자고 생각했다. 서운했던 마음도 들여다보며 나라면 어땠을까 생각해 보니 태희와 크게 다르지 않은 말을 했을 것 같았다. 처음 길을 나서며 태희와 했던 약속이 떠올랐다. "오로지 두 발로만 간다, 매일 걷는다"였다. 늦어도 그냥 한 발 내딛고 다음 한 발을 내딛다 보면 안 될

게 없을 것 같았다. 마음이 가벼워지고 구겨진 마음이 반듯하게 펴졌다.

얼마쯤 걸었을 때 멀리서 태희가 쉬고 있는 게 보였다. 눈이 마주쳤을 때 빙긋 웃음이 나왔다. 태희는 나를 알고 있었던 거겠지. 버스 타지 않고 고집스럽게 걸을 거라는 거.

"패밀리는 어디 두고?"

나는 부러 토라진 말투로 삐딱하게 반문했다.

"야, 내 패밀리는 너지. 너 말고 패밀리가 어데 있노?"

그렇게 무겁던 걸음이 그때부터 이상하게도 가뿐해졌다. 재잘대고 낄낄대며 남은 길을 즐겁게 걸었다.

태희와 나는 일주일가량 함께했던 패밀리들과 헤어지기로 했다. 더 이상 패밀리라는 이름으로 그들을 붙들고 싶지 않았다. 각자의 이유로 길을 나섰으니 각자 걸어야 하지 않는가. 그들은 우리보다 며칠씩 쑥쑥 앞서 걸으며 단톡방에 근황을 알려 왔다. 각자의 길 위에서 서로를 격려하고 응원하고 다독였다. 길 위의 패밀리가 일상에서도 많아지면 좋겠다. 함께할 때는 따뜻하게 힘이 되어 주다가 홀로일 때는 자유롭고 상쾌하게 노래 부를 수 있는 관계들. 산티아고를 떠나와서도 산티아고는 내 안에 있다.

오직 한 사람

　내 생애 자랑스러운 일 하나를 꼽으라고 한다면 훌륭한 스승을 만난 것이라 주저 없이 말할 것이다. 대학 4학년 때 함께한 선생님의 수업은 노을과 함께 떠오른다. 늦은 오후에 시작한 수업은 해가 지고 어둠이 조금씩 몰려올 무렵 끝이 났다. 선생님의 강의는 가슴을 뛰게 했다. 교사는 어떤 존재인지, 교육이란 무엇인지 근본적인 질문을 하고 또 하면서 자신의 대답을 끈질기게 찾아가게 만드는 수업이었다. 대충 근사한 말을 번지르르 늘어놓는 걸 가장 싫어하셨다. 거칠고 서툴러도 스스로 고민하고 궁구하고 탐색하면서 한 걸음씩 나아가는 것을 격려하고 칭찬하셨다. 지금까지 만난 그 어떤 수업과도 질감이 달랐다. 그저 책을 읽고 내용을 이해하고 요약하는 것이 공부라고 생각했던 종래의 관습은 무참하게 깨져 나갔다. 상투적인 언사를 집어던진 그 너머에 선생님의 수업은 긴장과 떨림으로 빛났다. 가슴 깊은 곳을 두드리고 관성적인 삶의 태도를 부끄럽게 만들었다.

나는 노을이 지는 광경을 비스듬히 바라볼 수 있는 창가 뒤편에 앉아 강의를 듣곤 했는데, 어느 날인가 선생님께서 한 학생에게 느닷없이

"자네, 노래 한 곡 불러 보게."

하는 게 아닌가. 지목 받은 학생은 지체 없이 운동권 가요 중 서정적인 곡을 조용히 불렀다. 창가에 머리를 기대고 노을을 바라보며 들었던 느리고 아름다웠던 그 노래로 팽팽했던 수업이 일시에 부드러워졌다. 선생님은 그 후에도 몇 번 무작위로 노래를 시켰는데 그때마다 학생들은 흔쾌히 응했고 완급의 파도를 타다 보면 수업이 끝나곤 했다.

기말고사를 치르던 날이 떠오른다. 선생님은 늘 그랬던 것처럼 시험 문제를 하나 혹은 두 개 정도 내셨다. B4 용지를 가져와 교탁 위에 쌓아 놓고 칠판에 문제를 적으신 후 연구실에 가계셨다. 답안지를 마지막 작성한 학생이 전체 답안지를 선생님께 갖다 드리면 시험이 끝나게 되는 것이다. 제한 시간은 없다. 쓰고 싶은 만큼 쓰면 된다. 대부분의 학생은 B4 용지 양면을 다 채우지 못한다. 독한(?) 학생들은 양면으로 두 장을 가득 채운다. 그날 선생님과 우리는 근처 중국집으로 몰려가 짜장면을

한 그릇씩 먹고 난 후 요리에 고량주를 돌려 마셨다. 방학에 들어가는 것이 아쉬워 쉽게 헤어지지 못하고 2차, 3차까지 이어졌다. 선생님은 제자들과 어울리는 것을 좋아하셨다. 당시 많은 운동권 학생들이 선생님을 몹시 따랐다. 선생님은 민교협과 전교조 후원회, 각종 시민단체 등 지역의 진보적 활동에 늘 앞장서셨다. 어디서든 도움을 요청하면 손을 잡아 주셨다. 지역의 든든한 큰 어른이셨다.

대학을 졸업하고 교직에 들어간 지 반년도 되지 않아 나는 해직이 되었다. 전교조가 결성되던 해였고, 교사가 노동조합에 가입하는 것은 불법이라며 노태우 정부는 탈퇴 각서를 쓰지 않은 전국의 교사 1,500여 명을 해직시켰다. 선생님은 해직 교사들을 조금이라도 도우려고 후원회장을 기꺼이 맡으셨다. 전교조 사무실에서 상근을 하고 있던 나는 회의 참석차 오시는 선생님을 종종 뵐 수 있었다. 선생님은 특히 젊은 해직 교사들을 각별히 아끼고 다독이셨다. 명절 때 선생님 댁에 초대받아 푸짐한 음식을 대접받기도 했다. 선생님이 받은 선물을 우리에게 나눠 주신 적도 많았다.

해직 기간 중에 몸이 상해 입원을 해야 할 일이 생겼는데 선생님은 동료 교수들을 찾아다니며 모금을 해서 내 병원비를 대주신 일도 있었다. 선생님의 전화를 받고 약속 시간보다 10분

일찍 찻집에 도착해서 입구 가까운 곳에 자리를 잡고 선생님을 기다리고 있었는데 30분이 지나도 선생님이 나타나지 않아 댁으로 전화를 했더랬다. 선생님이 집을 나가신 지 한 시간은 됐다고 했다. 아차 싶어 샅샅이 찻집을 훑었더니 선생님은 구석진 곳에 자리를 잡고 앉아 나를 기다리고 있는 게 아닌가. 나보다 먼저 도착해 계셨던 것이다. 너무나 죄송스러워 얼굴이 벌게진 내게 선생님은 별일 아니란 듯 가볍게 웃으며 봉투를 내미셨다. 병원비에 쓰라고 하셨다.

한중 수교가 이루어진 1990년대 초반, 동양철학과 의학에 관심을 가지면서 나는 중국으로 유학을 가고 싶었다. 선생님은 비행기 값은 당신이 내주시겠다며 공부하라고 격려하셨다. 유학이 여의치 않게 되자 국내에서 한의학을 공부하겠다고 입시 공부를 새로 시작했을 때도 선생님은

"그래, 내 몸은 이제 김 선생이 봐 주면 되겠네."

하시며 기뻐하셨다. 선생님은 내가 어떤 결정을 하든 지켜봐 주시고 격려를 멈추지 않았다.

한의학과에 합격한 그해에 김영삼 정부는 해직 교사 복직을 통고해 왔다. 경제적으로 몹시 힘들었던 나는 입학금만 겨우 내 놓고 휴학을 한 채 학교로 돌아갔다. 몇 년 후에 한의학을 공부하리라 생각하면서.

퇴근 후면 선생님이 참여하시는 지역의 철학연구소에 나가

어깨너머로 공부를 하다가 대학원에 진학해서 본격적으로 선생님과 공부할 인연을 맺었다. 한의학은 까맣게 잊혀 갔고 선생님과 공부하는 것이 더없이 기뻤다. 학문에 내 나름의 뜻을 두어서 진학한 것이 아니라 선생님의 삶과 철학을 배우고 싶어 진학을 한 것이어서 선생님과 하는 모든 수업이 소중하고 뜻깊었다.

결혼하자는 남자가 있어 망설이고 있을 때 선생님은,

"내가 한번 봐 줄까?"

하셨고 여러 정황을 다 듣고 난 후에는

"김 선생이 내 동생이라면 말리고 싶네. 그런 경우 가족 모두의 인생이 너무 힘들어지는 걸 참 많이 봐 왔거든."

하셨다. 선생님의 안타까워하는 마음을 잘 알 수 있었다.

처음으로 차를 샀을 때도 생각난다. 중고차를 구입해 운전을 시작한 지 일주일이나 되었을까. 주말에 연구실에 찾아가서 차 샀다는 자랑과 애물단지라는 푸념을 함께 늘어놓고 있을 때 선생님은,

"내가 옆에 타고 봐 줄 테니 야외로 나가 보자."

하셨다. 혼자서 출퇴근만 겨우 하며 운전이 무섭기 그지없는 왕초보인 나는 조수석에 누가 앉은 것도 처음이라 덜덜 떨면서 학교에서 30~40분쯤 걸리는 야외 유원지를 향해 차를 몰았다.

산을 끼고 있는 주말 유원지는 차량과 인파가 뒤엉켜 몹시 혼잡했다. 오르막에서 차가 멈추는가 싶더니 옴짝달싹할 수 없게 갇혔는데 스틱이라 클러치에서 발을 떼는 순간 차는 자꾸 미끄러져 진땀이 났다. 뒤에서는 신경질적인 경적을 마구 울려 댔다. 날은 덥고 목은 타는데 길을 언제 빠져나가 되돌아갈 수 있을지 막막하기만 했다. 다리는 후들거리고 몸은 후줄근히 젖어갔다. 나는 선생님을 이런 난처한 상황에 놓이게 한 게 너무나 죄송스러워 안절부절못하고 있는데

"괜찮아. 천천히 하면 돼. 처음엔 다 그렇지."

선생님은 느긋하게 말씀하셨다. 이래라저래라 하는 조언이나 충고는 한마디도 하지 않으셨다. 쩔쩔매고 애타하는 걸 가만히 지켜보셨다. 긴 시간이 걸려 물 한 모금 마시지 못한 상태로 그곳을 간신히 빠져나와 학교로 돌아왔을 때

"오늘 드라이브 잘했네."

하시며 선생님은 선선히 연구실로 들어가셨다. 토요일 연구실에 나오신 귀한 시간을 그렇게 길게 내 주신 선생님에게 고개가 숙어졌다.

결혼을 하고 지리산으로 들어와 살면서 일 년에 한 번도 선생님을 뵐 수가 없었다. 몇 년 전 선생님이 중환자실에 입원하셨을 때 병원에 갔지만 면회 시간이 아니라며 들여보내 주지 않

아 그냥 돌아온 적이 있었다. 선생님은 집안의 경조사나 당신의 병세에 대해 사람들이 알기를 원치 않으셨다. 당신은 다른 이들을 그렇게 살뜰히 챙기면서도 정작 당신의 일에 대해서는 혼자서 묵묵히 감당하며 사셨다. 선생님에게 받은 것이 너무나 많기에 어떻게 갚아야 할지 모르겠다. 아니 이생에서는 영원히 갚을 수 없을 것만 같다. 선생님의 도량과 품을 조금이라도 따르고 싶지만 못나고 좁은 그릇은 그저 민망하기만 하다.

위기를 넘기고 기적적으로 다시 살아 돌아오시고 나서 선생님을 오랜만에 뵈었을 때 뼈와 핏줄이 훤히 들여다보이는 투명하고 야윈 팔뚝과 하얗게 바랜 홀쭉한 모습이 시리고 아팠다. 뵙지 못한 시간이 또 한참 흘렀다. 추수가 끝나면 쌀을 부쳐 드리곤 하는데 그때마다 선생님은 어쩔 줄 몰라 하신다. 그냥 편히 받으셔도 되는데 몹시 고마워하시는 게 송구할 뿐이다. 존재하는 것만으로도 거기에 깃들 크나큰 그늘을 드리워 주시는 김민남 선생님의 제자로 살아온 긴 세월이 한없이 고맙다. 닮고 싶고 따르고 싶은 오직 한 사람을 간직할 수 있으니 어수룩한 내 삶도 제법 봐 줄 만하지 않겠는가.

뒤늦은 만남

　돌아보니 삼십여 년 전의 일이다. 덮어 두고 지냈지만 간혹 생각이 났고 그때마다 부끄럽고 후회스러워 또 묻어 두었다. 왜 그랬을까? 스스로에게 물어보지만 제자리걸음일 뿐이다. 마음에 인 거스러미를 외면하고 살았다. 나이 탓일까? 전에 없이 종종 옛일이 떠오르는 요즘이다. 그에 따라오는 오래된 사람들. 너무 긴 시간이 흘렀지만 더는 모른 척하며 지내는 게 편하지 않았다.

　동기와 후배를 수소문해 정 선배의 연락처를 알아냈다. 우선 메일을 보내고 나서 전화를 할 참이었다. 후배는 정 선배에게 내가 찾고 있더라는 이야기를 한 모양이었다. 메일을 보내지도 않았는데 며칠 후 부재중 전화가 떠 있었다. 언제나 뒷북이 되고 만다. 선배의 목소리는 그대로였다. 낮고 굵은 음색에 한

마디 뱉을 때마다 그 말을 다시 비추어 보는 듯 느리게 말했다. 말과 말 사이에 징검다리를 흐르는 물길처럼 되새김질을 하는 것 같았다. 후배에게 들은 말로는 지역에서 문예지를 오래도록 이어 오며 100호를 넘어섰다고 했고, 여러 문학 관련 단체의 대표직도 여럿 맡고 있다고 했다. 가업으로 이어온 목재상도 하며 많은 활동을 꾸준히 왕성하게 하고 있음을 알게 되었다. 많은 일을 하고 있다는 이야기를 들었다 했더니 선배는 몹시 쑥스러워하며 별거 아니라고 눙쳤다. 선배는 내 이름을 부르지 않고 김 선생이라 칭했고 존대에 가까운 말투를 이어 갔다.

  삼십 년도 더 지난 대학 초년 시절에 선배는 대학원생으로 동아리에 간혹 나타났으니 내겐 까마득한 대선배였다. 당시 선배는 이미 본인 이름의 시집도 낸 터였다. 동아리에서는 기성 시인들의 시집을 읽고 감상을 나누거나 창작시를 가져와 비평을 하곤 했다. 선배와 단둘이 얘기를 나눈 기억은 없다. 동아리 모임이 끝나면 으레 갔던 뒤풀이 자리에서 막걸리와 빈한한 안주에 기대어 세상의 온갖 불의에 분노하며 운동 가요를 목청껏 부르고, 혁명을 꿈꾸며 세상사와 문학을 논하던 시절이었다. 선배의 넉넉한 덩치는 묵직한 목소리와 어우러져 무게감을 더했다. 빙긋 웃음 띤 표정을 늘 짓고 있었지만 쉽게 다가가지는 못했다.

내가 졸업한 해에 당시 정부가 불법으로 규정한 전국교직원 노동조합이 결성되었다. 나는 발령받은 학교의 대표를 자임하여 파면을 당했다. 옳은 일이라 믿었고, 세상은 옳은 쪽으로 나아갈 것이라 생각했다. 두려움도 걱정도 별로 없었다. 교사가 되고 몇 달도 되지 않아 쫓겨났으니 월급의 절박함을 크게 느끼지 못해서였을까. 평생을 하루살이 막노동을 전전한 엄마가 여전히 생계를 책임져야 하는 상황이 마음에 걸렸지만 크게 개의치 않았다. 동아리 동기가 선배에게 내 이야기를 한 모양이었다. 선배는 동기를 통해 후원 의사를 밝히며 내 통장으로 매달 같은 금액을 보내왔다. 나는 묵묵히 그 돈을 오랫동안 받았다. 선배에게 고맙다는 말 한마디 없이.

사 년 반 만에 복직이 되고 몇 달이 지났을 때 선배는 후원을 중단해도 될 것 같다며 동기에게 자신의 뜻을 전하게 했다. 해직 기간 동안 선배의 후원은 내게 그토록 필요한 것이었을까. 그냥 견뎌도 되지 않았을까. 왜 거절하지 못했을까. 후원금은 꼬박꼬박 받으면서 일언반구 없이 침묵만으로 일관한 내가 스스로 생각해도 답답하고 미웁스럽기 그지없다.

그렇게 삼십여 년이 흘렀다. 간혹 선배가 생각났고 그때마다 내 행동을 나조차도 받아들이기 어려워 애써 지워 버리곤 했다. 고맙다는 말을 하기가 그렇게 어려웠던 이유가 무엇이었을지 분명히 알지 못한 채 무거운 돌덩이가 체기처럼 내려앉았다.

그때 고마웠다고, 그 말을 하지 못해 오랫동안 죄송했다고 마침내 선배에게 말했다.

"내가 김 선생에게 무거운 짐을 얹었네요."
하는 선배의 말에 더욱 몸 둘 바를 몰랐다. 철없다고 하기엔 당시 내 나이가 서른에 가깝지 않았던가. 어째서 나는 나이를 헛먹으며 살았는지 모르겠다.

이십 년 넘게 논농사를 지어 온 남편이 작년 수확을 끝으로 오랫동안 빌려 쓰던 논을 돌려주었다. 유기농으로 애써 논을 일구며 남편은 힘은 들어도 자부심이 넘쳤으나, 나날이 쌀값은 추락하고 쌀을 사 먹는 이는 줄어드는 현실을 더는 견디지 못했다. 창고엔 작년에 거둬들인 나락이 쌓여 있다. 남편의 마지막 가을걷이다. 선배에게 그 차지고 맛난 쌀을 맛보여 주고 싶었다.

"내가 그 쌀을 받으면 나는 김 선생에게 뭘 갚아야 하지요?"
하는 선배의 망설이는 말이 나를 더 부끄럽게 했다. 며칠 후,

"쌀 잘 받았어요. 오늘 아침 맛있게 밥 지어 먹었습니다. 무도 있어서 생나물 해서 맛있게 먹었습니다. 고맙습니다. 밥 잘 해 먹을게요. 건강하게 잘 지내시길 바랍니다. 정대호 올림"
이란 문자를 받았다. '올림'이라니! 선배는 끝까지 나를 당혹스

럽게 만든다.

선배는 우편물을 보내왔다. 그동안 낸 시집 세 권이었다. 최근 시집부터 읽기 시작했다. 1970~1980년대 독재 권력에 맞서다 고문도 당하고 감옥에도 다녀오며 겪었던 가슴 아픈 이야기가 가득했다. 잘 알지 못하는 후배들에게 술 사 주고 밥 한 끼 사 준 게 배후 조종자라 지목되어 끌려가야 했던 야만의 시대에 선배가 당해야 했던 치욕과 상처가 속을 울렁거리게 만들었다. 잘 알지 못했던 선배를 나는 시집을 통해 조금씩 만나고 있는 중이다. 어둠이 몰려올 때까지 밭일 하시던 어머니를 허기가 질 때까지 혼자 기다리던 어린 시절의 외로움이 힘들고 아프게 살아가는 사람에게 선배가 손 먼저 내미는 따뜻함으로 번져 간 것일지도 모르겠다.

선배를 알아 가며 내 부끄러움도 씻어 내고 선배의 마음 한 자락이라도 시늉하며 사는 사람이 되고 싶다고 두 손을 모아 본다.

서품식

친구 난이의 아들이 사제 서품을 받는다 했다. 결혼식과 같은 거라고 난이는 말했다. 아들을 다른 곳으로 떠나보낸다는 것, 더 이상 내 아들이라고 힘주어 말할 수 없다는 것, 독립한 존재로 일가를 이룬다는 것, 많은 이들의 축복 속에 진행되는 통과의례라는 것 등 그럴 만하겠다는 생각이 들었다.

조퇴를 신청하고 11시쯤 출발했다. 3시에 시작하니 여유가 있으리라 여겼지만 안동까지는 꽤 긴 시간이 걸렸다. 성당에 닿으니 30분쯤이 남았으나 성당 안에는 주차할 곳이 없다고 했다. 공영주차장도 눈에 띄지 않아 주변 좁은 골목을 이리저리 돌아다니다 시청으로 들어가는 쪽문을 발견했다. 시작 직전에 가까스로 들어갔지만 성당 안은 자리가 다 찼다. 뒤쪽 벽에 길게 늘어선 사람들 틈에 간신히 몸을 세웠다.

서품 미사는 두 시간 동안 이어졌다. 일어섰다 앉기를 반복하며 주교의 강론과 신자들의 성가가 섞여 들었다. 가톨릭 미사를 온전히 다 참석해 보기는 참으로 드문 일이라 긴 시간이 지루하기보다는 호기심이 컸다. 사제 한 명과 부제 네 명이 임명되었는데, 난이 아들은 작년에 부제를 받고 올해 사제 서품을 받는 자리다.

후보 선발과 서약은 일사천리로 진행되었다. 안수가 뒤따랐다. 나이가 많은 신부부터 한 명씩 나와 이제 막 사제의 문턱에 선 무릎 꿇은 새내기들 머리에 두 손을 얹었다. 어떤 신부는 자신의 이마를 맞댄 채 한참 머물렀다. 흰 사제복은 끝없는 물결을 이루었다. 백여 명은 족히 되어 보였다. 서품식은 가톨릭에서 가장 중요한 행사라 경북의 거의 모든 신부들이 참석한다고 했다. 안수는 신의 거룩한 권능 또는 권한을 부여하는 표시이자 성령이 기도 받는 사람에게 내려오기를 간구하는 것이라 한다.

난이 아들의 얼굴을 한 번도 본 적 없지만 단박에 알아볼 수 있을 만큼 아들은 친구를 닮았다. 안수를 받는 뒷모습을 보며 갑작스레 눈시울이 뜨거워졌다. 어쩌다 저렇게 많은 이들이 자신의 전 생애를 던져 지고지순하게 한 길만을 가고 있는지, 자신과 같은 삶을 살아가려는 이에게 저토록 간절하고 정성스럽게 축복을 건넬 수 있는지, 친구는 아들을 신의 심부름꾼으로 기꺼이 보내려 하는지. 신을 믿지 않는 내겐 그 모든 게 아찔하고 짠했다. 신부들이 경건하고 겸허하게 축복을 내리는 장면은 아름다워서 차라리 신이 있었으면 좋겠다는 생각마저 들었다. 악이 단죄되고 선이 넘쳐나는 세상은 얼마나 공정할 것인가. 한평생 신념이 헛되지 않았으니 얼마나 기쁠 것인가.

신이 있다고 해도 나는 억울하거나 살아온 삶을 후회할 것 같지는 않다. 그러니 신이 있든 없든 별 상관이 없다. 만에 하나 신이 있어 내세를 보장하는 커트라인에서 내가 명함도 못 내밀고 탈락된다 해도 일회적인 삶이라고 생각하며 살아왔으니 그로써 충분하다. 종교인도 마찬가지가 아닐까. 신이 있다고 믿으며 살아왔는데 없다 해도, 믿으며 살아온 자신의 전 생애가 거짓 없고 충실하였으니 마음 편하게 종국을 맞이할 것 같다. 그러니 신이 있든 없든 중요한 건 아닌 것 같다. 어떤 쪽에 서든 자신의 삶의 순간을 진정으로 긍정하고 기쁘게 살아가면 되지 않을까 싶다.

제의를 입혀 줌으로써 서품식은 종반으로 치달았다. 이제 세상의 옷이 아닌 신성에 속하는 옷을 입고 다른 공동체에 소속되어 신의 사랑을 인간 세상에 펼쳐 나갈 것이다. 식이 진행되는 동안 신자들은 여러 번 "우리의 기도를 들어 주소서", 혹은 "우리를 위해 빌어 주소서"와 같은 구절을 반복했다. 약한 존재인 자신을 인정하고 겸손하게 맑은 마음으로 살기를 바라는 기도였을 것이라고 믿는다. 하지만 마음 한편으론 그냥 자신의 문제는 자신이 해결해 나가면 안 될까 싶기도 했다. 사제들은 신자들의 그 많은 기도와 고해성사를 평온한 마음으로 듣는 귀를 가지는 게 쉬울까. 아마도 사제들은 사랑과 연민의 마음으로 들을 테지만, 분별 많은 나는 이제 막 사제로서 첫걸음을 떼는 친구 아들이 무겁지 않기를 바랐다.

마지막으로 서품자 인사가 있었다. 친구 아들이 대표로 말했다.

"서품 전날까지 고민이 많았습니다. 내가 자격이 있는가 묻고 또 물었지요. (아니, 작년에 부제 서품을 받고 일 년간 수련 과정이 있었는데 어제까지 고민했다고? 그건 걱정스러운데.) 이리 뒤척 저리 뒤척 잠을 이루지 못하고 있는데 어디선가 목소리가 들려왔습니다. (그렇지. 신의 목소리를 들었다는 얘기겠지. 아들아, 오라~ 뭐, 그런 거?) 처음엔 그 목소리가 무슨 말인지 알아듣기 어려웠어요. 귀를 기울였지요. (흠, 그렇게 쉽게 바로 들릴 리는 없겠지.) 그랬더니 빨리 나와서 눈 쓸라고 소리치는 것이란 걸 알았습니다."

그동안 고요하기만 했던 신자석에서 일제히 폭소와 박수가 터져 나왔다. 함성까지 일었다. 예식 내내 엄숙하고 거룩했던 분위기가 일시에 명랑하고 활기차게 바뀌었다.

"저는 얼른 자리를 박차고 나가서 눈을 쓸었습니다. 그러다 보니 고민은 흔적도 없이 싹 사라졌지요. 쓸데없는 생각 말고 눈이나 쓸라는 것이었나 봅니다. 사제로 살아가는 동안 번민이 생길 때면 눈이나 쓸며 다시 가다듬어야겠다고 생각했습니다."

이십 대 청년의 말은 차분하면서도 여유 있고 장난기가 느껴졌다. 짠하게 느꼈던 좀전의 마음이 부질없는 오지랖이었구나 싶었다.

"저는 경상도 남자라 가족한테 '사랑한다' 그런 말 해 본 적이 없습니다. 이 자리에서 한번 해 보고 싶습니다. 저를 이렇게 아끼고 키워 주신 부모님, 감사하고 사랑합니다."

뜨거운 박수가 그칠 줄 모르고 성당을 가득 채웠다. 믿음직하고 멋진 신부로 걸어갈 길을 진심으로 축하했다.

부제 중에서 카르투시오 봉쇄수도원에서 온 이에게 인사말할 기회가 주어졌다. 스님처럼 짧게 머리를 자른 그는 수도원에 들어온 지 삼 년이 되고서 부제 서품을 받았나 보다. 삼 년 만에 처음으로 외식해 봤다며 자신을 위해 기도해 달라고 말했다. 열렬한 박수가 오래도록 계속되었다. 나중에 알고 보니 그 수도원은 전 세계에 스물세 개, 아시아에선 유일하게 우리나라에 있는데 이 수도자들에게 고독과 침묵은 하느님에게 이르는 지름길이다. 평생 수도원에서 지내며 외부와의 소통은 단절된다. 오직 신에게 바치는 기도와 명상만이 주된 일상이다. 자신을 위해 기도해 달라고 말한 것이 뒤늦게 이해되었다.

공간의 크기로 따지면 얼마 되지 않을 수도원에서 평생을 살아가야 한다면 너무 가혹하구나 싶지만 이 또한 그 세계 바깥에 있는 나의 편협한 관점일 뿐일 것이다. 개인이 느끼는 세계라는 것은 물리적 공간에 있지 않을 것이다. 태어난 곳을 떠나본 적 없이 살다가 생을 마감한 지인이 있다. 어떤 결핍도 갈급도 느끼지 않고 농사를 지으며 한곳에서 살았다. 자신과 자신이 만나는 만물을 온전히 감각하고 침잠할 때 거기 한 세계는 아무 부족함 없이 존재하지 않을까 싶다.

식을 마치고 만난 난이 부부는 축하하는 사람들에 둘러싸여 정신없어 보였다. 다음 날은 난이 아들이 처음으로 주관하는 첫 미사가 열린다 했다. 이백여 명의 식사를 준비하고 있다고. 난이는 얼른 이 모든 게 지나갔으면 좋겠다고 했다. 뽕을 넣어 살린 머리에 벽돌색 저고리와 은회색 치마가 잘 어울린다 말했더니 평소 짧은 머리에 캐주얼복을 좋아하는 친구는 예의 순박하고 수줍은 웃음을 활짝 피워 올렸다. 친구 덕분에 하느님의 은총이 내게도 스쳤겠지. 돌아가는 먼 길이 푸근했다.

자전거

동네 사람들의 SNS에 자전거 세 대가 올라왔다. 민 선생이 올린 것이다. 그는 자전거 작업장을 열고 정기적으로 자전거에 대한 상담과 수리 등을 도맡고 있다. 누군가에게 쓸모나 인연이 다한 자전거를 받아 원하는 사람이 있는지 알아보고 나눠주는 일을 한다. 종종 글과 사진이 올라온 걸 봤지만 몇 분도 지나지 않아 낚아채는 사람들이 많아서 오랫동안 쓴 입맛만 다시던 내게 드디어 기회가 왔다. 민 선생이 올린 지 수 분 만에 읽게 된 것이다.

어린이용 자전거는 금방 주인이 나섰고 두 대의 자전거가 아직 남아 있었다. 한 대는 "바퀴와 프레임이 약간 작은 베네통 자전거, 튼튼하고 잘 만들어진 자전거입니다. 수리가 좀 필요합니다"라는 글이, 다른 하나는 "프레임과 바퀴가 큰 보통 자전거, 수리 필요합니다"라는 문구가 있었다. 베네통 자전거는 작업장 안에 들여놓고 사진을 찍었고 보통 자전거는 작업장 바깥 담벼락에 기대어 둔 채 찍었다. 베네통 자전거로 금방 마음이 기울었다. 튼튼하고 잘 만들어졌다고 하고 민 선생의 수리 의욕까지 확연히 드러나니 누구라도 그랬을 것이다.

다음 날 메시지가 왔다. 비용이 좀 나왔는데 괜찮을지 물으며 몸에 맞는지 보고 결정하라고 했다. 수리비 35,500원의 내역이 자세히 적혀 있었다. 타이어 2개 16,000원, 튜브 2개 10,000원, 스타너트 세트 4,500원, 림테이프 1,000원, 변속 속선 1,000원, 변속 겉선 2,000원, 기타 1,000원(오일류 등). 내가 아는 건 타이어와 튜브가 고작이었다. 총금액만 알려 줘도 될 텐데 민 선생의 성품이 보여 말캉한 웃음이 비어져 나왔다.

일요일 오후에 작업장에서 그를 만났다. '산내에서 보기 드물게 잘생긴 삼촌'이라는 긴 별칭을 사용하고 있는 민 선생은 처음 만난 십오 년 전이나 지금이나 해맑고 선량한 미소와 조용하고 느린 말투는 그대로다. 대안학교인 '실상사 작은학교' 교사로 오랜 세월을 학생들과 함께하다가 몇 년 전 인드라망 생명공동체 활동가로 자리를 옮겼다. 교사로 있을 때 학생들과 진로에 대해 공부하면서 자신의 진로도 생각해 본 적이 있다고 한다. 마을에 정착해서 살게 된다면 자신이 좋아하는 일이면서 마을에 도움 되는 일을 하고 싶었다. 물건 고치는 재능을 아버지한테 물려받아 뭐든 만지고 살펴보고 새로 쓸 수 있게 되살리는 일을 좋아한다. 재미도 있고 사람들에게도 좋은 일이라 자전거 작업장을 열기로 했다는 것이다.

민 선생은 탄소발자국을 최소화하는 쪽으로 자신의 삶을 이끌어 가지만 그걸 강변하지는 않는다. 그저 자신이 그렇게 살 뿐이고 관련된 활동을 성실하고 꾸준하게 이어 갈 뿐이다. 겨울 맹추위에도 헬멧을 쓰고 자전거를 타고 출근하며, 10킬로미터 정도의 인월까지는 자전거로 오간다. 최소한의 소비와 소박한 삶을 지향하고 여럿이 같이 하는 일을 중심으로 배움을 놓지 않는다. 그는 '함께 차 타기 이야기방'을 적극 활용한다. 인근 도시로 나가거나 돌아올 때 함께 차를 탈 수 있게 시간을 맞추는 것이다. 기증받은 고장난 우산을 짬짬이 고쳐 필요한 이들에게 나누기도 한다.

목소리를 높일 일이 있을 때는 기꺼이 함께한다. 지난 유월, 지리산 인근의 5개 시군 주민들이 세종시 환경부 건물 앞에서 '지리산을 그대로'를 기치로 집회를 열었을 때 민 선생은 변함없이 자리를 지켰다. 골프장, 산악 열차, 케이블카, 터널 등 경제 논리를 앞세운 개발론자들의 포클레인은 지리산에 기대어 사는 주민들의 삶을 함부로 휘저을 태세다. 안타까운 눈길로 민 선생은 기자회견에 동참해 달라고 손을 내민다. '토종 씨앗

모임'도 열심이다. 몬산토로 대표되는 거대 농화학 기업은 각 국의 종자 특허권을 마구잡이로 인수하여 토종 씨앗을 거의 멸종시킨 상태다. 이 다국적 대기업에 기대지 않고는 농사지을 수 없는 세상에서 기후변화로 인한 식량 위기가 바로 코앞에 닥친 지금, 토종 씨앗을 찾아내 나누고 퍼트려 나가는 움직임이 대안이 되기에는 너무나 미약하지만 그래도 희망을 놓을 수는 없는 일이 아닌가.

민 선생이 수리를 끝낸 자전거는 앞뒤 바퀴에 7단 기어가 장착되어 있고 후방등도 있다. 타 보니 내 몸에 딱 맞다. 핸들이 낮아 몸을 좀 숙여야 한다. 어린 시절 고향에서 줄곧 타던 자전거들은 핸들이 높아서 몸을 숙이지 않아도 되었다. 요즘엔 그런 자전거가 나오지 않는다 한다. 이유가 뭘까?

"허리를 숙여서 타는 게 더 간지나서 그런 거 아닐까요?"

민 선생의 말에 자전거 도사 맞나? 하는 생각이 스치면서 피식 웃음이 났다. 그의 입에서 인체공학적으로 어쩌고 하는 말이 나왔으면 더 어울리지 않았을 것 같다. 바구니가 있었으면 좋겠다고 했더니 그는 작업장 구석에서 칠이 벗겨진 바구니 여러 개를 가져왔다. 그걸 갖다 붙이면 녹슨 페달과 너덜너덜한 안장에 구색이 맞을지 모르겠지만 제발 안 맞았으면 좋겠다는 마음이 일었다. 겉으론 태연한 척했지만. 너무 크거나 끼우는 곳이 일치하지 않아 바구니는 다행히(!) 달 수 없었다. 궁여지책으로 뒷좌석을 얹어 보기로 했다. 뒷좌석은 녹도 없고 벗겨지지도 않았다. 안장을 빼내고 그곳에 뒷좌석 연결 부위를 끼워 넣고 보니 바퀴 중심부까지 닿아야 할 지지대가 너무 짧다.

어떻게 자전거를 이렇게 잘 알게 되었냐고 물었다. 민 선생은 자전거 수리를 혼자 해 오다가 서울에 자전거 수리학교가 있다는 걸 알게 되었다고 한다. 10주 프로그램이었다. 그는 주말마다 서울에 올라가 배웠고 자전거의 모든 것이 그의 손과 발과 뇌의 회로에 들어온 것이다. 얼마 전에 읽은 책의 한 대목이 떠올랐다.

삶의 주도권을 되찾는 길은 무엇이든 스스로 하는 것이다. 더 나은 삶을 위한 모든 도구가 우리 앞에 놓여 있다. 당신이 해야 할 일은 이 도구를 집어 들고 이것을 어떻게 사용하는지 배우는 것이다. 이 일을 시작하기에 가장 좋은 지점은 바로 당신의 자전거다.

— 런던의 비영리 자전거수리단체, 56 어 바이크스페이스(56 a bikespace)의 벽에 적힌 글*

* 박정미, 『0원으로 사는 삶』, 들녘, 2022.

그가 마음을 다해 자전거를 고치고 생명을 불어넣어 필요한 이들에게 건너가게 하지만, 간혹 쓰지 않는 폐기 직전의 자전거를 슬쩍 작업장에 버려 두고 가는 경우를 만나면 난감하다고 한다. 요즘은 고물상에서도 자전거를 받지 않는단다. 민 선생은 자전거 주인을 대신하여 자전거를 해체하고 폐기하는 일을 할 수밖에 없다. 듣기만 해도 속상한 일이다. 이제 우리나라에서 자전거를 생산하는 곳은 없다고 한다. 중국에서 만들어 건너온다는 것이다. 일상에서 자전거를 활용하는 사람들이 줄어든 탓도 클 것이다. 나의 근육이 펌프질하는 에너지로 움직이는 자전거 대신 탄소 배출에 의존한 자동차에 익숙해진 우리는 삶의 주도권을 놓치고 살고 있지는 않은가.

오후의 따가운 햇살은 작업장 마당 위로 사정없이 꽂혀 그도 나도 땀으로 후줄근히 젖었다. 나는 양산을 쓰고 있었지만 그는 맨얼굴이어서 까맣게 탄 얼굴이 더 붉어졌다. 그는 바퀴를 빼서 다시 끼우는 걸 가르쳐 준 후, 차 뒷좌석에 자전거를 실어주었다. 미안하고 고마웠다. 작업장 옆에 있는 유기농 매장에 들어갔다. 동네에서 유기농으로 생산된 곡물과 과채, 가공식품, 생필품 등을 파는 곳이다. 우리 집에서 만들어 내놓은 오디잼 한 병을 선물로 내밀고 시원한 수정과를 한 병 샀다. 맵싸하고 달콤하고 시원한 수정과를 나누며 그는 할머니 같은 순한 미소를 머금었다.

"자전거에 문제 생기면 올게요~"

그는 바구니를 고민해 보겠다고 했다. 이래저래 오래지 않아 민 선생을 만나게 될 것이다. 자전거가 너무 튼튼해서 잘 굴러 가면 자전거를 잠깐 미워하는 마음이 올라올지도 모르겠다.

요가 교실

　다시 요가를 할 수 있는 기회가 왔다. 강사는 우리와 몇 년간 불교 공부를 같이 한 적이 있었다. 동네 복지회관에서 주 2회 저녁에 한다는 이야기를 듣고 남편과 곧바로 신청했다. 남편은 팔 년쯤 요가를 계속하다가 몇 년 전 그만둔 터라 새로 개설된 요가 교실을 무척 반겼다.

　저녁 시간에 두 시간 진행하는 요가 교실은 신청자가 넘쳐서 대기자가 줄을 섰다. 두 달 가까이 지나는 동안 열다섯 명 정원에 결석하는 이는 거의 없다. 모든 게 순조롭고 편안하다. 요가 선생은 두 시간 전에 와서 모든 준비를 마쳐 둔다 했다. 요가를 너무 좋아하므로 그날은 아무 일정도 잡지 않는단다. 저녁 두 시간 수업을 위해 오전은 몸과 마음을 맑고 깨끗하게 만들어 두는 것이다. 요가를 하고 건강하고 소박한 음식을 먹고 저녁에 만날 사람들에게 전할 좋은 에너지로 몸과 마음을 가득 채운다. 오전에 다른 일로 분주하면 저녁 수업에 온전히 집중할 수 없으므로 그렇게 한다고 했다.

바닥을 따뜻하게 하고 매트를 깔고 창문 가림막을 모두 내리고 정면엔 둥근 원이 겹겹이 퍼져 나가는 동심원 문양의 천을 걸어 둔다. 열 개는 될 크고 작은 싱잉볼을 둥근 카펫 위에 늘어놓고 아로마 향을 피워 둔다. 천장의 형광등이 지나치게 밝다며 한지로 등을 싸고 세 줄 중 한 줄만 켜서 눈부심을 막았다. 대나무살 탁상등을 바닥에 놓아 대살 사이로 잔잔하게 번지는 빛이 무심한 공간에 부드러운 표정을 짓게 했다.

문을 열고 들어서면 달빛이 흐르는 것 같다. 천장의 등은 꺼진 채 대나무살 등과 아로마 등만 앞과 뒤에 놓여 있다. 편안한 자세로 누워 있으면 긴장이 저절로 풀리고 몸이 한없이 깊은 물속으로 가라앉는 것 같다. 깜빡 졸음 속을 오가기도 한다. 매번 하는 기본 동작에 매번 다른 동작이 더해지면서 누워서 하는 동작에서 앉아서, 서서 하는 동작으로 옮아간다. 쓰지 않던 근육과 어긋난 몸을 알아 간다. 도무지 안 되던 동작이 어느 날부터 되기 시작한다. 몸과 대화하고 장기의 안부도 살핀다. 호흡을 지켜보며 거친 숨을 고르는 사이 일상의 분주함 속에 흘려 버린 마음을 돌아본다.

선생은 분명하고 정확하게 다음 동작을 미리 설명한다. 머릿속에 동작을 그려 볼 시간을 주고 들이쉬는 숨과 내쉬는 숨에 따라 긴장과 이완을 오가며 동작을 완성하도록 이끈다. 자연 호흡을 있는 그대로 지켜보며 명상에 이르도록 한다. 동작 전에 자신의 몸이 바른지를 늘 점검하게 한다. 되든 안 되든 자신의 상태를 있는 그대로 받아들이고 관찰하며 균형을 찾아가고 에너지를 쌓아 갈 수 있도록 한다. 욕심내지 않으면서 한 걸음씩 나아갈 수 있게 격려하고 돕는다.

한 시간 반 남짓 애쓴 몸의 숨을 빗질하며 고요와 평화 속에 침잠하는 것으로 요가 교실은 마무리된다. 두 손을 모아 고마운 마음을 담아 인사한다. 내 몸에게, 함께한 이들에게, 이 시간과 공간을 누리게 해 준 모든 인연에게. 선생은 살아 있는 것이 고맙다고 했다. 생각해 보면 고맙지 않은 것이 없다고, 그 고마움을 잊지 않고 늘 새기며 살면 좋겠다고. 흔하디흔한 그 말이 선생의 입을 통하니 새롭게 다가왔다. 선생이 준비한 시공간이 정성을 다한 것임을 느끼기 때문일 것이다. 그가 요가를 더없이 사랑하고 일상의 작은 것에도 감사를 보내는 마음을 읽고 있기 때문일 것이다.

누가 무엇을 할지 정하지 않았는데도 뒷정리가 척척 이루어진다. 청소기를 돌리고 매트를 접고 가림막을 올리고 걸어 둔

천을 내려 접고 싱잉볼을 정리하고 카펫을 만다. 바쁜 이들은 일찍 자리를 뜨지만 남은 이들은 개의치 않고 가볍게 움직인다. 선생이 빚어낸 좋은 기운은 사람들을 분별심 없이 그냥 할 일을 할 뿐인 것으로 만든다.

남편은 무척 흡족해 한다. 지난번 요가는 동작에 이어 다음 동작을 하기에 급급했는데 이번엔 동작을 유지하는 시간이 길어 호흡을 지켜보며 몸과 마음을 찬찬히 만나게 된다고 말한다. 선생이 요가와 삶을 대하는 태도가 깊고 따뜻해서 요가 하는 날이 기다려진다고 한다. 저녁 두 시간을 위해 아침부터 정갈하게 자신을 가다듬는 선생 옆에서 나도 오래도록 머물고 싶다.

오랜만에 봄비가 흠뻑 내린 어제는 짙푸른 밤하늘 사이로 보름달이 유난히 청명했다. 봄비 같기도 보름달 같기도 한 사람들을 만나면 마음이 환해지고 밝아진다. 큰소리 내지 않아도, 윽박지르지 않아도, 목에 힘주지 않아도 절로 곁에 다가가 닮고 싶은 사람. 자신이 하는 일을 한없이 사랑하고 정성을 기울이는 사람. 나는 학생들에게 어떤 사람인가. 선생으로 불릴 만한가. 나는 어떤 모습으로 살고 있는가. 요가 선생을 보며 학교에 있다는 이유만으로 선생으로 불리는 내가 참 작아 보인다.

4부

아이들의
손끝이
향하는
곳

롤링페이퍼

지역의 명문고라 자부하는 인문고에서 특성화고로 발령을 받았을 때 인문고 아이들이 건네는 첫인사는 대체로 비슷했다.

"샘, 이제 고생하시겠네요."

"앞으로 힘드시겠어요."

작은 읍 단위에 있는 학교라 초, 중학교를 거치면서 아이들은 이쪽저쪽으로 서로 친구가 많았다. 교실에서 인정받지 못하는 아이들, 뒤처진 아이들, 학교 규칙을 번번이 어기는 아이들, 무기력한 아이들, 학습 분위기를 흐리는 아이들. 인문고 아이들은 특성화고에 다니는 친구들에 대해 그런 기억들을 아마도 가지고 있을 터였다.

사 년간 근무했던 인문고는 교직 생활 전체를 통틀어 가장 수업하기가 수월한 학교였다. 비평준화 지역에서 성적으로 선발된 아이들이 오는 학교라 자긍심이 강했고 학습 동기와 의욕도 높았다. 수업 이외의 부차적인 것으로 아이들과 실랑이를 벌일 일이 거의 없었다. 조용히 하라든가, 과제를 제때 내야 한다든가, 자세를 바로 하라든가 하는 것들 말이다.

간혹 자는 아이가 있어서 어깨를 가만히 두드리기만 해도 깜짝 놀라 눈을 비비곤 했다. 늦게까지 공부하느라 얼마나 피곤하랴는 생각에 안쓰러운 마음이 들어 깨우는 게 미안하기까지 할 정도였다. 어떤 과제를 제시해도 기대 이상의 성취를 보여주었다. 눈빛을 반짝이며 적극 수업에 참여했기 때문에 '내가 정말 훌륭한 교사구나' 착각하게 만들었다. 사실은 공부의 기초가 되어 있고 공부할 의욕까지 높은 데다 가족의 지지와 격려를 탄탄하게 받는 아이들이 대부분인 집단인 게 그 이유인데 말이다.

아이들 대부분은 스스로 공부하는 습관과 힘이 있었고 목표와 계획을 세워 공부 시간을 조절할 줄 알았다. 수업도 아이들이 주도적으로 참여하는 방식을 좋아했다. 토의 토론 수업과 프로젝트 과제, 하브루타 방식과 문제 만들기, 강의하며 서로 가르치고 배우기 등 다양한 수업으로 활기차게 보냈다. 아이들과의 관계에서 빚어지는 갈등과 스트레스로 잠을 설치는 일은 거의 없었다. 더 효율적이고 즐거운 학습 과정을 기획하고 필요한 자료를 재구성하고 참여를 높이는 방안을 고민하며 수업에 집중할 수 있었다.

새 학기를 앞두고 몇 주의 빈 시간이 주어졌다. 특성화고 아이들에게 교사는 더 중요한 사람일 것이다. 학교에서 성공한 경험도 많지 않을 것이고 지지와 격려와 칭찬의 경험도 상대적으로 적을 것이다. 인문고와는 다른 준비가 필요할 것 같아 서가에 꽂힌 책 중 교육 관련 서적을 더듬어 보다 김현수 님이 쓴 『공부 상처』를 만났다. 저자는 "배움은 인간의 자연스러운 본능 가운데 하나"라고 본다. "무엇을 배우고, 희망하고, 공부로서 추구해 가는 과정은 인간의 본능이며, 모든 아동·청소년의 근본 과제이다. 따라서 본능이자 과제로서의 배움과 희망, 공부의 과정을 할 수 없는 아이들은 없다. 즉 공부 못하는 아이는 없다. 다만 공부에 상처받은 아이들이 있을 뿐이고, 아이들이 공부에서 멀어지는 것은 그 과정에서 상처받았기 때문이다"라는 관점을 바탕으로 쓰인 이 책은 부모와 교사가 아이들을 공부에서 멀어지게 하는 주된 원인 제공자라고 말한다. 부모와 교사는 아이들이 공부를 잘하기를 바라지만 그들의 언행은 아이들의 마음에 상처를 주어 공부를 싫어하게 만드는 모순을 범한다.

인간이 두 발을 땅에 굳건히 딛고 직립하게 된 것은, 한계가 분명한 존재이지만 하늘과 우주의 이치를 알고자 했기 때문이라는 글을 읽은 적이 있다. 인간의 존재 조건 자체가 무한한 이치에 대한 끊임없는 탐구를 그 본성으로 한다는 것이다. 그런 점에서 인간은 배우는 존재, 공부하는 존재, 스스로 성장하는 존재임이 분명하다. 인간의 본성이 배움과 공부에 있다고 했을 때 아이들에게 공부는 지겹고 힘들고 어려운 것, 자신의 삶과는 별 상관이 없는 것이라 받아들이게 만들었다면 얼마나 큰 잘못을 저지르고 있는 것일까. 아이들의 본성 자체를 짓밟고 있는 것이니 말이다.

인문고로 오기 전에 나는 면 단위 소규모 학교에 근무한 적이 있다. 전교생이 서른 명 남짓이었다. 그 동네 아이들과 인근 읍에서 오갈 데 없는 아이들이 오는 학교였다. 동네 아이들은 조손, 다문화, 한부모 가정의 아이들이 많았다. 인근 읍에서 온 아이들은 읍에 있는 인문고와 특성화고에도 성적이 안 되어 가지 못하고 어쩔 수 없이 밀려나게 된 경우다. 열 명쯤 되는 아이들과 수업을 했지만 일당백에 버금가는 사건 사고가 끊이지 않았다. 쉬는 시간이면 욕설과 고성이 복도를 가득 채우고 담배 연기가 화장실을 자욱하게 했다. 수업 시간에도 막말과 비속어가 수시로 날아오고 거친 표정과 조롱과 야유가 쏟아졌다.

수업 초반에 무법천지 같은 난장판을 좀 정리하고 수업에 진입하기까지 시간이 꽤 걸렸다. 그때쯤이면 원기 왕성하게 소란을 피우던 몇몇은 본격적인 잠자기 모드에 돌입하고 나머지는 잡담을 하거나 화장을 하거나 장난을 치기 일쑤였다. 그 틈바구니에서 어떻게든 아이들 마음을 얻어 수업을 해 보려 아등바등했다. 온갖 교구와 시청각 자료를 동원하고 다양하고 색다른 수업 방식을 모색하고 틈나는 대로 개별 상담을 이어 갔다.

아이들은 하나같이 상처가 많았다. 그동안 어른과 교사들에게 받은 상처를 온몸으로 되돌려주고 있었다. 다정하고 친절하게 다가가려고 할 때마다 더 험하게 나오는 아이들이 있었다. 어디까지 당신이 견디나 한번 보자는 투였다. 그 아이들은 어른과 교사를 불신하고 무시했다. 이래도 나를 이해하겠다고 다가올 거냐는 무언의 저항을 횡포와 막무가내의 배척으로 드러냈다. 때론 무섭고 억울하고 절망스러웠다. 어떤 시도도 변화를 이끌어 낼 수 없을 것 같았다. 진심은 언젠가는 반드시 통한다는 평소의 믿음이 힘없이 흔들렸다.

하지만 한 명 한 명 알고 보면 하나같이 힘든 시간을 견디며 살아왔고 그 시간을 간신히 버티고 있었다. 다들 그럴 만한 너무나 마땅한 이유들이 있었다. 아이들이 자신을 내팽개치고 아무렇게나 사는 데는 그 아이가 자란 환경과 관계가 절대적이었다. 아이들을 미워하고 원망하는 마음에서 안타까운 연민의 마음으로 돌아서게 되면 아이들의 가능성에 희망을 걸게 된다.

그 학교 오 년 동안 오토바이 폭주로 사망한 아이도 있었고,

좋아하는 여자아이와의 갈등으로 자살한 아이, 암 투병을 하다가 떠나간 아이도 있었다. 자퇴하고 아기를 낳아 이듬해 체육대회 때 아기를 안고 나타나 교사들을 놀라게 한 아이도 있었다. 반 친구들은 임신부터 출산까지 모두 알고 있었고 아기가 태어난 것을 축복하며 돈을 모아 출산용품을 선물하기도 했다. 정작 교사들은 임신 사실도 자퇴를 즈음해서야 눈치챘다.

엄마의 국제결혼으로 중국에서 온 아이는 한국 아빠의 폭력에 진저리를 치며 아저씨라 불렀는데 늘 중국으로 돌아가고 싶어 했다. 부모가 모두 지적장애가 있어 제대로 돌봄을 받지 못해 기본적인 위생과 생활 습관이 엉망인 아이도 셋이나 됐다. 아버지, 할머니와 살던 아이는 아버지가 채석장에서 돌에 맞아 숨지고 할머니마저 세상을 떠나자 고아가 되어 친척 집에 얹혀 사는 서러움으로 울먹이기도 했다. 부모 없는 아이들을 거두어 키우는 스님의 절이 학교 가까이에 있어 그곳에서 오는 아이들도 여럿 있었다. 재혼한 베트남 여성이 도망가고 난 후 술에 절어 사는 아저씨가 불콰한 얼굴로 교실 문을 확 열어젖히곤

"야, 너 빨리 나와. 경운기 몰고 밭 갈아야지 바쁜데 여서 뭐 하고 있어!"

하며 수업 중인 아들을 끌고 나간 일도 있었다. 늘 엄마에게 어린 동생 못 본다고 구박받고 잘하는 게 뭐냐고 혼만 나서 진짜 엄마가 아닌 것 같다고 말하는 아이도 있었다.

아이들에게 세상은 살아남는 게 너무나 벅차고 힘겹고 희망이 없어 보였다. 그래서 날을 세우거나 무기력하게 처지거나 했다.

그 학교에 근무할 때 연수를 참 많이 다니고 공부도 많이 했다. 살아내기 위해 공부하지 않으면 안 되었다. 아이들이 나와 눈을 맞추고 친구들과 대화를 나누고 책 읽기와 글쓰기를 통해 자신을 드러내게 하려 했다. 한 발자국 나아가다 뒤로 물러나기를 숱하게 반복하며 길을 찾으려 애썼다. 『공부 상처』의 저자는 "아이들이 원하는 것은 자신을 보살펴 주는 어른의 목소리이며, 어른의 목소리일 때만 귀담아 들으려고 한다"고 쓰고 있다. 교사 입장에서 하고 싶은 말은 아이들이 듣고 싶은 말이 아닐 수 있다. 아이들에게 필요한 것이 무엇인가가 먼저이다. 그러자면 아이들의 마음에 귀 기울일 수 있어야 하고 교사가 가진 기준을 우선 내려놓아야 할 것이다.

"아무리 사소할지라도 자신이 무언가를 잘한다는 사실을 발견하는 것만으로도 기분이 좋아지는 아이를 많이 봐 왔다. 그러면 자신을 미워하던 마음에서 좋아하는 마음으로 전환이 일어나고, 이 경험이 아이들을 눈부시게 성장하도록 만든다"고 한 저자의 말에 전적으로 공감한다. 아이가 가진 아주 작고 희미한 장점이라도 발견해 내고 그것을 긍정하는 말을 할 수 있으려면 아이의 마음과 삶에 집중하고 접속해야 한다.

채석장에서 사고사한 아버지와 갑작스런 할머니의 죽음 이후 빈집에 들어서서 느꼈던 외로움과 슬픔을 담은 시를 학교 신문에 실어 크게 칭찬했을 때 늘 기운 없던 아이가 보여 줬던 미소가 기억난다. 가출 후에 아슬아슬한 비행을 저지른 일을 숨김없이 써 낸 글도 비난하거나 충고하지 않고 "그땐 그랬구나" 받아 주자 자신의 에너지를 공부하는 곳으로 돌린 아이도 있었다. 늘 건들거리고 친구들에게 툭툭 주먹질하기 일쑤였는데, 태어나서 처음으로 책 한 권을 다 읽었다고 스스로 뿌듯해 하던 아이도 생각난다.

그 학교를 떠날 때 아이들이 선물로 준 롤링페이퍼를 오랜만에 다시 읽어 본다. 자신도 어찌지 못하는 상처와 충동과 분노에 휩싸여 자신과 주변을 황폐하게 만들던 아이들이 색색의 펜으로 정성 들여 쓴 손글씨는 배움과 성장에 대한 자기 긍정과 감사로 가득하다. 아이들 속에 잠자던 따뜻하고 보드라운 마음이 싹을 내밀고 인사를 하고 있다. 오래전에 아이들이 건네준 인사가 지금 나를 다시 일으켜 세우는 힘이 되고 있다. 인문고 아이들과는 결이 무척 다를 테지만 특성화고 아이들과의 만남은 또 어떤 이야기로 풀려 나갈까. 아이들 모두 속에 있는 배움의 본능을 되살리는 분투가 새롭게 시작되려 한다.

그깟 시험, 그깟 점수

기말고사 채점 답안지를 학생들에게 확인시켰다. 오지 선다형은 OMR 카드에 답을 쓰고 기계가 채점을 하므로 확인할 것도 없지만, 서술형은 종이 답안지에 직접 쓰고 교사가 채점하므로 학생 확인을 받는다.

여학생 다섯 명에 남학생 아홉 명인 3반은 성차에 따른 학습 태도나 학업 성취의 차이가 두드러진다. 출석번호 순으로 한 명씩 나와 답안지를 확인한다. 여학생들은 답안지를 보는 순간 가느다란 신음과 한숨부터 내쉰다. 마치 잠깐 실수해서 답을 잘못 쓴 것을 막 발견한 것처럼 몹시 안타깝다는 표정이다. 틀리게 쓴 답과 배점을 꼼꼼히 보고 합산까지 해서 총점이 맞는지 확인한 후 서명을 한다. 수첩이나 연습장 한 귀퉁이, 과목별 점수를 기록하는 곳에 국어 점수를 써넣는다. 며칠만 지나면 전체 점수를 다 알게 될 터이지만 손으로 가린 채 자기 점수를 정리하고 경쟁 상대가 되는 친구의 점수도 옆에 같이 써 내려간다.

남학생들 차례다. 준희와 인주는 일 년 동안 몇 번이나 얼굴을 봤을까. 준희는 결석이 잦고 조퇴도 무시로 했다. 학교에 오는 날도 거의 엎드려 있어서 얼굴 보기가 어려웠다. 깨워도 요지부동, 얼굴을 들지 않았다. 학년 초에 준희와 이야기도 나누고 수필도 한 편 받은 적이 있다. 가족 내에서 돌봄을 받지 못하고 혼자 패스트푸드로 식사를 해결하는 때가 많은 것 같았다.

인주는 교통사고로 한 학기를 병원에서 보냈다. 그러다 보니 친구가 없었고 학업이든 교우관계든 의욕이 없어 보였다. 엎드려 있기 일쑤였고 결석이 이어졌다. 모둠 활동을 할 때도 인주는 마지못해 모둠원들이 있는 곳으로 옮겨가 엎드려 있었다. 이름을 불러도 둘 다 나오지 않는다. 할 수 없이 앉아 있는 곳까지 답안지를 들고 가서 서명을 하라고 했더니 엎드린 얼굴을 옆으로 비비적대며 돌려 이름을 휘갈겨 쓰곤 원래 자세로 돌아간다.

서술형 답안지는 백지를 내면 안 된다. '모름'이라고 써야 한다. 아홉 명 중 여섯 명이 줄줄이 '모름'이라고 썼다. 서술형 75점, 선다형 25점으로 서술형 비중이 상당히 높은데 시험지를 받자마자 OMR 카드와 서술형 답안지를 일사천리로 작성하고 남은 시간 내내 엎드려 잔 아이들이다. 아홉 중 다섯 명은 장난도 치고 운동도 같이 하며 뭉쳐 다닌다. 그중 기정이는 기복이 심하다. 기분 내키면 대답도 씩씩하고 싹싹하게 한다. 제시되는 과제를 금방 해치운다. 순발력이 있고 머리도 잘 돌아간다. 그러다가도 엎드려 잔다. 잠이 와서 도저히 못 하겠단다.

"선생님, 다음 시간엔 열심히 하겠습니다."

딱 부러지는 목소리로 외치곤 곧바로 쓰러진다. 정곤이, 승우, 윤후는 삼총사라 불릴 만큼 붙어 다닌다. 이들은 엎드려 자는 대신 가까이 앉아 쉴 새 없이 장난치고 떠든다. 그러다가 맥락 없이 불쑥 끼어든다.

"선생님, 정곤이가 자꾸 때려요."

"선생님, 승우가 여자 친구 생겼대요."

"선생님, 저 잘생겼죠."

뜬금없이 던진다. 어르고 달래서 수업으로 끌어들이려 하면,

"에이, 선생님, 그냥 하던 거 하세요."

한다. 네 명은 답안지 서명을 후딱 하고 들어간다. 다 '모름'이라고만 썼으니 확인하고 말고가 없다.

진호는 이들 네 명과 같이 어울리면서도 수업에 적극 참여한다. 전교에서 키 작기로 다섯 손가락 안에 드는 진호는 덩치 크고 키 큰 친구들과 친하게 지낸다. 교내 밴드부에서 드럼을 맡

고 있다. 집에도 드럼이 있다고 한다. 연습하라고 아버지가 중학교 때 사 주셨단다. 연주하는 것 듣고 싶다고 했더니 방과 후에 연습실에 오면 들을 수 있다며 자신만만하다.

"실력이 어느 정도야?"

"아, 그야 물론 월드 클래스죠."

하며 앞머리를 스윽 쓸어 넘기고 엄지를 치켜든다. 진호는 답안지를 보자 못내 아쉬운 표정이다. 75점 중 45점 가까이 맞았다.

"공부 좀 했네. 잘했어."

"아, 이게 생각이 안 나서……."

두 손으로 양옆 머리카락을 쥐어뜯으며 밀어 올린다. 그러다

"괜찮아요, 뭐."

생글거리며 시원스럽게 이름을 쓴다.

남은 두 명은 주현이와 시훈이다. 둘 다 벌건 화산이 얼굴 가득 부풀어 있다. 마스크를 가장 열심히 쓰고 지낸다. 이들은 다섯 명 남학생들에게 어떻게든 말을 걸어 보고 같이 놀아 보려고 애를 쓰지만 번번이 무시당한다. 끼워 주지 않아도 매번 새로 시도한다. 주현이는 카드와 타로를 스무 벌 이상 가지고 있고 독학으로 공부해서 점을 쳐 준다. 과자도 늘 사 온다. 혼잣말이 많다. 내 옆에 와서도 그만 가 보라고 하기 전까지 주절주절 이야기가 길다. 시훈이는 상냥하고 고운 말씨와 다정함

이 몸에 밴 아이다. 수업 시간에 대놓고 엎드려 있지는 않지만 도무지 알아듣기가 어려운지 몸을 비비 틀며 괴로워하는 적이 많다.

"시훈아, 좀 전에 말했는데 왜 이렇게 썼어? 이거 고쳐야겠다."

"그러게요."

시훈에게서 가장 흔히 들을 수 있는 말은 '그러게요'다. 어떤 말에도 만사형통이란 듯. 이들은 답안지에 뭔가를 썼다. 어쨌든 0점은 아니지만 5점을 넘지 않는 애처로운 점수다. 둘의 반응도 어쩌면 그리 같을까.

"우와, 선생님. 저 빵점이 아니네요."

둘 다 얼굴이 활짝 펴진다. 흐이그. 무슨 말을 하겠는가.

이어서 선다형과 서술형을 합친 전체 점수를 확인했다. 선다형은 답지에 똑같은 번호를 색칠하면 0점은 면할 수 있다. 100점 만점에 0점 맞기는 그래서 어렵다. 이 반의 최하점은 3.5점이다. 번호를 지그재그로 칠한 탓이다. 기정이와 승우는 같은 점수를 받았다. 6.6점.

"오올~ 우리 점수 같네. 너 3번 칠했구나, 나돈데."

만면에 웃음을 날리며 하이파이브. 그때 주현이가

"어, 나도 나도. 같은 점수야."

했지만 아무도 받아 주지 않는다.

"이야~, 너 공부 좀 했구나. 짜아식!"

하는 말에 점수를 보니 11점이다.

"이제 알았냐? 나 좀 하는 거."

윤후가 한껏 턱을 쳐들고 뻐긴다.

특성화고 1학년 3반 교실에서 점수가 낮다고 죽상인 아이는 아무도 없다. 서로 놀리고 칭찬하고 으스대고 장난치며 허세를 부린다. 그깟 시험, 그깟 점수. 자신의 인생에 눈곱만큼도 의미가 없다는 듯 마음껏 조롱한다. 쓰려고 마음먹으면 몇 문제 답을 못 쓸 것도 없지만 시험 자체를 승인하고 싶지 않은 아이들의 태도를 본다. 패배감만 안겨 주는 평가와 서열 매기기에 엿먹이는 아이들의 몸부림을 본다. 주눅 들어 비관하는 것보다야 낫다고 해야 하나.

방학까지 두 주가 남았다. 수업을 진행하려 하니 남학생들의 아우성이 대단하다.

"선생님, 시험 끝났는데 웬 수업이에요?"

시험에 신경이라도 쓴 녀석들이 내지르는 말이면 황당하진 않을 것이다. 휴대폰을 손에 쥐고 삼매경에 빠진 아이들이 부지기수다. '그깟 시험, 그깟 점수'에 이어 '그깟 수업, 그깟 학교'까지 거침없이 내달릴 기세다.

코로나19로 인해 유례없이 시행된 원격 수업은 공교육의 붕

괴를 훌쩍 앞당길 것이라는 우려가 무성하다. 불안정한 지반 위에 교사도 아이들도 변화와 위기에 직면해 있다. 방향 없는 교사의 성실과 노력은 무력하다. 전망이 보이지 않는 아이들의 허풍과 낙관은 씁쓸하다. '그깟 것들' 속에서 아이들의 삶을 더 섬세하게 읽고 한 올 한 올 살려 낼 불씨를 가다듬어 본다.

열일곱의 인생

보인이는 초롱초롱한 눈이 맑고 목소리가 작지만 또랑또랑한 아이다. 2반 수업을 할 때면 계속 눈을 맞추게 된다. 내가 가르치는 여섯 반 중 유독 반응이 없고 무기력한 아이들이 많은 그 반에서 보인이만은 눈빛을 반짝이며 곧은 자세로 앉아 수업 내내 집중하고 있기 때문이다.

여학생 여섯 명에 남학생 여덟 명인 2반은 대답하지 않기로 집단 결의라도 한 것처럼 입을 열지 않는다. 콕 집어 이름을 부르면 마지못해 대답하는데 대체로 "모르겠어요"다. 배운 내용을 확인하는 질문이든, 너의 생각은 어떠냐고 묻는 것이든 대답은 같다. 모르겠어요. 초조한 마음에 내 목소리와 몸짓은 커져 가는데 몇몇 아이들은 슬슬 엎드려 잘 태세를 취한다.

이 반은 남학생들은 남학생끼리, 여학생들은 여학생끼리 어울려 논다. 한 학기가 지나고 나면 대체로 섞여서 장난도 치고 물건도 빌리고 이야기도 하게 되는 게 자연스러운데 이 반은 여학생들은 창문 쪽에, 남학생들은 복도 쪽에 나뉘어 앉아 있다. 남학생들도 서로 친한 것 같지 않다. 한 줄로 앉아 섬처럼 지낸다. 아무도 짝을 만들어 앉지 않는다.

여학생들은 보인이를 제외한 다섯 명이 똘똘 뭉쳐 지낸다. 다섯 명은 몰려서 앞쪽에 치우쳐 있고 보인이는 교실 뒤쪽 유리창 바로 옆에 혼자 앉아 있다. 다섯 명과 보인이 자리 사이는 책상 세 개 정도가 들어갈 공간이 비어 있다. 교실에 들어서면 공간 배치에서 뿜어져 나오는 외롭고 시린 기운 탓인지 몸에 힘이 들어간다. 그럼에도 보인이는 한결같이 단정한 자세를 흐트리는 일 없이 수업에 열중하는 모습을 보인다. 소리 내지 않고 입 모양만으로 혹은 아주 작은 소리로 교사의 질문에 대답한다. 눈을 동그랗게 뜨고 간간이 미소를 머금고서. 이름이 불려 대답해야 하거나 책을 읽을 때는 차분하지만 분명한 목소리로 말한다. 주눅 들어 있지 않고 자부심이 느껴지는 목소리다.

하루를 마무리하고 돌아오는 길
가슴속에 담아 둔 말들을
가로등이 묵묵히 들어 준다.

나만의 휴식 공간인 그 길

꼭꼭 숨겨 둔 노래들을

달이 함께 불러 준다.

오늘도 달과 가로등이 나를 위로해 준다.

얼마 전 시 쓰기 수업에서 보인이가 제출한 '귀갓길'이라는 제목의 시다. 시의 배경을 줄글로도 써 보자 했다.

하루 일과를 마치면 항상 10시를 훌쩍 넘긴 시간에 집으로 돌아간다. 가끔 취객이나 가게와 편의점 앞 술을 마시고 있는 사람들이 있어 무섭기도 하다. 하지만 일정 구간만 지나면 이 시간에 사람이 다니지 않는 길이 나온다. 나는 이 길을 정말 좋아한다. 비록 길가에 밭, 가로등, 건물밖에 없지만 어두운 밤 가로등만 켜져 있는 길은 나름 운치 있다. 날씨가 좋은 날엔 달과 별도 잘 보인다.

이 길을 걸을 때면 귀에 이어폰을 꽂고 좋아하는 노래를 들으며 따라 부른다. 빼곡한 나의 일정에 노래방에 갈 시간은 도저히 없다. 그래서 노래가 부르고 싶을 때는 아무도 없을 때 작은 목소리로 노래를 부르며 노래방에 가고 싶은 마음을 달랜다.

그 길을 걸을 때 하루를 되짚어 보며 내 감정과 생각들을 정리하고 반성하는 시간을 갖는다. 가로등 불빛과 달, 별, 길가의 꽃들은 왠지 내게 더 집중할 수 있게 도와주는 것 같다. 듣는 사람은 없지만 혼자서 궁시렁거리며 나무나 꽃들에게 하소연을 한다. 그렇게 어디엔가 다 털어놓으면 후련한 마음까지도 든다.

입학할 때 나는 이 길을 좋아하지 않았다. 높은 경사에 길이도 긴 거리를 도저히 좋아할 수가 없었다. 그러나 지금 그 길은 나와 함께하는 친구 같아 좋아졌다. 또 나에게 많은 위로를 준다. 힘든 일이 있을 때 묵묵히 들어 주고 내가 노래 부를 때면 바람으로 나와 노래 불러 준다. 말만 번지르르한 사람보다 묵묵히 내 말을 들어 주는 것이 나에게 더 위로가 되는 것 같다.

혼자 지내지만 담담하고 옹골차 보였던 보인이. 밤길에서 만나는 달과 별, 가로등과 꽃들이 건네는 위로를 품에 가득 안고 함께 노래하며 걸어가는 열일곱의 인생이 짠하기보다는 아름답고 흐뭇하게 느껴진다. 부지런한 하루를 보내고 늦은 밤길을 홀로 걸으며 그날을 하나하나 되짚어 마음속에서 다시 살아 보는 일은 아릿하면서도 뿌듯하다. 중고등 시절, 그렇게 보낸 하루들이 내게도 얼마나 많았던가.

여학생 중 두 명은 왕따를 소재로 시를 썼다.

난 가끔 반 친구를 짜증나게 한다.

그럴 때면 매일

그들에게 무릎을 꿇어야 한다.

처음엔 돌에 부딪힌 것처럼

무릎이 깨질 것만 같았지만

이젠 습관이 되어 아무렇지 않다.

이 정도는 누워서 떡 먹기.

만약 그걸로 풀리지 않는다면

먼지처럼 구석에

짱 박혀 있어야 한다.

그것만이 내가 살길.

제목은 '살기 위한 방법'이다. 처음엔 '왕따 팸'이라 썼다. '왕따 패밀리'의 줄인 말이라 했다. 독자들은 그 말을 알 수 없으니 고쳐 보자 해서 다시 쓴 시다. 또 다른 시 '왕따 놀이'를 보고 다섯 명이 왕따 패밀리가 되어 놀이를 하고 있다는 걸 알았다.

재밌는 우리 반

왕따 놀이를 하기 때문이다.

말만 왕따 놀이지

정말로 왕따를 시키지는 않는다.

"어, 나 왕따"라고 말하면

외롭다는 걸 알고

관심을 준다.

챙겨도 준다.

마치 나의 엄마처럼

나의 아빠처럼

   나머지 다섯 여학생들은 왕따놀이를 하는데 거짓으로 왕따를 시키고 지목된 아이는 왕따가 된 것처럼 무릎도 꿇고 구석에 박혀 있는 연출을 하는 것이다. 역할을 바꿔 가며 놀이를 즐긴다. 때로 스스로 '왕따'라고 말하는 것은 지금 외롭다는 신호이고 이때 친구들은 관심을 보이고 챙겨 주기도 하는 것이다. 이들은 왕따 당하는 연기를 하면서 진짜 왕따 당하지는 않고 있음을 실감하고 안도한다. 스스로 '왕따'라고 내뱉고 친구들의 관심을 불러들여 집단에 속해 있음을 확인한다. 혼자 남겨지는 불안과 두려움을 피하고자 이들은 퇴행적인 놀이 속에 빠져 있는 건 아닐까. 무리 지어 놀던 친구들의 제안을 거절하지 못하고 썩 내키지는 않았지만 섞였던 시간들이 그 시절 내게도 있지 않았던가.

　며칠 전 운동장을 걷다가 조회대 옆 계단에 앉아 있는 보인이와 다른 세 명의 친구들을 발견했다. 각각 다른 반인 그 아이들은 말수가 적지만 눈빛이 맑게 빛나는 이들이었다. 한 땀 한 땀 수틀에 자기 이야기를 성실하게 만들어 갈 줄 아는 이들이었다. 나란히 앉아 해바라기하며 소곤소곤 해찰하는 모습이 반가웠다. 혼자일 때의 자유와 함께할 때의 기쁨을 맘껏 누리며 나아가고 있는 것 같아서.
　2반의 다섯 여학생들도 왕따 놀이가 지루해지고 시시해져서 균열을 일으켰으면 좋겠다. 혼자라서 외롭지만 그 외로움 너머에 잇닿아 있는 넓고 푸른 하늘을 조만간 만날 수 있었으면 좋겠다.

수십 번 곱씹어 시를 암송할 수 있다면

중2 시절, 국어 선생님은 시를 외우게 했다. 긴 머리에 눈이 초롱하고 몸이 가녀린 선생님은 목소리가 청아했다. 대학을 갓 졸업한 선생님은 밑줄 치고 문법 지식만 잔뜩 받아 적게 했던 1학년 때 선생님과는 사뭇 달랐다. 공책을 절반으로 접어 한쪽엔 사전에서 찾은 낱말 뜻을 쓰게 하고 나머지 절반은 선생님이 판서한 것을 적도록 했다. 미리 국어책을 읽고 국어사전을 가방에 넣어 다니기 시작했다. 선생님이 칭찬하며 웃는 모습은 마음을 달뜨게 했다. 일기도 빠지지 않고 썼다. 선생님이 일기 검사를 한다고 해서 저항감을 느끼거나 거짓으로 쓰는 일은 없었다. 내 진심을 선생님이 읽어 준다는 사실이 오히려 기뻤다. 선생님의 맑고 깨끗한 웃음과 탄력 있게 튀는 목소리를 만나는 국어 시간은 더 나은 사람이 되고 싶다는 열망을 품게 했다.

선생님은 많은 시를 외우게 했다. 소월의 「진달래꽃」, 「산유화」, 「초혼」을 학교를 오가는 길 위에서 외웠다. 강둑과 논밭둑을 걸으며 읊는 시는 쓸쓸하고 슬픈 내용과는 관계없이 노래 부르듯 신이 났다. 박목월의 「나그네」, 「윤사월」과 조지훈의 「낙화」가 건네는 느리고 애잔한 정서에 이어 유치환의 「깃발」과 「바위」를 만나며 간결하고 꿋꿋한 의지를 흉내 냈다. 이육사의 「청포도」는 연둣빛 포도알처럼 싱그럽게 느껴졌고 김영랑의 「모란이 피기까지는」은 절절한 마음에 젖어 들게 했다. 그때 외운 많은 시들이 사십여 년을 넘어선 지금까지 몸에 스며 있다가 흘러나오는 것이 신통하고 흐뭇하다.

내가 근무하는 특성화고 학생들에게 매달 한 편 시 암송을 과제로 내주고 있다. 방학을 제하고 나면 일 년에 여덟 편에 불과하지만 아이들은 아우성이다. 삼월의 시는 김춘수의 「꽃」이었다. 새로운 친구들과 관계 맺기를 시작하는 시기라 누구나 소중하고 의미 있는 존재가 되고 싶은 마음을 짚어 보게 했다. 아이들은 첫 단추를 잘 꿰고 싶어 대부분 수월하게 외웠다. 시를 소개한 후 서너 시간은 시 낭송으로 수업을 열었다. 순조로웠다.

사월은 황동규의 「즐거운 편지」를 골랐다. 아이들은 곤두박질쳤다. 원성이 자자했다. 이게 무슨 시냐고, 너무 길다고, '괴로운' 편지라고 화를 내기까지 했다. 「소나기」를 쓴 황순원 소설가의 장남인 시인이 고3 시절 연상의 여인을 짝사랑해서 쓴 시라며 관심을 끌려 해도 막무가내였다. 한숨이 났다. 절반 정도의 아이들만 통과했다. 미안한 마음이 슬몃 들었다.

쉽게 접근할 수 있을 거라는 생각에 오월엔 김영랑의 「모란이 피기까지는」을 내밀었다. 한번 덴 아이들은 삐뚤어진 마음을 쉬이 열지 않았다. 학교 화단에 핀 모란을 보여 주며 시인이 모란이 피는 닷새를 제외한 나머지 삼백예순 날을 하냥 운다는 구절이 얼마나 절묘한지 맛보기를 바랐다.

유월엔 기형도의 「빈집」을 선보였다. 사랑을 잃은 절망과 공허를 음미하기보다 아이들은 시의 길이가 짧다고 좋아하며 금방 외웠다. 영랑이라는 이름에서 여성 시인이라고 짐작했다가 맘씨 좋은 삼촌 같은 인상을 보고 "에이~" 하는 탄식을 내뱉고 심야극장에서 주검으로 발견되었다는 기형도 시인의 사진에선 안타까운 신음을 내뱉었다. 아이들이 시인에 관심을 보이고 시의 세계로 한 걸음 들어서는 모습을 보는 일은 애틋하고 사랑스러웠다.

시 외우기가 계속 엉기고 지지부진할 때면 "시를 왜 외워요?", "이거 외워서 뭐 해요?" 하는 질문을 받는다. 중학교 때 선생님은 이유를 말해 준 기억이 없다. 그 시절 시의 내용과 관계없이 마냥 신나고 즐거웠던 시 암송의 비밀은 무엇이었을까? 나는 왜 시를 아이들에게 외우라고 하는 걸까?

시는 익숙한 것을 낯설게 만들어 다시 들여다보게 한다. 마음과 사물과 세상에 대한 질문을 멈추지 않게 한다. 언어를 통해 우리는 나와 나를 둘러싼 모든 것을 시공간을 넘나들며 인식하고 연결할 수 있다. 가장 정제된 언어라는 시를 읽고 맛보고 몸에 스며들게 하는 암송은 타인의 밑바닥에 고인 멍과 상처를 살피게 하고 먼 우주의 운행과 깊은 자연의 흐름까지 느끼게 하는 통로가 된다. 닿지 못해도 언저리를 더듬게 하는 힘이 된다.

신영복 교수는 "시를 암송한다는 것은 시인들이 구사하던 세계 인식의 큰 그릇을 우리가 빌려 쓰는 것"이라 했고 최진석 교수는 "시인은 문자의 지배자이고, 일반인은 문자의 사용자이다. 우리는 시를 암송해야 한다"라고 강조하며 "지적인 삶, 노력하는 삶을 살기 위해, 함부로 막 사는 삶을 살지 않기 위해 시를 암송해야" 한다고 했다. 아이들에게 외우는 이유를 굳이 설명할 필요는 없을 것이다. 외워 보면 저절로 느끼게 되고 알게 되니까. 조급한 마음에 설명해 봐야 아이들 마음에 남지도 못할 것 같다. 질문에 답해야 하니 뭔가를 말했을 텐데 부질없는 짓이라는 생각이 든다.

이번 학기, 쉬는 시간이든 점심시간이든 한 명씩 와서 시를 외우는 소리를 수백 번 들었다. 아이들이 읊조리는 소리는 내

귀를 타고 들어와 온몸을 울리고 세포 속에 자리를 잡았을 테다. 시를 듣는 일은 소리 내어 읊는 것 못지않게 즐거운 일이다. 비 온 후 물살처럼 씩씩하고 유쾌한 소리도, 살며시 다가와 숲을 훑고 지나가는 바람처럼 낮고 유장한 소리도, 수줍은 풋사랑을 고백하듯 서툴게 더듬거리는 소리도 시의 맛을 여러 빛깔로 변주하는 것으로 들린다.

개학 날 아이들과 읽을 시를 가려 두었다. 박시교 시인의 「꽃 또는 절벽」이다. 아이들의 새 학기가 눈부시게 피어나고 감탄으로 가슴 때리는 순간들이 많아지기를 기대하면서. 새 중에서 가장 작은 벌새도 1초에 90번이나 제 몸을 쳐서 공중에 부동자세로 서고 바다는 하루에 70만 번씩이나 파도를 쳐서 새로워진다는데 우리는 고작 수십 번 곱씹어 시를 암송할 수 있다면 별 수고스러운 것도 아니라고, 그렇게 해서 새로워질 수 있다면 얼마나 고마운 횡재냐고 이야기하고 싶다.

시로 만난 아이들

내가 근무하는 학교는 농업, 공업, 상업 전공이 골고루 있다. 4반은 전기과인데 여학생은 거의 지원하지 않는다. 다른 전공과에 비해 담소 대신 고성이, 대화 대신 비속어와 과시가, 가벼운 장난 대신 근육과 체력 자랑이 넘치며 자신들이 암묵적으로 동의하는 '남성다움'에 깊이 매료된 아이들이 많은 반이다. 올해 4반은 남학생만 열여덟 명이 지원했다. 수업에서 얼굴 보기 어려웠던 신호는 몇 달이 지나기도 전에 자퇴했다. 수업에서 만난 게 네댓 번쯤인데 그때도 내내 자고 있었다. 시월 말이 가까워지는 지금, 그 외는 모두 학교에 잘 다니고 있지만 수업에 전혀 참여하지 않는 아이는 여럿 된다.

수만이는 필기구가 아예 없다. 두 다리를 쭉 뻗치고 옆으로 앉아 친구에게 쉼 없이 말을 걸거나 벌떡 일어나 돌아다닌다. 수업 내용과 무관한 얘기에 가장 호응을 잘하고 활기를 띠며 말을 하는 아이다. 수업에 참여는 안 하지만 목소리 크고 자기 생각 분명하고 운동을 좋아해서 크게 걱정이 되지는 않는다.

문제는 우정이와 연진이다. 둘 다 내내 잔다. 우정이는 친구도 없어 보인다. 종일 말없이 혼자 지낸다. 어떤 배경을 가진 아이일까? 곰처럼 무거운 덩치에 덥수룩한 머리로 창가 맨 뒷자리에 혼자 앉아 있다. 햇살만이 유일한 친구가 되어 그 아일 어루만진다. 우정이가 수업에 참여할 때는 사자성어를 공부할 때다. 한 달에 스무 개씩 1학년 때 150개를 익히게 하는데, 매번 사자성어의 겉뜻과 속뜻을 휴대폰으로 찾게 한다. 우정이는 둥글게 감긴 몸으로 단정하고 깔끔하게 학습지를 완성한다. 사자성어 시험을 칠 때 만점 가까이 받을 때도 있고 바닥을 칠 때도 있다. 구체적이고 세심한 도움만 있다면 얼마든지 살아날 아이 같아 보인다.

연진이는 입학 전에 클래식 기타 학원에서 먼저 만났다. 아버지와 함께 와서 악기도 샀다. 석 달간 다녔는데 학원에 온 날보다 빠진 날이 훨씬 많았다. 입학하고 만난 연진이는 쉬는 시간 무리들과 어울리려고 얼쩡거린다. 왜소하고 기운 없어 보이는 그 아이는 시끌벅적한 무리 주변으로 금방 밀려난다. 연진이도 폰을 주고 사자성어 뜻을 찾게 하면 다 해내지만 시험지는 백지만 낸다. 하고 싶은 일을 지지해 줄 부모도 있지만 아이는 좋아하는 일, 하고 싶은 일을 아직 찾지 못해 무기력에 빠져 있다.

대부분의 아이들이 창작시 쓰기 활동에 참여했다. 수만이와 우정이는 쓰지 않았지만 연진이는 「빗물」이라는 시를 써냈다.

비 내리는 밤이 지나고
새벽엔
아름다운 풍경
장화 신고 나가
고여 있는 비 웅덩이 뛰어다니며
첨벙첨벙
귀뚜라미 소리와 함께
정신이 맑아진다
튀기는 물방울에 옷이 젖어도
행복한 기분

비 갠 어느 가을 새벽, 귀뚜라미 소리와 함께 웅덩이를 뛰어다니며 느꼈을 즐거움과 해방감이 청량하게 다가온다. 연진이는 그런 맑은 정신으로 살아가길 바라지만 학교에선 길을 찾지 못하고 웅크린 채 긴 시간을 견디고 있는 것이다.

작고 마른 효진이는 고개를 약간 숙인 채 흐트러짐 없이 앉아 있다. 목소리는 너무 작아 귀를 바짝 기울여야 한다. 애가 탈 정도로 느리지만 수업에 참여한다. 곁에 가서 자세히 설명해 주고 "해 볼래?" 물으면 여지없이 "네" 거미줄처럼 가느다란 소리와 함께 고개를 끄덕인다.

나는 머리가 아파서 누워 있다.

어지럽다. 그래서 누웠다.

약을 먹어도

여전히 나는 아프다.

힘들어서

괴롭고

토할 정도다.

효진이가 쓴 「아픔」이다. 제목을 아주 크게 썼다. 그렇게 아픈지 몰랐다. 토할 정도로 괴로운 두통을 늘 안고 살아서 표정이 굳어 있고 웃는 걸 본 적이 없었다는 걸 알게 된다. 떠들썩한 교실에 홀로 고요로 똘똘 뭉쳐 천천히 글씨를 써 내려간다.

자전거에 미친 아이도 있다. 바퀴 두께가 보통 자전거의 세 배는 되고도 남는다. 그걸 타고 교실 건물에서 운동장 내려가는 열댓 계단을 단번에 휙 나는 걸 보았다. 진도는 팔다리에 큰 상처가 아물 날이 없다. 굵은 검은 테 안경에 검정 일색의 옷만 입는다. 겨울이 아니면 반바지는 예사다. 수업 시간엔 잠자기 일쑤지만 수업만 아니면 혈기 방장하다. 진도는 자전거 타며 입은 '상처' 얘길 했다.

자전거를 타고
바람을 가르며 가다가
코너를 만났다.
속도를 줄이지 않고 갔다.
자신감이 넘쳤다.
결국 넘어졌다.
상처가 크게 났다.
무릎과 정강이 쪽이
먼저 바닥에 닿아
크게 쓸렸다.
무릎은 작게 다쳤지만
정강이는 완전히 갈려
피가 많이 났다.

조언을 하고 고쳐 오라 했지만 별로 달라진 게 없어 "이만하면 됐다"하니 신나 한다. 예의 바르고 순하게 웃는 진도를 보면 자꾸 장난을 걸고 싶다. 늘 자는 승운이도 깨워 시를 써 보라 하니 못 이기는 척 일어나더니 쓱쓱 완성.

> 오늘도 난 어김없이 알바를 간다.
> "아이고, 귀찮아라."
> 투덜대면서 가곤 한다.
>
> 그렇게 열심히 일을 한다.
> 하나 내게 돌아오는 건 적은 돈뿐······.
> 하루빨리 때려치든가 해야지.

'알바'한 얘기다. 구체적인 장면이 그려지게 써 보라 해도 이게 다라고, 잘 쓰지 않았냐고 우긴다. "이 정도면 만점 맞죠?" 몇 번이나 묻는다. 시를 쓴 스스로가 장할 뿐인 것이다. 다시 엄지척을 할 수밖에. 귀찮은 알바를, 적은 돈을 받는 알바를 투덜대면서도 근근이 해 나가는 승운이의 모습이 보인다.

진지한 대현이는 수업에 딴짓도 안 하고 애를 쓰긴 하지만 성적이 잘 나오지 않는다. 「시험 기간」을 보면 대현이에게 공부란 참 막막한 것이겠다 싶다.

시험 기간이라 말하는 선생님.

기분이 좋다.

자습일 땐 아무것도 안 해도 되니까.

주변은 공부 중.

아니면 수면 중, 혹은 수다나 장난.

공부하라는 말은 듣고 흘린다.

이럴수록 점수는 내려가고

내 삶도 내려갈 것을 안다.

그러나 책 펴기는 머나먼 길.

공부해야 한다고 생각하지만 몸은 따라 주지 않는다. 수업 시간에 학습지 정리나 필기는 잘하지만 스스로 공부하는 몸은 아직 만들어지지 않았다. 대현이에게 보내는 교사의 격려와 칭찬이 큰 힘이 되지는 않는 것 같다. 공부에 대한 자기 이유가 분명하지 않아 스스로 돌파해 내는 힘이 없고 그런 경험을 해 보지 않은 탓은 아닐까 싶다.

친구를 두루 챙기고 공부를 열심히 하는 현우는 「레벨」을 썼다.

어떤 게임이든 존재하는

레벨이라는 시스템

어떤 게임이든
찍으려고 노력하는 만렙

쉬지 않고 좇다 보면
레벨은 어느새
만렙을 찍기 마련

현실에서도 존재하는
스펙이라는 시스템
어디에서든
꼬리표처럼 따라다니는 성적이나 자격증

쉬지 않고 노력하다 보면
어느새
경험치는 쌓이기 마련
나는 레벨을 위해 달려가는 중

현우는 세 살 때 컴퓨터를 만났다. 게임부터 접하며 손으로 발로 자유자재로 플레이를 했다. 어떤 게임이든 최고 레벨을 찍어야만 직성이 풀리면서 중독이 되어 갔다. 중학교 때까지 그렇게 지내며 "쾌감에 절어 있었다". 어느 날 문득 "이렇게 살아도 될까?"싶었단다. 공부하기로 마음먹었지만 지루하고 괴롭기만 했다. "공부를 게임의 일종이라고 생각해 보면 어떨까?"하는 생각이 번쩍 들었고 공부를 통해 레벨을 올린다고 생각하고 죽어라 팠다. 내신 30퍼센트가 10퍼센트대로 급상승했다. 지금은 레벨이라 생각하고 경험치를 올리고 있으니 공부하는 게 가벼워졌단다.

얼마 전, 학교에서 호연지기 프로젝트란 이름으로 천왕봉 산행을 기획했는데 신청자만 가는 것으로 되어 있었다. 4반이 가장 많이 지원했다. 아이들은 산을 펄펄 날았다. 빨치산이 봐도 혀를 내둘렀을 것이다. 교실에서 내내 잠에 빠졌던 아이들이 날쌔게 푸른 하늘을 향해 내달리는 모습이 경이로웠다. 아이들 각자가 자기 안에 잠자고 있는 처진 날개를 교실 안에서도 빛나게 펼 수 있게 돕는 것, 아이들이 자신의 삶과 마음을 되짚어보고 한 걸음 내디딜 수 있게 손을 잡아 주는 것이 내가 학교에 있는 이유일 것이다. 아이들의 시와 그와 관련한 수필을 읽으며 아이들이 새롭게 다가옴을 느낀다. 이제 내가 다가갈 차례다.

삶의 한 자락을

　시를 쓰기 전에, 초등학생부터 고등학생들이 쓴 시와 기성 시인의 시까지 열 편 정도의 시를 맛보게 하고 평점을 매겨 보게 한다. 별 다섯 개가 최고고 최악은 똥무더기까지 안길 수 있다. 아이들이 좋아하는 활동이다. 똥그림에는 모락모락 김까지 피워 올린다. 그걸 끝내면 그중 어떤 것이든 세 편을 골라 평점을 준 이유를 여백에 써 보라고 한다. 네 명이 함께 모여 각자 쓴 내용을 나누며 최고의 시와 최악의 시를 골라 보고 발표하면 한 시간 수업이 끝난다.

　다음 시간은 지난해에 선배들이 쓴 시 열 편 정도를 보여 준다. 선배들이니 관심 있게 본다. 이제 자신의 이야기를 시로 쓸 차례다. 자신의 삶이 구체적으로 진솔하게 담겨 있으면 어떤 것이든 좋다고 말한다.

시를 다 쓰면 내게 보여 준다. 막연하게 쓴 시를 가져오면 인터뷰가 시작된다. 꼬치꼬치 묻는다. 그때의 장면과 감정이 손에 잡힐 듯 자세하게 써 보라고 조언한다. 설명하지 말고 보여 달라고 말한다. 슬프고 외롭다는 말을 전혀 하지 않았는데 읽는 사람이 화자의 슬픔과 외로움을 느끼게 해 달라고 한다. 이게 무슨 말인가? 이해하지 못하는 표정을 보이기도 하고 어렵다고 고개를 꺾기도 하지만 어쨌든 두 번 세 번 고치다 보면 깨닫게 되는 것 같다. 이 시간이 나는 좋다. 수업하면서는 알 수 없었던 그 아이만의 삶과 빛깔을 만나게 되는 것이다. 어떤 생각을 하고 있는지 무엇을 버거워하는지 조금씩 다가가게 된다.

승호는 부반장이다. 수업 시간에 잘 때도, 쉬자고 말할 때도 많지만 부반장으로서의 역할은 신나서 잘 해낸다. '승호'로 부르지 않고 '부반장'이라 부르면 어깨에 힘이 쫙 들어가고 목소리도 씩씩해진다. 맡은 일을 빠르고 시원스레 해치운다.

9시에 갈비탕 알바를 간다
버스를 타고 안의로 간다
5시간 동안 알바를 한다
시급은 10,500원
알바를 마치고 마쎄를 핀다

알바비에서 4,500원이 빠진다

알바를 끝내고 피는 담배

내 힘듦을 날려 준다

승호는 주말에만 알바를 한다. 하루에 한 갑 피우던 담배를 요즘은 사흘에 한 갑으로 줄였다. 학교 오기 전에 피우고 마치고 피운다. 학교에서는 피우지 않는단다. 힘들어서 담배를 피우기도 하지만 힘들게 번 돈이니까 담배를 줄이게도 되는 것 같다.

시험이 끝난 후

친구들과

추운 겨울 밖에서

술 한잔

몸이 뜨거워야 하는데

덜덜덜 춥기만 하다

기분은 최고지만 몸은 최악

학생이라 밖에서 마실 수밖에 없다

어른이 되어

따뜻한 술집 안에서 한잔하면

지금의 시절도

좋은 추억이라 생각하겠지

수영이는 술을 제법 마신다. 친구들과 만나면 소주 서너 병을 마신단다. 수영이의 성적을 보면 시험공부를 따로 하는 것 같지는 않다. 이건 내 생각일 뿐이고 수영이 나름대로는 시험에 대한 압박과 스트레스가 전혀 없는 것은 아닐 수도 있다. 공부하는 시간을 별로 내지는 않더라도 말이다. 그러니 시험이 끝난 후 친구들과 술 한잔하는 거겠지? 어른들의 눈을 피해 후미진 골목이나 공터에서 덜덜 떨면서 술을 나눠 마시는 아이들을 그려 보면 짠하기도 하고 웃음이 나기도 한다.

육상 선수인 현수도 알바를 한다. 평일에도 하고 주말에도 한다. 공부 욕심도 있다. 내려앉는 눈꺼풀을 억지로 치뜨고 수행과제는 끝까지 해낸다. 6교시까지만 수업하고 운동하러 가기 때문에 7교시를 빼먹게 되는데 꼭 혼자 벌충을 한다. 수업 시간 엎드려 자는 현수를 깨울라치면 반 친구들이 나를 말린다. 운동 끝나고 알바까지 뛰기 때문에 좀 자야 한다고 두둔한다.

꼼짝도 하기 싫은 주말

알람 소리에 일어나

오전 운동을 하러 간다

달리기와 코어 운동을 한다

점심을 먹고 쓰러져 버린다

휴식을 좀 취하고

오후 알바를 나간다

지친 몸을 이끌고

5시간 이상 서 있는 고깃집 알바

반복되는 일상

이제는 달라지고 싶다

하루하루 힘겹게 지내지만 찡그린 표정은 거의 본 적이 없다. 웃음이 많고 친구들과도 잘 지낸다. 놓친 수업은 친구들 도움을 얻어 다 해내니 대견스럽다.

일 년 동안 매주 사나흘 카페 알바

오늘은 어떤 진상 손님이 올까

하하호호 떠들썩한 아줌마 셋

"이거 시럽 맞아요?"

"손소독제예요."

표정이 한순간에 변한다

시럽 대신 손소독제 넣은 커피

어떤 맛일까?

"이걸 왜 여기!"

날이 선 목소리

내가 넣은 것도 아닌데

같은 반 친구들이 들어온다

조잘조잘 끝이 없다

일하는 내 앞에서 한참 떠들다 간다

기가 빨린다

남학생들이 주로 고깃집에서 알바를 하는 것에 반해 여학생들은 빵집이나 카페에서 일하는 경우가 많다. 카페에서 일하는 소미에게 가장 힘든 건 진상 손님이다. 꾸준히 알바를 할 수 있는 건 소미의 무던함 덕인 것 같다. 기가 빨리지만 별로 티를 내지 않는다. 통장은 날로 두둑해진다. 스무 살이 되는 해, 친구와 해외여행을 갈 계획이다. 알바를 하면서도 학교 생활은 누구 못지않게 모범인 걸 보면 야무지고 단단한 속내가 느껴진다. 인권 문제를 다룬 영상 제작이든 기후 위기를 탐구 조사하여 발표하든 창의적인 아이디어가 빛나고 구성이 탄탄해서 감탄하게 된다. 칭찬을 들으면 배시시 웃으며 통통한 볼이 붉게 물든다.

> 사람들이 나의 꿈에 대해 묻는다
>
> 하루 종일 잠을 자는 것
>
> 고양이를 키우는 것
>
> 해외여행을 즐기는 것
>
> 거창하진 않지만 셀 수 없이 많은데
>
> 그들이 묻는 꿈과
>
> 내가 생각하는 꿈은 다르다
>
>
> 그들은 나를 재촉하지만
>
> 그들이 묻는 꿈에 대해
>
> 빨리 달릴 필요는 없다
>
> 천천히 걸어가도 된다
>
> 지금은 초라한 작은 씨앗이지만
>
> 나중엔 화려한 빛깔 꽃이 필 테니

　지솔이 쓴 「그들과 다른」이란 시다. 자기 중심이 탄탄하게 느껴진다. 떠들썩한 소음 속에서 고요하게 찰랑이는 물빛을 닮은 아이. 시간과 정성을 필요로 하는 과제를 설명하고 나면 한숨과 질문으로 한순간 교실은 술렁이는데 지솔은 소리 없이 한 걸음씩 나아가 어느새 근사한 결과물을 제출한다. 지솔은 미색 종이에 원고지 칸을 그려 시를 써넣은 다음 파란색 펜만으로 단순하지만 힘 있는 꽃 한 송이를 크게 그려 냈다. 맑은 지솔의 얼굴을 가만히 떠오르게 한다.

열일곱 살 아이들의 숨결과 손길을 느껴 볼 수 있고 이야기 들을 수 있어서 시 수업은 언제나 즐겁고 기뻤다. 한 학년을 마무리하고 방학에 들어가는 아이들의 시를 꺼내어 다시 읽어 본다. 수업에서 만나지 못했고 나누지 못했던 삶의 한 자락을 쓰다듬어 본다.

방과후 수업

코로나로 인해 기초학력이 부진한 학생이 많아졌다. 온라인 수업이 길어지다 보니 학력 차도 많이 생겼다. 함양은 면 단위라 도시만큼 학력 차가 크게 벌어지지는 않았지만 학력 부진은 전반적으로 나타났다. 내가 근무하는 특성화고는 이런 현상이 더욱 심하다고 동료 교사들은 입을 모은다. 교육청에서는 국영수 과목에 한해 기초학력이 부진한 1학년 학생들을 대상으로 방과후 수업을 실시하라는 지침과 예산을 내려보냈다.

1학년 국영수 과목 교사들은 교실을 돌며 취지를 설명하고 학생들을 모았다. 수학과 영어는 각각 세 명의 학생들이 자원해서 반이 구성되었지만 내가 맡고 있는 국어 과목은 한 명도 자원하는 학생이 없었다. 그렇다고 안 할 수는 없다 했다. 돈이 내려왔으니 무조건 해야 한다는 것이다. 수업을 잘 따라오지 못하는 열 명의 학생을 추려서 한 명씩 만났다. 다행히 남학생 세 명이 해 보겠다 했다.

국어를 좀 더 잘해 보겠다는 생각을 가지고 결정한 것은 아니라는 걸 첫 수업에서 바로 알았다. 교사가 요청을 하니 거절할 수 없었던 순하고 여린 아이들이었을 뿐이다. 매주 한 번에 두 시간씩 실시하는 방과후 수업. 세 명의 아이들이 조금이라도 글 읽기에 관심을 가지고 긴 글도 읽어 낼 수 있는 호흡을 가질 수 있도록 첫 수업 전 주말에 여러 책을 뒤적이고 인터넷 검색도 하며 끙끙댔다.

『우리 옛이야기 100가지』와 『마음을 열어주는 101가지 이야기』에서 짧은 이야기를 여러 편 뽑고, 최근 기사에서 관심을 가질 만한 글을 골랐다. 클레이 질문 카드도 갖추었다. 각자 다른 이야기를 읽고 친구들에게 이야기해 주기는 좋았지만 출력해 간 기사를 읽는 것은 힘들어 했다. 질문 카드는 두 번만 쓰고 그만두었다. 아이들 일상에 밀착된 이야기를 풀어낼 수 있게 질문을 새로 만들었다.

수업마다 반응이 괜찮았던 것과 망했던 것을 돌아보며 새로운 수업 방법과 자료를 고민하고 준비했다. 횟수를 거듭할수록 아이들은 소소한 일상을 편하게 꺼내 놓기 시작했고 장난도 쳤다. 방과후에 남아서 하는 수업이니 어쨌든 아이들이 지치지 않고 즐거움을 조금이라도 느끼길 바랐고 그 속에서 조금씩 알

맹이를 키워 갈 수 있었으면 좋겠다고 생각했다.

그림책 모임에서 행복했던 기억이 있어 아이들과 그림책을 두고 이야기를 나눠 보는 것도 좋을 것 같았다. 그러다 만나게 된 책이 『그림책에서 찾은 책읽기의 즐거움』이다. 아름다운 그림으로 삶의 문제를 깊이 있게 다룬 그림책을 읽게 하고 여기서 느낀 즐거움을 삶 또는 학습의 다른 영역에까지 전이되기를 바라는 저자들의 마음은 내가 바라는 것과 일치했다.

그림책 『줄무늬가 생겼어요』를 읽고 자신에 대해 마음에 드는 점과 마음에 들지 않는 점을 적어 보게 했다. 손재주가 뛰어나다, 돈 관리를 잘한다, 머리가 잘 돌아간다, 약속을 잘 지킨다. 남의 의견을 잘 들어 보려 한다, 노력하는 자세를 가지고 있다, 이름이 귀하다, 게임을 잘한다, 힘이 좋다, 자전거를 잘 탄다, 청소를 잘한다, 운동 신경이 좋다는 이야기를 늘어놓았다. 듣고 보니 모두 잘하는 것이 많았다. 다 멋있고 빛나는 아이들이었다.

마음에 들지 않는 점은 공부를 못한다, 성격과 외모와 체력이 별로다, 먹는 양이 많다, 꾸준함이 부족하다, 둔하다, 귀가 작다, 꼭 이기려 한다, 남들 시선에 민감하다 등을 들었다. 아이들은 자신을 잘 살피고 있었다. 마음에 들지 않는 점도 심각하게 말하지 않고 가벼웠다. 나도 아이들과 같이 써 보며 못난

모습도 꺼내놓았다. 만날수록 사랑스럽고 세심하게 바라봐 주고 싶은 아이들이었다.

그림책 『알도』를 읽은 날은 아이들의 기발한 상상력에 많이 웃었다. 그림책은 다양한 해석이 가능한 쪽이 훨씬 이야기가 풍부해지고 재밌어진다. 어떤 것도 정답이 없다. 말과 말을 이어 가며 자신의 상상과 해석에 자기 나름의 논리를 덧대어 가면 된다. 한비야 님의 에세이와 이금이 작가의 소설은 따로 앉아 중간중간 나온 질문에 답을 써 가며 읽게 했는데 제법 분량이 있는 글이었는데도 아이들은 읽어 냈다. 그림책과 조금 긴 글을 교차해서 읽고 이야기를 나누니 이완과 긴장이 리듬을 타며 수업이 진행되었다.

1학기에 계획된 10회의 수업이 끝날 때쯤 기말고사가 코앞으로 다가왔다. 아이들에게 시험 계획을 짜 오라고 했지만 아무도 짜 오지 않았다. 한 번도 짜 본 적이 없어 어떻게 하는지 모른다고 했다. 무슨 과목을 치는지도 정확히 모르고 있었다. 시험시간표를 공유하고 과목별 목표 점수와 날짜별로 공부할 과목을 써 보라고 했다. 한 아이가 먼저 연습장을 꺼내서 쓰기 시작하자 그걸 정말 써야 하는 건가 하는 표정으로 앉아 있던 다른 아이도 수첩을 꺼냈다. 마지막 아이도 마지못해 가방을 한참 뒤적이더니 작은 종이 하나를 꺼냈다.

아이들이 써낸 목표 점수는 그야말로 가관이었다. 한 아이는 모든 과목의 점수를 20점으로 썼고 다른 아이는 10점대부터 20점을 오르내렸다. 오지선다 시험지에 한 번호만 찍어도 나올 점수 같았다.

"이건 시험공부 안 하겠다는 것 아냐? 점수가 이게 뭐꼬?"

"아, 샘. 그러니까 계획 같은 건 소용없는 거라고요. 계획은 공부할 마음이 있는 아이들에게나 필요한 거지요."

"그럼 준비 전혀 안 하고 시험 치겠다는 거야?"

"에이, 그건 아니고요. 만만한 건 좀 해야죠."

나머지 한 아이의 점수는 한 자리부터 100점까지 있었다. 알파벳을 중학생 때 겨우 떼어 영어 점수는 10점이 안 되고 수학과 과학은 100점과 95점이었다. 영어는 읽지도 못하니 아예 공부를 할 수도 없지만 수학과 과학은 자신 있다고 했다. 암기 과목은 시간이 너무 많이 걸려서 20점대로 목표를 잡았단다.

학창 시절 내가 했던 시험 대비와는 사뭇 달랐지만 아이들은 그들 나름대로 시험을 맞이하고 있다. 낮은 점수에 자책하지도 비관하지도 않고 할 수 있는 것을 해 나가려 한다. 활발하고 수다스런 이 아이들과 이야기를 나누다 보면 아이들 말에 고개가 끄덕여지는 때가 많다. 그럼 입을 다물고 씨익 웃고 만다. 2학기에도 이 아이들과 함께 해 나갈 수업이 은근히 기다려진다. 물론 아이들은 또 해야 하냐고 과장된 한숨을 내쉬었지만.

유쾌한 전기신호

교직 생활 삼십여 년 동안 많은 동료들과 만나고 헤어졌다. 그중 정 선생은 인문고에서 만나 딱 일 년을 같이 근무했지만 강한 기억으로 남아 있다.

새 학년이 시작되기 전인 2월 말, 전체 교사가 모이는 자리였다. 일 년 동안 맡을 직책과 역할을 교감이 발표했다. 각 부서의 부장으로 호명된 이들은 한 사람씩 앞으로 나와 인사를 했다. 연구정보부장으로 정 선생의 이름이 불렸다. 통영에서 전근 온 그를 아는 사람은 없었다. 아무도 나가는 사람 없이 잠잠하자 한 번 더 이름이 불렸으나 마찬가지였다. 앞자리에 앉아 있던 나는 주변을 둘러보았다. 대각선으로 멀리 가로지른 뒤쪽에 고개를 깊이 박은 채 몸을 웅크린 남자가 눈에 들어왔다. 세 번째로 이름을 부르며 교감은 그를 향해 어서 나오라고 손짓을 했다.

두어 번 고개를 가로젓더니 마침내 그가 성큼성큼 앞으로 나왔다. 거구에 장신이었다. 샛노랗게 염색한 퍼머 머리는 파도에 일렁이는 말미잘처럼 제멋대로 휘날렸다. 나란히 선 여느 부장교사들보다 머리 하나는 더 커 보이는 그가 말없이 고개만 한번 까딱 숙이며 난처한 상황을 어서 끝내고 싶다는 표정을 숨기지 않았다. 전혀 원하는 바 아니라는 의사 표시로 다시금 고개를 절레절레 흔들었다. 낯선 근무처로 옮겨와 처음 대면하는 자리에서 그처럼 노골적으로 싫다는 표시를 할 수 있는 인물이라니. 외모도 행동거지도 여태껏 교직 사회에서 볼 수 없는 파격적인 캐릭터여서 호기심이 솟구쳤다.

나는 정 선생 부서로 배치되어 그와 마주 보며 앉았다. 그는 부장은 하고 싶지도 않고 적성에 맞는 것도 아니지만 어쨌든 잘해 보자 했다. 다음 날 그는 원두커피를 내려 마실 수 있는 도구 일체를 가져왔다. 드립용 포트와 드리퍼, 서버, 여과지, 그라인드. 그와 세 명의 부원은 교무실 뒷문 입구에 자리하여 교무실에서 한갓진 위치였다. 아침마다 네 명이 모여 물을 끓이고 원두를 갈고 내리면 커피향이 금방 공간 전체를 휘감았다. 몇 명이 컵을 들고 몰려오면 무게 중심이 직사각형 모서리로 일시에 쏠렸다. 그는 뜨겁고 진한 커피를 머그잔 가득 담아 더 바랄 게 없는 양 흐뭇한 얼굴로 건들거린다. 즐거운 소란이 찰랑거리며 수업 시작 전의 짧은 시간을 따듯하게 데운다. 누군가 빵과 쿠키를 들고 오면 더 왁자하다. 하루를 시작하는 걸음이 경쾌해진다.

통영에서 아무 연고도 없는 함양으로 자원해 온 이유는 모터사이클 때문이다. 동호회에서 여러 번 지리산 권역을 달리다가 마음을 빼앗겨 아예 전근을 와 버린 것이다. 학교에서 내준 사택에 살며, 주말이면 몸에 딱 붙는 가죽점퍼와 바지에 선글라스를 갖추고 날랜 바람을 좇는 거친 독수리가 된다. 아메리카 대륙을 모터사이클로 횡단한 적이 있다며 사진을 보여 주었다. 덥수룩한 수염에 말갈기 같은 머리카락을 펄럭이며 몇몇 남자들이 세상 끝까지 가 볼 기세로 한쪽 다리를 삐딱하게 세우고 팔짱을 끼고 있었다. 영화에서 보던 끝없는 사막이 펼쳐진 도로 위에서였다.

학교 급식을 먹지 않고 삼시 세끼를 사택에서 스스로 해결했기에 그는 작은 건수라도 걸리면 밥 먹으러 가자고 했다. "비도 오는데 추어탕 한 그릇 합시다", "수업도 열심히 했는데 생선구이집으로 가죠!" 뭐, 그런 식이다. 사택에 가 봐야 마땅한 점심거리가 없을 터였다. 나는 도시락을 싸 다녔기에 같이 밥 먹으러 나가기에 가장 만만한 사람이었다. "어, 난 도시락 있

는데……, 외식하려면 미리 말해 주세요"라고 꿍얼거리기라도
할라치면 그는 "그거 뭐 중요한 겁니까?" 했다. 그 말엔 금방
납작해져서 같이 밥 먹으러 가게 된다. 밥이 아닌 다른 일에서
의견이 다를 때도, 그가 "그거 뭐 중요한 겁니까?" 하고 말하면
'그래, 뭐 그럴 수도 있지' 하는 생각이 들어 문제 삼을 일이 없
게 되는 때가 많았다. 꼭 그래야만 하는 일이 대체 무엇이란 말
인가.

　다른 동료들과 우리 집에 왔을 때 텃밭에 자라던 푸성귀를
보고 쌈 싸 먹으면 맛있겠다고 군침을 삼켰다. 상추와 고추를
듬뿍 따서 담아 주었더니 옆에 있던 파도 달라고 해서 뽑아 주
었다. 그는 달라는 말에 구차함이나 스스럼이 없고 자기가 가
진 것을 필요로 하는 사람에게 내주는 데도 가볍고 시원스러
웠다.

　꼰대 기미라곤 찾기 어려운 오십 대 후반의 그가 퍼머를 풀
고 까만 염색을 한 날은 크리스천 베일처럼 올백으로 머리를
넘기고 정장 슈트를 입고 왔다. 거기에 실내에서도 벗지 않은
검은 선글라스까지. 하얀 바지와 분홍 체크무늬 남방에 베레모
를 얹고 나타나는가 하면, 야구 점퍼에 찢어진 청바지를 입고
운동화를 끌고 오기도 했다. 어쨌든 그는 자기만의 스타일을
분명하게 구사하며 생을 즐기고 있음을 한눈에 보여 주는 인물

이었다.

학생들은 그를 무척 신기해 하고 재미있어 했다. 부리부리한 눈은 툭 튀어나올 듯했지만 시력은 마이너스를 치닫고 있어서 깨알 같은 고3 교재를 곤혹스러워 했다. 안경만으론 해결이 안 돼 호떡만 한 돋보기를 들고 책을 봤다. 책상 위 모니터를 치우고 두 배 큰 모니터를 가져와 화면을 300퍼센트 정도로 키워서 사용했다. 수업할 때는 자신에게 적합하게 구성된 자료 화면을 노트북에 담아 TV와 연결해서 학생들에게 보여 주었고, 학생 활동을 적극적으로 디자인했다. 그의 엉뚱한 질문과 너스레는 학생들의 마음을 잡아끌었다. 쉬는 시간이면 정 선생에게 시답 잖은 말이라도 붙여 보려고 남학생들이 기웃거렸다.

부원들의 업무에 무심한 듯 보였지만 적절한 순간에 필요한 지원을 소리 없이 해냈다. '도전 골든벨'과 학교 축제를 진행할 때 전체 판과 흐름을 꿰차고 무리 없이 흘러가도록 물꼬를 트고 뒤치다꺼리를 했지만 남들 눈에 띄지 않게 움직였다. 행사 기획자가 창의성을 맘껏 발휘할 수 있게 자리를 펴 주고 예산 배정에 손을 썼다. 회의와 의논이 구구절절 없어도 손발이 척척 맞았고 그와 우리 부원들은 네 일 내 일도 없고 용쓰지도 않으면서 행사 준비와 진행, 마무리까지 퍼즐 맞추듯 몸도 마음도 여유롭고 즐거웠다.

가을 즈음 그는 명예퇴직을 신청했다. 지리산을 넉넉히 누리며 좀 더 함양에 머물 줄 알았는데 온 지 일 년 만에 떠난다니 아쉬웠다. 시력이 너무 나빠 수업이 힘든 데다 더 놀고 싶다고 했다. 학생들과 동료들 앞에서 마지막 인사를 하는 자리는 마다했다. 종업식을 앞둔 일주일 전에 연가를 신청했다. 그는 의식이나 의례 속에 놓인 자신을 상상조차 하기 싫은 것 같았다. 다음 날부터 당장 그를 볼 수 없게 되자, 교감은 쉬는 시간에 마지막 인사를 하라고 다급히 마이크를 쥐어 주었다. 자신에게 맞지 않는 옷을 참 오랫동안 입고 있었다, 이제 그 옷을 벗게 되니 후련하다는 그의 인사말은 상투적인 말이 판치는 교무실의 따분한 공기를 일시에 흔들었다. 내게 맞는 옷은 무엇일까, 그런 옷을 지금 입고 있는 건가. 그의 고백은 질문이 되어 돌아왔다.

물리학자 정재승 교수는 "습관은 안락하고, 포근하고, 안전하게 우리의 삶을 여기까지 끌고 왔지만, 새로고침이 주는 뜻밖의 재미, 유쾌한 즐거움은 여러분의 삶을 더욱 풍성하게 해 줄 겁니다"라고 말하며 삶의 진폭을 넓혀 볼 것을 제안한다. 정 선생과의 만남은 새로고침과 삶의 진폭을 생기 있게 활성화하도록 부추긴 전기신호 같은 것이었다. 트로트와 발라드만 넘치는 공간에 헤비메탈은 신선한 충격이다. 교사와 학생이 자신의 개성과 취향을 도드라지게 드러내고 만끽하는 분위기가 그저 심상한 일이 되는 풍경을 상상해 본다. 다양한 장르가 넘치고 낯선 개성과 돌발적인 캐릭터가 어우러지는 생태계라면 학교가 얼마나 신나고 흥미로울까.

단 한 명의 아이도

    광주교육청은 '단 한 명의 아이도 포기하지 않는 교육'을 기치로 내걸었는데 학교 현장에서 정말 이런 교육이 가능할까 궁금해진 연구자가 있었다. 수사이거나 희망일 뿐이지 않을까. 연구자는 광주에 있는 여러 학교를 찾아다니다가 한 학년에 서른 명 남짓 되는 초등학교를 만났다.

    그 학교에서는 고학년들이 자전거를 타고 영산강 승촌보까지 가서 점심을 먹고 돌아오는 체험 활동을 하기로 했다. 자전거를 못 타는 아이들과 교사들은 이 활동을 위해 모두 자전거를 배웠다. 학년마다 특수아동이 있게 마련인데 이 학교도 학년마다 두어 명은 있었다. 체험 활동 참가 여부를 물었을 때 두 명의 특수아를 포함한 모든 아이들이 가겠다고 했다. 특수아 중, 한 명은 경미한 장애아였지만 다른 한 명은 심한 장애를 안고 있어 특수 자전거도 한 대 마련했다.

당일 서른 남짓의 학생과 교사는 강변을 끼고 승촌보까지 달려 점심때를 맞았다. 하지만 특수아 두 명은 아직 도착하지 않았다. 특수아들이 오기를 기다렸다가 같이 점심을 먹어야 할까, 언제 올지도 모르니까 서른 명 넘는 아이들이 먼저 먹어야 할까. 고민하던 교사들은 아이들에게 어찌하면 좋을지 물어보기로 했다. 아이들은 설왕설래 끝에 기다렸다가 같이 먹는 쪽으로 결정을 내렸다. 특수아 두 명이 도착한 것은 한 시간 후였고 이때 비로소 모두가 같이 모여 밥을 먹었다. 연구자는 이 활동이야말로 '단 한 명의 아이도 포기하지 않는 교육'이 아닌가 하는 의견을 밝혔다.*

이야기를 듣고 떠오르는 장면이 있었다. 십오륙 년 전 하노이 한국학교에 근무하던 시절, 세 명의 교사가 스무 명 남짓의 중학생들을 데리고 태국으로 수학여행을 간 적이 있었다. 사흘째 밤이었던가. 호텔에 도착해 두 명씩 같은 방을 쓰도록 배정하고 잠시 쉰 다음 저녁을 먹으러 모두 식당에 다녀온 후였다. 한 아이가 숨가쁘게 교사들 방문을 두드렸다. 협탁 위에 놓아

---

* '미래사회의 변화와 교육철학'이라는 주제로 전남대 철학과 박구용 교수가 2022년 광주시교육청에서 한 강연 내용 중 일부를 가져온 것.

둔 지갑이 없어졌다는 것이다. 다 같이 그 방에 가서 침대 주변을 샅샅이 살펴보아도 지갑은 없었다. 지갑에는 50달러가 들어있다고 했다. 마지막 일정으로 잡힌 방콕 야시장에서 쇼핑하려고 아껴둔 돈이었다.

낙담한 얼굴로 한숨만 내쉬는 아이와 자신이 의심받을까 불안해 하는 방 친구 아이를 둘러싸고 다른 방 아이들도 여기저기서 모여들어 한마디씩 보탰다. 여러 아이들이 호텔 측에 CCTV를 보여 달라 요청하자고 했다. 외부인이 침입하여 지갑을 훔쳐 갔다는 의견이 힘을 얻어 갔다. 친구의 지갑에 손을 댄다는 건 상상하기 어려워 보였다. 전교생이 서른 명 남짓의 작은 학교였으므로 서로를 잘 알고 친하게 지냈기 때문이다. 복도에 수상한 사람들이 얼쩡거리는 걸 봤다는 아이도 나왔다.

복도에는 CCTV가 있었지만 교사인 우리 중 누구도 그걸 보고 싶어 하지 않았다. 저녁식사 전 아이들은 짐을 대충 던져 두고 식당으로 가기 전까지 방과 방을 옮겨 다니며 놀았다. 물론 방문을 채우지 않은 채로. 다른 외국인도 별로 눈에 띄지 않았거니와 종업원들이 객실에 들어와 손을 댔다고는 생각되지 않았다. 우리는 고심 끝에 행정실에서 받은 교사들의 공동경비 80달러 중에서 50달러를 쓰기로 했다. 다음 날 단체 버스 안에서 이 사실을 아이들에게 알렸다.

이 일은 오랫동안 찜찜한 기억으로 남아 있다. 피곤하고 번

거롭더라도 모든 아이들을 호텔 마당에라도 불러 모아 회의를 했으면 어땠을까. 교사들끼리 가장 좋은 방안이라고 결정해 50달러를 아이의 지갑에 넣어 주는 것은 어떤 교육적 의미도 없는 해결책이 아닌가. 아이들이 맞닥뜨린 문제를 논의를 통해 직접 해결해 나갈 값진 기회를 날려 버린 것이다.

CCTV를 돌려 봤을 때 외부인이 아니라는 것이 밝혀질 경우 어떻게 할 것인지, 그런 가능성을 배제할 수 없는 상황에서 CCTV를 확인해야 하는 것이지, 확인하지 않는다면 어떤 방법으로 문제를 해결할 것이지 등을 토의했더라면 얼마나 다양하고 놀라운 해결 방안들이 쏟아져 나왔을까를 생각하면 당시 우리의 결정이 얼마나 편의적이었나 싶어 부끄럽기만 하다. 어떤 결정이 났더라도 아이들은 그 과정에서 많은 이야기를 나누며 지혜를 모아 나갔을 것이다. 함께 문제를 해결하는 경험을 통해 상대의 마음과 처지를 이해하는 힘을 키웠을 것이다.

광주의 담임교사가 "힘들게 오고 있을 테니 우리가 기다려 주자"라고 아이들을 설득하려 했다면 아이들은 그러자고 했겠지만 기다리는 시간은 지루했을 것이고 불평을 쏟아 냈을지도 모른다. 하지만 교사는 아이들에게 권한을 넘겼고 아이들은 기다리기로 스스로 결정함으로써 특수아들이 언제 오든 기꺼이 받아들일 준비가 된 것이겠다.

특수아들이 일반 아이들과 같이 자전거를 타고 먼 거리를 가야 하는 문제를 꺼내며 통합 교육이니까 같이 가야 한다고 말한 게 아니라 아이들에게 같이 갈 수 있는지를 먼저 물어보고 그에 맞는 조건을 갖추어 준 것도 훌륭하다. 좋은 일이니까, 선한 의도니까, 모두의 이익을 위한 것이니까 다 같이 행동해야 한다고 말하는 것은 전체주의적인 사고방식이라고 연구자는 말했다. 전체주의에 빠지지 않으면서 개인의 선택을 존중하는 교육 실천은 개인의 자유와 공동체의 지향을 동시에 녹여 내는 고민에서 시작될 것이다.

수학여행도 그렇다. 수학여행을 가지 않는 몇 명의 아이들은 꼭 있다. 친한 친구가 없거나 학교에 내는 돈을 제외하고도 옷과 용돈 등에 드는 상당한 비용을 감당하기 어려운 경우다. 학교에서는 이 아이들을 위한 별도의 프로그램이 없는 경우가 허다하다. 수학여행 기간에 학교에 나와 오전 내내 게임을 하거나 자다가 돌아간다. 이들을 위한 예산을 배정하여 지역 도서관이나 책방을 방문하거나 체험 활동을 할 수 있는 여러 가지 활동을 적극적으로 짜는 게 당연한데, 수학여행에 대한 계획만 있지 이를 선택하지 않은 학생에 대한 계획은 거의 없다.

태국 수학여행에서 한 명이 불참 의사를 밝혔다. 하노이에 사업차 들어온 아버지는 거의 파산 지경이라 학비도 몇 달 밀려 있는 상황이었으니 수학여행은 가당치 않았다. 해외로 가는 여행이라 만만치 않은 경비를 반 아이들이 갹출하기도 부담스러웠다.

남겨진 아이는 학교에 나오지 않았다. 학교는 어떤 대체 프로그램도 마련하지 않았고 담임인 나는 학교 측에 그걸 요구할 생각도 못 했다. 방콕 야시장에서 고른 티셔츠 한 장을 선물로 챙겨 왔을 뿐이었다. 그걸 받아 든 아이는 기쁜 표정도 고맙다는 말도 없었다. 그 아이가 받아 마땅한 교육적 경험을 외면해 버린 학교(그리고 교사)에 대한 절망 혹은 분노가 아니었을까. 학교와 교사들은 아예 의식조차 없었다는 말이 맞을 것이다. 그저 개인의 책임으로 돌릴 뿐 교육받을 권리에 대해 참으로 무감각하고 무지했다.

'단 한 명의 아이도 포기하지 않는 교육'을 현실로 만들어 가는 힘은 서로의 개성과 다양성을 존중하고 다른 처지와 조건을 이해해 보려는 공감의 자세를 바탕으로 할 것이다. 학교가 정한 목표가 어떤 교육적 의미를 지니는지 사사건건 따져 묻는 것, 아이 한 명 한 명에게 눈을 맞추고 필요한 교육적 경험이 무엇인지 고민하는 것으로 면목 없이 살아온 교사의 자리를 다시 가다듬어 본다.

아이들이 준 상장

올해 스승의날, 학생들은 담임과 부담임 교사에게 상장과 카네이션 한 송이씩을 주었다. 동료 교사들은 누가 어떤 상장을 받았는지 서로 견주어 보며 즐거워했다. 나는 '점잖상'을 받았다. "위 선생님은 고상한 인격을 가지시고 항상 저희를 잘 가르쳐 주시기에 감사함을 담아 이 상장을 수여합니다"라는 문구가 들어 있었다.

내가 부담임을 맡은 반은 수업 들어가는 모든 교사들이 고개를 절레절레 흔들며 한숨을 내쉬는 반이다. 앞뒤 친구들과 장난을 치고 여러 명이 합창을 하고 큰소리를 내는 등 수업 방해가 심하다. 그러다 네댓 명이 엎드려 자기 일쑤다. 말도 거칠고 수업 중인데도 자기 하고 싶은 대로 거리낌 없이 행동하는 아이들이 많다.

그런 아이들이 내게 건넨 문구가 '고상한 인격' 운운하고 있어 뒤끝이 개운하지가 않았다. 아이들과 교감하지 못하고 적당히 타협하며 수업할 의지가 있는 절반 정도의 학생들만 바라보고 수업을 하고 있었으니 말이다. 크게 화를 내지도 않고 억지로 깨워서 참여를 촉구하지도 않았다. 조용히 하라고 타이르고 한두 번 깨우는 의례적인 수순을 밟은 후, 곧장 그날 해야 할 내용으로 들어갔다. 간혹 수업에 참여하기도 했으니 그것만도 다행이라고 생각했다.

지난번 근무한 학교에서도 스승의날에 학생들은 모든 교사에게 상장을 주었다. 나는 반 아이들이 준 '표정이 불상'을 받았다. "위 사람은 인자한 웃음을 머금고 있는 불상의 모습으로 모든 학생들을 사랑으로 보듬어 주시므로 이 상을 수여"한다고 했다. 아이들은 재치 있게 교사의 특징을 잡아내 마지막에 '상'을 붙였다.

키가 작은 수학교사에게는 '내겐 너무 높은 스탠드 책상', 오동통 귀여운 영어교사에겐 '푸우는 내 조상', 학교에 큰 행사가 있거나 손님이 오는 날에만 가발을 쓰곤 했던 교장 선생님에겐 '가발은 예의상'을 주었다. 상장 내용을 일일이 읽어 준 후 수여했으므로 정곡을 찌르는 문구에 식장은 손뼉과 탄성이 동시에 일었다. 아쉽게도 다음 해부터 상장은 없었다. 누군가는 불쾌할 수 있다는 이유를 들어 교장 선생님이 폐지를 명한 것이다.

삼십여 년 교직 생활에서 발랄하고 열정적이고 빛나는 아이들로 가득한, 보기 드문 학교였다. 수업이 무엇보다 즐거웠고 수업을 통해 아이들의 성장을 확인할 수 있는 것이 뿌듯했다. 나는 잘하고 있다고 생각했지만 사실은 아이들이 배움에 대한 열의와 준비로 팽팽해 있었기 때문에 누구라도 교사로서 자부심을 느낄 수 있었을 것이다.

나는 어쩌다 교사로 반평생을 살게 된 것일까. 나는 언제부터 교사였을까. 시골에서 자란 탓에 당시 꿈꿀 수 있는 최선의 직업은 교사 아니면 간호사였다. 나는 딱히 뭐가 되고 싶다는 생각이 없었다. 아침 들길을 걸을 때 풀숲에 맺힌 이슬과 싱그러운 공기가 너무 좋아서 자연을 탐구하는 과학자가 되고 싶다는 생각이 들기도 했고, 읍내에 있는 영화관에 다녀온 날은 배우가 되어도 좋겠다 싶었다. 언젠가 동네일을 취재해 지역 신문을 만든 이야기를 듣고는 나도 신문을 만들어 보겠다고 병 모으기—신문을 만들자면 돈이 필요할 거란 생각에—를 하러 다녔던 기억도 난다. 한때는 고아원을 운영하는 사람이 되겠다고 마음먹기도 했지만, 어느 하나 길게 간직한 것은 없었다.

시골에서만 살다가 대도시의 상업계 고등학교를 졸업한 해에 은행에 취직했다. 딱히 뭘 하고 싶다는 생각은 없었지만 은행에 들어가고 보니 그 일을 평생 할 수는 없겠다는 생각이 들었다. 종일 돈 세는 일만 하니 숨이 막혔다. 퇴근 후 학원을 다니기 시작했다. 탈출구가 필요했다.

다음 해 야간 대학에 들어갔다. 성적이 잘 나왔으므로 영어영문학과를 가야 한다고 했다. 은행 업무를 서둘러 마감하고 교실에 들어서면 언제나 수업의 절반은 날아간 뒤였다. 그렇게 한 학기를 마쳤더니 입학할 때 전면 장학생이던 것이 전액 등록금을 내야 할 처지가 되었다. 망설이다가 한 학기를 더 다녀보기로 했다. 더 열심히 하면 장학금을 받을 수 있지 않을까 기대하며. 다음 학기도 다르지 않았다. 공부는 제대로 되지 않는데 사립대학의 등록금은 만만치 않았다. 자퇴를 하고 다시 새벽과 야간에 입시학원을 다녔다.

은행을 다니고 있었던 나를 대신해 대입 원서를 쓰기 위해 언니가 학원 선생을 만났다. 나는 철학과를 가겠다고 했다. 고교 시절 내내 나는 왜 사는지가 궁금했다. 대학을 가서 뭐가 되겠다는 생각은 없었다. 왜 사는지가 알고 싶었다. 어떤 직장을 얻어 어떻게 밥벌이할 것인지가 그때의 내겐 절박하지 않았다. 학원 선생은 철학과 가면 밥을 먹을 수 없다며 사범대를 권했고 철학과와 가장 가까운 곳이 윤리교육과이니 그곳으로 가면 된다고 했다.

언니가 다시 전화했다. 학원 선생은 생각해 보니 아무래도 국어교육과가 낫겠다고 했단다. 윤리 교사가 되면 정권이 바뀔 때마다 딴소리를 해야 하지만 국어 교사는 그럴 일이 없다고 했다는 것이다. 책 읽기도 좋아하니 나한테도 맞을 것 같다고 언니는 말했다. 업무 중에 직장 전화로 받다 보니 길게 통화할 여유도 없었다. 그리하여 나는 경북대 국어교육과를 가게 되었다. 등록금이 다른 단과대학 등록금의 절반인 25만 원 정도인 것도 사범대 지원의 주요한 이유가 되었다.

대학을 다니면서도 나는 교사가 된다는 생각을 별로 하지 않았다. 삼 년간 다녔던 은행에 사표를 내고 대학에 들어갔을 때 비로소 자유와 해방의 공기를 맘껏 마실 수 있었다. 종일 읽고 싶은 책을 맘껏 읽고 산책을 할 수 있는 세상이 있다는 게 기적 같았다. 버즘나무가 길고 짙푸른 터널을 이룬 길모퉁이의 계단에 앉아 햇살과 바람에 반짝이는 잎들의 눈부심을 하염없이 바라보며 눈물겨웠던 봄날은 황송하기만 했다.

봄날은 짧았다. 읽어야만 할 책과 알아야만 하는 진실이 걷잡을 수 없이 몰아닥쳤다. 왜 사는지 묻는 것도 사치스러워 보였다. 신록을 뚫고 최루탄과 깨진 보도블록이 난무한 낮이 지나면 늦은 밤 혹은 새벽까지 술과 토론과 대자보가 뒤따랐다. 1986년의 총장 퇴진 싸움과 1987년 6월항쟁, 1988년의 교원 임용고시 철폐 투쟁을 연달아 겪으며 졸업했다. 1989년 전국 교직원노동조합이 결성되었다.

졸업과 동시에 교사로 발령받은 나는 당시 불법이었던 전교조에 가입했다는 이유로 4개월 만에 직위 해제를 맞고 다음 달에 파면당했다. 월급을 꼬박꼬박 탄 기간이 더 길었다면 쉽게 해직을 자초하지 않았을지도 모른다. 생계는 연로하신 엄마가 하루 만 원을 받으며 시장에서 고추 꼭지 따는 중노동—하루 열두 시간 이상—을 감내하며 꾸려 나갔던 터라, 엄마의 실망은 이만저만이 아니었을 것이다. 하지만 엄마는 그런 이야기를 내비친 적이 없다. 달라진 건 아무것도 없다는 태도로 엄마는 새벽마다 시장에 나가서 어두우면 돌아와 저녁을 지으셨다. 엄마가 차려 준 밥상을 꼬박꼬박 받고 때로 용돈까지 받으며 사년 반 해직 기간을 보냈다. 삼 년 반은 전교조 사무실에서 상근을 하고 마지막 일 년은 입시학원에 다녔다. 인체와 동양철학에 관심이 생기면서 한의학을 공부해 보고 싶었던 것이다.

한의대에 입학이 결정된 1994년, 해직 교사를 복직시키는 쪽으로 정치적 상황은 선회한다. 한의대 합격은 했지만 나를 지원해 줄 어떤 자원도 없었다. 꼭 교사로 살고 싶다는 생각도 소명도 없었던 지라 복직해서 삼 년만 돈을 벌어 한의대에 돌아가겠다고 생각했다. 돈을 벌지 못하던 시절에는 돈 쓸 일이 없더니 월급을 받으니 그보다 더 많은 쓸 곳이 쉴 새 없이 생겨

났다. 참교육을 표방했던 전교조 교사였으니 무엇을 어떻게 교육해야 할지 고민이 많았다. 교사로 몇 년을 보냈지만 교사가 어떤 존재인지 모른 채 아이들 앞에 섰다. 아이들의 마음을 잘 헤아리고 올바른 가치관을 갖도록 이끌어 주는 게 교사라고 생각했던 것 같다.

대학 시절부터 해직 시절 내내 격려와 지원을 아끼지 않으셨던 교육학과 교수님과의 세미나가 지역의 한 연구소에서 몇 차례 이어지면서 그분 밑에서 공부하고 싶다는 생각이 들었다. 교수님의 강의를 듣고 온 날은 잠을 설칠 때가 많았다. 내용을 곱씹다 보면 매번 가슴이 뛰었다. 차분하고 가벼운 미소, 진주 사투리가 짙게 밴 말투, 따뜻한 유머가 담긴 강의는 내 둔한 인식과 감성을 툭툭 건드렸다. 선생님의 강의를 듣고 온 날은 어김없이 학교의 친한 동료들에게 이야기를 풀어놓았다. 말하지 않고 배길 수가 없었다. 새로운 인식과 넘쳐나는 감동을 가두어 둘 수가 없었다. 전달 연수 꼭 해 달라는 이도 생겼다. 야간 대학원에 입학해 제자가 되었다. 전공은 교육철학이었다.

교수님이라 불리면 좋아하지 않으셨다. 그건 직책일 뿐이라며 선생님이란 호칭이 얼마나 귀한지를 일러 주셨다. 선생님을 통해 나는 교사가 어떤 존재인지를 비로소 깨달았다.

교사는 수업으로 말하는 이다. 수업 외의 일은 교사의 본질적인 일이 아니다. 학생을 만나는 수업만이 교사를 교사로 존재하게 만든다. 수업과 연극은 통하는 데가 있다. 일회적이라는 것, 그 시간 그 공간에서 유일하게 숨 쉰다는 것. 수업은 배움이 일어나는 활동이다. 배움은 어떻게 가능한가. 학생들의 마음에 떨림이 일어나는 것이다. 낯설고 새로운 인식과 맞닥뜨리며 전율하는 것이다. 교사는 학생들에게 배움이 일어나도록 수업을 기획하는 이다. 유일무이한 시공간에서 교사와 학생은 긴장과 떨림을 경험하며 함께 나아간다. 교사에게 불안은 운명이다. 교사는 기꺼이 불안을 받아들이고 끊임없이 변화하는 세계와 인간을 읽어 내는 일에 가담한다.

평소 늘 강조했던 선생님의 이 말들을 통해 교사가 얼마나 매혹적인 일을 하는지 알게 되자 나는 교사가 하는 일을 사랑하게 되었고 귀하게 생각하게 되었다. 교사로서의 존재와 내 삶이 밀착되는 걸 느꼈다. 선생님이란 호칭이 담고 있는 엄정함과 앞서 살아 낸 자로서의 책임과 학생과 짜 나가는 관계를 민감하게 들여다보려 했다. 다른 곳을 더 이상 기웃거리지 않고 교사로 계속 살 수 있겠다는 믿음이 생겼다. 삼십 대 후반의 일이었다. 사십 대 초반에는 오랫동안 궁금했던 의문도 한순간에 풀어졌다. 왜 태어나서 사는지에 대한 답을 얻은 것이다. 우연히 이곳에 존재할 뿐 이유 같은 건 애초에 없었다. 태어났으니 사는 거고 어떻게 살아갈지만 내 선택에 따라 달라질 뿐임을 알았다.

　나침반이 좌우로 미세하게 진동하며 정북을 향하고, 새가 두 날개로 균형을 잡으려 끊임없이 흔들리며 날아가듯, 교사는 확정된 진실이나 관점을 밀고 가는 자가 아니라 나아갈 방향을 잡으려 인간과 세계를 근심하고 궁구하고 경험을 조직해 나가는 자이다. 그러니 불안은 교사의 활동과 붙어 있을 수밖에 없다. 불안은 끝없이 의문을 품고 질문하고 탐색해 나가는 존재의 기반이 된다. 수업이 엉망이 되어 뒤통수가 당기고 한숨이 나올 때 놓치고 있는 게 뭔지 돌아본다. 학생들을 고정된 실체로 만나고 있는 건 아닌지, 디밀어야 할 내용에 짓눌려 있지는 않은지, 내 안의 떨림이 멈추어 있지는 않은지. 아이들이 준 상장이 거울이 되어 내게 말을 걸어온다.

측백나무집 등불을 켜고
김정오 산문집

초판 1쇄 발행 2024년 12월 9일

지은이 김정오
펴낸이 오은지
편집장 변홍철
편집 오은지
표지 디자인 박대성
제작 세걸음

펴낸곳 도서출판 한티재
출판등록 2010년 4월 12일 제2010-000010호
주소 42087 대구시 수성구 달구벌대로 492길 15
전화 053-743-8368 **팩스** 053-743-8367
이메일 hantibooks@gmail.com

© 김정오 2024
ISBN 979-11-92455-66-2 (03810)

이 책의 교정교열 작업에, 동국대 WISE 캠퍼스 국어국문/웹문예학과 2024년 편집기술론
수강 학생들이 참여했습니다.